Mark Kusin, Generation X, hat in Düsseldorf das Licht der Welt und seine Liebe erblickt. Er lebt mit seiner Frau, zwei Töchtern, drei Hühnern und vier Meerschweinchen vom Stadtzentrum nur 20 Minuten entfernt.

Mark Kusin

Der Glanz der Matschblase

Ein inkorrekter Männerroman

Impressum

Bibliografische Information der Deutschen Nationalbibliothek: Die Deutsche Nationalbibliothek verzeichnet
diese Publikation in der Deutschen Nationalbibliografie;
detaillierte bibliografische Daten sind im Internet über
http://dnb.de abrufbar.

Titelbild: Araucana-Henne Lilofee

Herstellung und Verlag:
BoD – Books on Demand, Norderstedt

ISBN: 978-3-7534-2028-8

Sieh zu!

Mütterliche Lösungsformel
für Problemlagen aller Art!

1

Es ist 9.20 Uhr, und es sind noch 10 Minuten bis zum Termin. Ich habe heute Morgen nicht gefrühstückt. Ich konnte nichts essen. Ich glaube, es ist auch nichts im Kühlschrank. Ich sitze alleine im viel zu großen Flur mit meinem Rucksack über der Schulter auf einem dieser leicht abwaschbaren, fest montierten und knallroten Plastikstühle. Die wirken wie hingespuckt in diese Kathedrale aus rotem Backstein. Das Gemäuer scheint locker 100 Jahre alt zu sein. Die Decken sind viel zu hoch.

Das einzig wahrnehmbare Geräusch ist das unregelmäßige Surren des Kaffeeautomaten neben mir. Der bietet für besonders Abgebrühte bereits morgens neben Kaffee auch Hühnersuppe an. Na gut, Kaffee. Den gab es bei mir heute auch noch nicht. Ich raffe mich auf, werfe die Münze, drücke den Knopf und entscheide mich für die Maximaldosis Kaffeeweißer als Additiv. Ich habe nie verstanden, was Kaffeeweißer wirklich ist. Aber Hauptsache viel davon. Dann kann ich im Becher rühren und so tun, als hätte ich was zu tun und wirke beschäftigt. Falls irgendjemand kommt. Zum Beispiel die andere Hälfte des Termins. Nach den ersten Schlucken gesellt sich zu meinem Hungergefühl auch noch Übelkeit. Und die Überdosis Kaffeeweißer klebt im Mund wie Tapetenkleister und schmeckt wie Tapetenkleister riecht.

Wenn sich die Türe mir gegenüber öffnet und der Termin beginnt, wird es hässlich werden. Bei näherem Hinsehen wirkt dieses allem Anschein nach schalldichte Exemplar aus dunkelbraunem Massivholz allerdings eher wie ein mit Scharnieren und Griffen umfunktionierter Sargdeckel.

9.30 Uhr. Schritte auf der Treppe. Sie betritt den Flur. Unsere Blicke treffen sich. Am liebsten würde ich mich genau in diesem Augenblick selbst stehen lassen, weggehen und nichts mit mir zu tun haben wollen. Nur leider geht das nicht. Und was meiner Ansicht nach auch nicht geht, ist, dass Ingrid nicht alleine gekommen ist. Sie hat ihren Jörg als Begleiter mitgebracht. Beide nähern sich, und bevor ich mir überlegen kann, ob und wie ich sie begrüße, öffnet sich der Sargdeckel, als habe Ingrid ihn per Fernbedienung ausgelöst.

Heraus tritt der Notar Dr. Wagen.

„Frau Ingrid Stein und Herr Sven Mülders?"

Herr Dr. Wagen hat äußerlich den Renteneintritt längst verpasst, und sein grünblau kariertes Jackett scheint aus einer Zeit zu stammen, als Orange noch nicht erfunden war.

„Ja", antworte ich wahrheitsgetreu.

Dieselbe Antwort gibt auch Ingrid. Wir nicken uns mit aufeinander gepressten Lippen gegenseitig zu. Damit also hätten wir uns im Rahmen unserer Möglichkeiten begrüßt.

„Und wer sind Sie?", fragt Dr. Wagen mit übermäßig behaarten und wie schreckhaft hochgezogenen Augenbrauen Ingrids Begleiter.

„Das ist Jörg, mein Lebenspartner", erläutert Ingrid rasch, bevor der Angesprochene selbst auch nur den Hauch einer Reaktion zeigen kann.

Jörg nickt nur und lächelt stumpf. *Von wegen Lebenspartner*, denke ich und betrachte meinen Nachfolger.

„Herr Mülders, sind Sie damit einverstanden, dass der Begleiter von Frau Stein bei dem Termin zugegen ist?", werde ich von Herrn Dr. Wagen gefragt.

„Nee, geht schon klar!", lüge ich.

Denn natürlich geht das nicht klar. Das Einzige, was klar geht, ist, dass ich von Ingrid nach dem Termin eine gewaltige Szene zu erwarten hätte, wenn nicht sogar während des Termins, wenn ich von der Möglichkeit des Ausschlusses von Jörg mit unbekanntem Nachnamen Gebrauch machen würde. Dem fühle ich mich heute aber nicht gewachsen.

Wir werden in die Gruft hinein gebeten, und Herr Dr. Wagen schließt den Sargdeckel. Das Design des Mobiliars, passend zur Tür, lässt hieran keinen Zweifel. Herr Dr. Wagen nimmt am Kopfende seines monströsen Schreibtisches Platz, Ingrid und ihr Begleiter zu seiner Linken, ich zu seiner Rechten. Wahrscheinlich ist der Schreibtisch absichtlich so groß, damit alle auf Abstand gehalten werden und keiner seinem Gegenüber spontan die Augen auskratzen kann.

Da sitzt dieser Jörg nun. Mit am Tisch. Als ginge es gleich auf den Laufsteg. Seine dünnen, blonden Haare hat er auf zwei, drei Zentimeter Länge einzeln drapiert. Es ist zwar Sommeranfang, aber ein T-Shirt als einziges Oberteil ist eigentlich noch zu kalt. Es sei denn natürlich, es steht deutlich sichtbar *slim fit* drauf. Dann reicht selbstverständlich auch dieses T-Shirt. Das ist das Mindeste.

Er lächelt mich an. Dabei ist sein Lächeln offensichtlich unecht. Eigentlich mehr die Karikatur eines Lächelns. Warum macht er das? Er will wohl seine Eroberung Ingrids zur Schau stellen. Ingrid als Trophäe. Als Gewinn eines Wettkampfs. Was will sie mit dieser Litfaßsäule?

Ingrid hingegen ist mal wieder eine Augenweide. Sie trägt ihr schwarzes, eng anliegendes Etuikleid und wirkt vornehm elegant, als ginge sie zur Verleihung ihres Preises für sich selbst. Ihre langen, blonden Haare sind locker nach hinten zusammengebunden.

Auf ihrem wie immer leicht gebräunten Dekolleté ruhen eng aneinander gekettet die drei Halbkaräter ihrer Großmutter. Ich glaubte manchmal, in den Diamanten spiegelten sich ihre tiefblauen Augen. Diese Erbstücke passen zu Ingrid, als seien sie vor vielen hundert Monden bereits für sie angefertigt worden. Sie warteten im Verborgenen auf ihre würdige Trägerin. Ingrid ist die Auserwählte.

Ich habe ihr unzählige Male in dieses Kleid hineingeholfen, und ich habe es mit zunehmender Geschwindigkeit noch viel lieber wieder ausgezogen. Sie trug früher oft nicht mehr als dieses Kleid und diese Kette. Vielleicht noch Schuhe. Für mich strahlte Ingrid immer mit überirdischer Zauberkraft, der ich von Anfang an hoffnungslos erlag. Aber jetzt ist das Kaninchen aus dem Hut.

Sie scheint trainiert zu haben. Obwohl der einzige Sport, an den ich mich erinnern kann, mit mir war. Horizontal. Warum sie heute ausgerechnet dieses Kleid mit dieser Kette trägt, ist mir unerklärlich. Es ist, als drehe sie das Messer, das sie in mich gerammt hat, noch einmal herum. Vielleicht liegt genau darin ihr ganz persönlicher Festakt. Für so etwas Besonderes macht man sich gerne schick.

Dr. Wagen liest den Vertrag vor. Ich frage mich, wo man lernt, einen Text ohne jede Intonation vorzulesen. Ich höre seine Stimme, aber ich verstehe nicht die Worte. Holt der Mann auch mal Luft? Von dem sonoren Dauerton kriege ich noch Tinnitus.

Zur inhaltlichen Unterstützung ziehe ich die mir vorab zugesandte Entwurfsfassung aus meinem Rucksack.

Der Ton ist weg. Habe ich einen Hörsturz?

„Herr Mülders, haben Sie die Unterlagen und die Schlüssel dabei?", werde ich im Anschluss an die Lesestunde gefragt.

Ich lege Fahrzeugschein, Fahrzeugbrief und beide Autoschlüssel fein säuberlich nebeneinander auf den Tisch. Das dunkelrote New Beetle Cabrio war schon immer Ingrids Traumauto gewesen. *Es ist nur ein Auto,* denke ich. Es ist aber auch sehr bitter, weiß ich. Und ich fühle mich spontan mobil massiv eingeschränkt.

„Und die Gerätschaften?", hakt Dr. Wagen nach.

„Ist alles da", antwortet Ingrid. „Liegen im Auto. Ich habe sie schon gesehen."

„Ich parke direkt vor dem Gebäude", kläre ich auf.

Es folgen die Unterschriften. Erst meine. Dann Ingrids. Zum Schluss die des Notars.

Gratulationen bleiben aus. Die Unterschriften besiegeln meine prekäre Situation. Den 50-prozentigen Eigentumsanteil von Ingrid an unserer bisher gemeinsamen Wohnung habe ich jetzt übernommen und mich damit bis zur Kragenspitze verschuldet. Mich hatte geradezu überrascht, dass die Bank die Finanzierung mit mir alleine überhaupt macht. Für einen Reklamationssachbearbeiter im Shoppingcenter DüsselMall sind nennenswerte Steigerungen des Arbeitsentgelts eher nicht zu erwarten, vor allem im inzwischen als historische Zeiterscheinung anmutenden stationären Handel.

Als Wertausgleich für ihr in die Immobilie unmerklich eingebrachtes Kapital transferiert Ingrid mit notarieller Beglaubigung einige Vermögensgegenstände unseres bisher gemeinsamen Hausstandes zu ihrem Jörg. Unser einst gemeinsames Cabrio gehört auch dazu. Ich hätte Ingrid so gerne zuerst in den Arm und dann mit nach Hause genommen. In unser Zuhause. Stattdessen schauspielere ich dilettantisch, als könne ich die Ernsthaftigkeit dieses Verwaltungsaktes angemessen würdigen.

Die Finanzierung der Wohnung ist auf 30 Jahre ausgelegt, die Zinsbindung dieser Vollfinanzierung gilt für 10 Jahre. 30 Jahre! Das hatte immer etwas von Ewigkeit. Es kam mir vor, als sei diese Wohnung ein vielfach stärkeres Band zwischen Ingrid und mir als eine Ehe es jemals hätte sein können. Allerdings hatte ich die Fragen aller Fragen nie gestellt. Ich war mir zu sicher.

Als Ingrid auszog, waren erst knapp zwei Jahre der Finanzierung vergangen, und wir hatten bis dahin so gut wie nichts getilgt. Ein Verkauf der Wohnung und somit die Ablösung des Kredits bei der Bank zu diesem frühen Zeitpunkt der Finanzierung hätte zu einer derart heftigen Vorfälligkeitsentschädigung geführt, dass ich sofort ruiniert gewesen wäre. Ich konnte mir den Verkauf einfach nicht leisten. Damit ich nicht obdachlos werde, habe ich Ingrids Anteil übernommen und hoffe seither, es alleine zu packen.

Mit etwas Glück könnte eine neue Liebe bei mir einziehen, und dann wäre ich finanziell sorgenfrei, hatte Ingrid beim Telefonat zur Vereinbarung dieses Termins gesagt. Eine derzeit nicht denkbare Option als Verhandlungsposition, das trägt sicherlich die Handschrift von Jörg. Das hat er fein gemacht. Ganz in seinem Sinne. Jörg, ihr Held, wäre bestimmt auch bereit gewesen, bei einem Verkauf für ihren Anteil der Vorfälligkeit einzuspringen. Ganz sicher.

Die Übernahme von Ingrids 50 Prozent war das Ergebnis der Wahl zwischen Pest und Cholera. Entweder ich melde mit Fälligkeit der Vorfälligkeitsentschädigung Privatinsolvenz an und kämpfe mich nach sieben Jahren Wohlverhalten wieder zurück ins wahre Leben, oder ich leide sieben Jahre finanziell wie ein Hund, bis ich die Wohnung hoffnungsfroh zumindest zum ursprünglichen Kaufpreis wieder verkaufen kann.

Je nach Kaufpreis bleiben mir mit viel Pech selbst dann noch Schulden, die wiederum auch zur Privatinsolvenz führen können. Andererseits könnte ein Kaufpreis im Falle einer Wertsteigerung sogar Ertrag abwerfen. Oder es geht eben in die nächste Finanzierungsrunde. Auf jeden Fall kommen eben gerade sieben äußerst dürre Jahre.

Mir war die Wohnung selbst eigentlich immer egal, ich wollte nur mit Ingrid zusammen sein. Ich konnte die von Ingrid festgelegten Auswahlkriterien ohnehin nicht nachvollziehen. Und wenn Ingrid diese Wohnung glücklich machte, gab es keinen Grund, sie nicht zu kaufen. Ich zog als willfähriger Kombattant ein. Ja gut, der Preis, den hätten wir wohl besser noch nachverhandelt. Dass Ingrid jetzt nach unserer Trennung nicht mehr für eine Wohnung bezahlen möchte, in der sie schon länger nicht mehr lebt, leuchtet sogar mir ein. Am Telefon sagte sie noch, dass sie sich in jedem Fall von ihren Schulden enthaften möchte. Enthaften! Nein, an mir wider Willen haften bleiben soll Ingrid nicht! Das letzte Band ist zerschnitten.

Genauso wortlos, wie wir uns begrüßt hatten, verabschieden wir uns. Ich bleibe noch einen Moment auf dem Flur. Ich kann nicht neben Ingrid und Jörg gehen. Keinen Meter. Meine Hoffnung der letzten Tage, ich könne noch einen letzten gemeinsamen Moment mit Ingrid erleben, wenn sie mich mit dem nun in ihrem alleinigen Eigentum befindlichen Auto nach Hause brächte, ist zerstört. Sie hatte sich ein New Beetle Cabrio gewünscht, seit wir uns kennen. Wenn sie mit offenem Verdeck fuhr, schwang immer ein ganz besonderer Wow-Effekt mit.

Aus dem Fenster sehe ich, dass nicht Ingrid in ihren Wertausgleich steigt, sondern Jörg. Es fühlt sich an, als bildeten sich an meinem ganzen Körper Blasen. Ist das Herpes? Sucht sich Ekel diesen Weg?

Blondie lässt sogar das Verdeck herunter. Wie selbstverständlich. Da wird der Blick frei auf meinen lang ersehnten LED-Fernseher, der rutschfest auf der Rückbank angeschnallt ist.

Vor meinem inneren Auge halte ich Jörg gerade durch das Fenster im Flur meinen nackten Hintern ins Gesicht. Leider kann er das nicht sehen. Er steigt ein, beide winken sich beim Abschied zu, und Ingrid biegt zu Fuß um die Ecke. Ich glaube, beim Winken in ihrer Hand einen anderen Autoschlüssel gesehen zu haben. Ingrid ist jetzt weg. Ich gehe zur Toilette. Der Damm bricht.

Es hilft nichts, heute geht es per pedes nach Hause. Hoffentlich sieht mich keiner zu Fuß laufen. An das Laufen kann ich mich damit aber schon mal gewöhnen. Auf Bus und Bahn habe ich heute einfach noch keine Lust. Nicht dass ich ein Auto als Potenzverstärker bräuchte, aber ohne fühle ich mich unendlich unmännlich. Momentan kann ich mir aber einfach keines leisten.

In den letzten Tagen hatte ich ausreichend Gelegenheit, mich über meine Fortbewegungsmöglichkeiten durch Nutzung des Öffentlichen Personennahverkehrs zu erkundigen. Resultat meiner Recherche zur Hebung von Einsparungspotenzial war unter anderem, dass ich auf dem Weg zur Arbeit die Strecke der ersten beiden Haltestellen zu Fuß absolvieren werde, um von dort in einer günstigeren Preisstufe fahren zu können. Ich spare, wo ich kann.

Nach wenigen Schritten schon fühlt sich der Marsch an wie eine unbarmherzige Abbitte. Und Canossa ist weit.

In einem der zahllosen Hauseingänge der sich endlos aneinander reihenden Behausungen mit Waschbetonfassade knutscht ein Pärchen. Ich will wegsehen, kann es aber nicht. Wie bei einem Unfall.

Beide Gesichter lassen sich nicht erkennen. Mein Denk-apparat spielt mir einen üblen Streich und assoziiert die Gesichter von Ingrid und Jörg. Dabei würde ich viel lieber mich zu Ingrid assoziieren oder beamen oder sonstwie in ihre Nähe gelangen.

Wird man den Geschmack von Kaffeeweißer eigentlich jemals wieder los? Ich hätte die Hühnersuppe wählen sollen. Jetzt verstehe ich auch, warum es die gibt. Die ist nicht für die Abgebrühten, sondern für die Abservierten.

Wie überhaupt soll ich mich jemals wieder mit einer Frau verabreden?

Huch, es ist schon nach Mitternacht, tut mir leid! Ich muss los, sonst verpasse ich meine Bahn!

Sowas! Ich kann nicht kommen, wir müssen unser Date wohl verschieben. Nach meiner CarSharingApp ist gerade kein Auto in der Nähe.

Möchtest du lieber auf dem Gepäckträger oder auf der Stange mitfahren?

Ich bin 33 und nicht 15!

2

Die Menge tobt wie wild geworden vor der Bühne, die Stroboskope erleuchten mit stakkatoartigen Blitzgewittern in einem bunten Farbenmeer die gesamte Halle, und ich rocke auf der Gitarre wie ein Besessener in Ekstase. Dann ist es soweit, der letzte Akkord, volles Brett. Und während der energiegeladene Sound noch durch die Winkel hallt und sämtliche Körper vibrieren lässt, nehme ich bereits das Einsetzen des tosenden Beifalls wahr. Es ist grandios! Ich bin grandios! Ich habe nicht nur fehlerfrei performt, sondern auf den Punkt abgeliefert. Die Menge und ich, wir haben uns bis zur letzten Sekunde, bis zum fulminanten Höhepunkt gegenseitig immer weiter gesteigert. Ich genieße. Diese Hitze!

Ich weiß, dass meine Haare an den Armen aufgestellt sind, und ich spüre meinen eigenen Puls hämmern. Es fühlt sich an, als fließe immer mehr Energie und als könne mein Körper sein Herz nicht mehr bändigen und müsse es loslassen, damit es diese beengende Hülle meines Brustkorbs verlassen und noch härter und noch schneller schlagen kann. Damit all diese überwältigenden letzten Minuten meines Auftritts als in ihrem Gedächtnis eingebrannten Moment für immer und ewig in Erinnerung behalten können, muss ich von der Bühne - nicht zu schnell, aber dennoch zügig. Wie gerne würde ich diesen Augenblick einfrieren und immer und immer wieder auftauen, um ihn immer und immer wieder erleben zu können. So stehe ich noch kurz still auf der Bühne. Tatsächlich wohl nur einen Moment, gefühlt aber eine halbe Ewigkeit. Beide Beine sind fest am Boden, aber ich fliege.

Die Gitarre halte ich fest in der Hand und taumle wie benommen in den Backstage-Bereich. Ich entdecke die Theke. Ich freue mich auf eine wahnsinnig tolle und vielleicht ein klein wenig verrückte Frau, mit der ich mich bereits vor der Show hier verabredet hatte.

Plötzlich wird mir schwarz vor Augen. Ich sehe nichts mehr. Ich höre nichts mehr. Ich bin wie starr. Wie auf Knopfdruck werde ich wütend wie die zehn stärksten Stiere von Pamplona zusammen.

Mit zwei Sätzen springe ich zur Tür und brülle: „Du elende Dreckssau!" in die Dunkelheit und fühle mich sofort besser. Es ist zwei Uhr in der Nacht, und mein spezieller Freund hat mich mal wieder am Sicherungskasten vom Strom getrennt. *Stellen Sie den Lärm ab! Ich muss arbeiten!*, stand mehrfach auf diesen Zetteln in meinem Briefkasten.

Ich schiebe die VR-Brille hoch auf meine Stirn und trete treffsicher das Flurlicht an. Wenn da wirklich jemand gestanden hätte, wäre das eine skurrile Situation geworden. Die untereinander verkabelten Körpersensoren, die mit kleinen Streifen an meinem Jogginganzug kletten, ziehe ich mit einem Griff zügig ab und lege sie zusammen mit der Brille noch rasch in die Wohnung. Die VR-Brille sieht allerdings mehr aus wie ein SciFi-Helm. Das liegt wohl daran, dass ich sie nicht nur mit einem Headset, sondern auch noch mit zahlreichen Sensoren ergänzt habe.

Ich werde wohl wieder mal von der vierten Etage runter in den Keller gehen müssen. Was soll ich auch sonst machen? Während dieses in letzter Zeit häufiger wiederkehrenden Büßergangs ist aus den anderen neun Lebenswaben kein Mucks zu hören. Keiner hat die Cojones, sich als Blockwart zu outen. Ich fühle, dass sie da sind. Alle. Aber sie verstecken sich. Am liebsten würde ich ausrasten, irgendwas kaputt machen. Einfach alles abfackeln!

Dass ich wie durch Gülle gezogen aussehe und vermutlich auch genauso rieche, fällt mir eher zufällig auf, als ich den Hauptschalter wieder auf EIN knipse. Mein Blick zur Kontrolle des wieder einsetzenden Stromflusses durch ganz besonders ernstliches Betrachten meines Zählers hatte nämlich ganz nebenbei meine Klamotten gestreift. Bei dem durch die Hausgemeinschaft zeitlich für mich zu kurz errechneten Slots für Flurgänge, rechtliche Bedenken der Zulässigkeit plötzlichen Erlöschens der Flurbeleuchtung wurden ignoriert, war mir dies bei erneutem Antreten auf der ersten Etage gar nicht aufgefallen. Kurz wurde für mich sichtbar, dass sich in den mich umhüllenden Fasern unterschiedliche Stadien des biologischen Abbaus manifestiert haben, vor allem von Pizza und Pasta sowie von Burgern und Bier.

Im Grunde bin ich nicht unhygienisch. Es ist nur so, dass die Waschmaschinenplätze im Keller immer auch Stätten der Begegnung sind. Und da ich inzwischen in diesem Haus zur Unperson avanciert bin, sind jene Begegnungen für mich eben gerade nicht erstrebenswert.

Allerdings ist die letzte kommunikative Bastion nicht einfach gefallen, sondern sie wurde von den anderen eingerissen und niedergemacht. Wenn jede Begegnung und jedes Grüßen gleichzeitig zu einer Belehrung, einer Aufforderung oder einer Beschwerde wird, und dies gerne auch als bunte Mischung, dann handelt es sich eben nicht mehr um eine höfliche Respektsbekundung, sondern nur noch um ein Mittel zum Zweck.

„Guten Morgen Herr Mülders, ob Sie wohl Ihren Müll wie alle anderen auch sortieren könnten?"

„Guten Tag Herr Mülders, Ihre Musik ist einfach viel zu laut. Muss erst die Polizei einschreiten?"

„Guten Abend Herr Mülders, ich habe schulpflichtige Kinder und wohne im Erdgeschoss. Wenn Sie bitte so freundlich wären, Ihre Waschmaschine nicht nachts laufen zu lassen!"

Ich weiß, ich bin nicht perfekt. Ich weiß aber, wer perfekt war. Für mich, für das Haus, für alle. Aber Ingrid ist weg, mitsamt Flachbildfernseher, Surround-Anlage und Mikrowelle. Und das jetzt schon seit Monaten.

Ohne Zwischenfälle wieder oben angekommen, fährt mein Computer, oder genauer gesagt mein Entertainment-Environment, durch neuerlichen Stromfluss wieder hoch. Ich schaffe es gerade noch rechtzeitig, den Systemcheck aufgrund plötzlichen Abbruchs durch Drücken einer beliebigen Taste zu unterbinden und ziehe den Stecker. Genug für diese Nacht. Es dürften alle digitalen Besucher meines Gigs die virtuelle Halle verlassen haben.

Und ob Lucy95 tatsächlich an der virtuellen Theke im Backstage-Bereich erschienen war, hoffe ich, im nächsten Chat zu erfahren.

Dabei hätte es sehr schön werden können, mit einer super Frau nach einem mehr als gelungenen Auftritt den Abend ausklingen zu lassen. Wir haben schon nächtelang gechattet, uns unsere Wünsche und Sorgen erzählt und über Themen gesprochen, über die ich vorher nicht einmal nachzudenken gewagt hatte. Ganz anders als mit Ingrid.

Letztlich war es Lucy95, die mir den fehlenden Stups zu dieser Online-Performance gegeben hatte. Dass so viele kommen würden, hatte ich allerdings nicht erwartet. Und dass eine Person so viele Avatare gleichzeitig bedienen kann, halte ich für ausgeschlossen. Lucy95 muss regelrecht eine Werbekampagne geführt haben, und ich lag mit meiner Songauswahl goldrichtig. Ich vermisse sie geradezu. Ob Lucy95 allerdings überhaupt weiblich ist und vielleicht 1995 geboren wurde, oder ob nur ein durchgeknallter Typ mit einem gut designten weiblichen Avatar dahinter steckt, mag ich heute Abend nicht mehr hinterfragen.

3

Ich habe sie an meinem Arbeitsplatz so platziert, dass ich sie den ganzen Tag ständig betrachten kann. Ich sehe sie an, und sie sieht mich an. Eigentlich hat es vielmehr den Anschein eines kleinen Schreins. Und sie ganz oben drauf. Meine Einladung. Darauf habe ich lange hingearbeitet. Und nach nächtelangem Üben und Probieren und Einarbeiten immer neuer Code-Schnipsel habe ich in diesem Jahr die Online-Qualifikation zur nationalen Endrunde für Gaming-Gitarristen geschafft. Sound, Authentizität, Kreativität, Originalität und vor allem Qualität von menschlicher Gitarrenvirtuosität im Zusammenspiel mit maschinell umgesetzten Software-ergänzungen als erkennbares Miteinander waren einige der wichtigsten Kriterien. Hierzu zählt auch die optimale digitale Orchestrierung mit anderen Instrumenten wie Schlagzeug oder Keyboard. Zwar ist so eine Gaming-Gitarre aus Kunststoff und im herkömmlichen Sinne nicht wirklich bandtauglich, aber wenn ich den Sound höre und die Avatare sehe, spüre ich keinen Unterschied. Na gut, da wo normalerweise Saiten aus Stahl sind, befinden sich bei mir Tasten. Und sämtliche Regler bei richtigen Gitarren sind nicht lediglich aufgeklebte Attrappen, sondern erfüllen einwandfrei den ihnen zugedachten Sinn und Zweck. Für mich ist meine Gitarre die absolut richtige Gitarre.

Wenn ich der Einladung folge, und das werde ich, wird noch ein weiterer ganz wesentlicher Faktor hinzukommen. Die Live-Performance. In Berlin. Am 3. Oktober. Da ist in Berlin der Bär los. Der ist da zwar immer los, aber in diesem Jahr wird am 3. Oktober nicht nur der Tag der

Einheit einer Nation gefeiert, sondern auch meine ganz persönliche Synthese von künstlerischer und künstlicher Intelligenz. Die Hauptstadt wird die Kernschmelze aller Bewerber sein. Herauskommen werden die Besten der Besten ihrer Kategorie. Und für die gibt es dann die begehrten Tickets zur Weltmeisterschaft. Nach Dubai. Wärmt schon mal den Sand an! Emirate, ich komme!

Damit ich nicht völlig unvorbereitet in das Land meiner Träume reise, habe ich mir schon ein paar Informationen und Bilder aus dem Netz gezogen. Daher thront die Einladung auf einem Sammelsurium von Bildern vor allem von Burj Khalifa, Palm Jumeirah, Dubai Creek, den Souks, vom Ort des Geschehens selbst und von umjubelten Gamern des letzten Jahres in Siegerpose in einem Ozean von herabregnendem Lametta und Glitter.

Ich darf meine Einladung nach Berlin auf keinen Fall verlieren, denn sie dient gleichzeitig als Bahnfahrkarte für Hin- und Rückfahrt in der 2. Klasse. Das kommt mir aktuell finanziell sehr entgegen.

Jeden Tag baue ich morgens meinen Schrein auf, und abends räume ich alles wieder in meine abschließbare Schublade. Kein Container, sondern eine Schublade. So viel Privatsphäre wird mir zugestanden. 55 cm tief, 40 cm breit, 9 cm hoch. Ich habe sie ausgemessen. Das sind 19.800 Kubikzentimeter. Dies wiederum entspricht 19,8 Litern, wenn man sie zum Beispiel mit Bier füllen würde. Nicht einmal die Menge eines kleines Fässchens Bier passt da rein. Nur eine einzige Akte. Eigentlich. Gemäß Anweisung. Vor allem für Dienstpläne, Urlaubsanträge und andere betriebliche Unterlagen. Wirklich wichtige Dinge kann man lediglich darum herum stopfen.

Das war nicht immer so. Früher gab es nicht einmal das. Bis zu jenem Tag, als die Tasche eines Kollegen gestohlen wurde.

Unglücklicherweise ein Diabetiker, und sein lebenswichtiges Insulin war in der Tasche. Da gab es einen eindrucksvollen Rettungseinsatz im Haus. Mehr als eine Schublade für jeden Mitarbeiter gibt es seitdem aber trotzdem nicht. Ganze Sozialräume, die uns eigentlich zustünden, werden mit dem Hinweis des Managements der DüsselMall, sie bräuchten die Flächen operativ, gar nicht erst eingerichtet.

Dabei steht *Förderung der Mitarbeiter* im Organisationshandbuch. Da steht sie gut. Aber eben nur da. Sonst würde man hier wohl mindestens die gesetzlichen Anforderungen erfüllen. Es soll einen Protestbrief des Betriebsrates zu diesem Thema geben. Ich kenne niemanden, der ihn gelesen hat. Es gab bestimmt wieder einen dieser berüchtigten scheinheiligen Deals. Der Betriebsrat schreibt etwas und wahrt damit sein Gesicht. Das Unternehmen setzt es aber einfach nicht um. Jetzt müsste der Betriebsrat die Sache weiter verfolgen, macht er aber nicht. Schließlich wurde der Brief geschrieben. Wohl alles andere als eine Brandschrift. Nur ein Anstoß von außen kann dann noch für Bewegung sorgen. Oder eben ein Notfall. Jedenfalls ist nun jedem eine Schublade auch für Wertsachen zugestanden. Und als dies umgesetzt wurde, schließlich ist sie abschließbar und darf von niemand anderem ohne besonderen Grund geöffnet werden, hatte dies gefühlt den Anschein, als hätten wir Mitarbeiter einem Fürsten mit unlauteren Methoden ein kostbares Stück Land abgetrotzt.

Die Schublade birgt gerade genug Platz für die mosaiken Bruchstücke meines größten Traums.

4

„Die Kamera macht nur unscharfe Bilder!", tönt es mir am nächsten Morgen hölzern entgegen.

Die Mittdreißigerin der Marke *Landei – läuft unrund* hat doch tatsächlich den Reklamationstresen der berühmten DüsselMall entdeckt und in mir den weniger berühmten, aber als unheimlich kompetent beworbenen Ansprechpartner für Sorgen aller Art gefunden.

Meine Stelle wurde neu geschaffen und wegen der großen Nachfrage in die Fotoabteilung integriert. Mit dieser Entscheidung hatte ich nun endlich – und aufgrund nachdrücklichen Anratens einer einzelnen Dame - den karriereorientierten Quantensprung vom Food-Bereich in den Non-Food-Bereich vollzogen. Damit bin ich vom Feld der Grundversorgung in die Welt der Innovationen vorgerückt. Ich glaube fest an das angeblich in jedem und somit selbstverständlich auch in mir steckende Helfersyndrom. Ich würde der Held sein, der das Unternehmen von der Last möglicher Unzufriedenheit von Kunden aufgrund eklatanter Defizite unfähiger Lieferanten befreit.

Ich bin angetreten, dem Begriff Nachkaufreue jedweden Nährboden zu entziehen. Als Speerspitze der Qualitätssicherung würde ich der wesentliche Erfolgsfaktor des Beziehungsmanagements sein. Der Star des After-Sales-Service. Ein überlebensgroßes Konterfei von mir als Wegweiser zu vollkommener Zufriedenheit.

„Umtauschen?", frage ich ohne aufzusehen, hat doch mein Dasein als virtueller Rockstar und gleichzeitig abhängig Beschäftigter als Schnittmenge den Biergenuss.

Und bevor ich vor meinem Chef oder vor Kunden mit wehender Alkoholfahne untergehe, tarne ich mich lieber mit Unauffälligkeit und umso proaktiverer Erfüllung von Kundenwünschen im Rahmen meiner Möglichkeiten. Nicht aufsehen und andere nicht anatmen sind die tragenden Säulen dieser Strategie. Und ganz nebenbei wirkt es schüchtern, das sollte etwaige Aggressoren doch bremsen.

„Und die Bilder, die ich schon gemacht habe?"
„Die sind auf dem Speicherchip."
Ich hole den Chip heraus, fülle die Formulare aus und verabschiede die bei flüchtigem Hinsehen jung gebliebene, aber auch nicht so jung gebliebene freudig lächelnde vielleicht dann doch eher Endzwanzigerin mit einer fabrikneuen Cam. Und wieder eine Kundin glücklich gemacht! Hurra!

Hier ist noch nie eine Lucy95 aufgetaucht, stelle ich völlig desillusioniert fest. Nicht einmal eine Lucy85. Ingrid hatte mich hin und wieder in der Mittagspause besucht. Sie kam auf einen Kaffee vorbei oder einfach nur, um mich mit Liebesschwüren zu betören. Oder, rückblickend, um mich als Wunscherfüllungsgehilfe zu benutzen. Mitarbeiterrabatte haben ihren ganz eigenen Charme. Eine Lucy95 hätte ich während meiner Zeit mit Ingrid wahrscheinlich gar nicht erst wahrgenommen.

Aber Ingrid trinkt jetzt keinen Kaffee mehr mit mir in der Mittagspause. Ingrid sitzt wahrscheinlich gerade im durchgestylten Büro ihres Jörgs im Medienhafen auf seinem Schoß und lacht sich über den Typen kaputt, der nun die Wohnung finanzieren muss, die sie ganz alleine ausgesucht hatte.

Vielleicht ist Lucy95 heute Abend online. Einen Versuch ist es wert. Mit VR-Brille auf dem Kopf und einem Bier in der Hand bin ich auf der Couch wieder ganz mein Avatar. Der immer wieder gelingende Balanceakt, ein durch dieses Gestell vor meinen Augen für mich nicht zu sehendes Bier vom Tisch an meine Lippen und zurück zu manövrieren, ohne einen Tropfen zu vergeuden, ist das Ergebnis nächtelangen repetitiven Lernens aus Fehlern. Wie viel Bier dabei in die Couch geflossen ist, will ich gar nicht erst wissen.

Lucy95 hat keine Nachricht im Chat hinterlassen. Im Forum werde ich mit Lob überschüttet, und es besteht die dringende Nachfrage, wann ich den nächsten Gig spiele. Viele gratulieren in meinem Abrock-Blog. Sie beschweren sich darüber, dass ich so plötzlich verschwunden sei. Ich denke, Berlin ist nur noch eine reine Formsache.

Lucy95 und ich haben schon seit über einem halben Jahr Kontakt. Nach einiger Zeit war mir allerdings die stundenlange Schreiberei ganze Nächte hindurch zu anstrengend, und ich wollte auf direkte Kommunikation wechseln. Am liebsten natürlich mit Bild. Aber das wollte Lucy95 nicht. Sie schätze es, inhaltlich möglichst vollständig formulieren zu können. Einen Gedanken nicht ausführen zu können, sondern mitten im Gedankengang durch Zwischenbemerkungen unterbrochen oder abgelenkt zu werden, finde sie unerträglich arrogant. Sie ergänzte, dass für sie die Menschen, die sich durch Unterbrechen ihrer Ausführungen mit Worten über ihre Stimme erheben, im ureigentlichen Wortsinn überheblich seien. Sie fühle sich in solchen Unterhaltungen dominiert und einer durch nichts gerechtfertigten Siegermentalität ausgesetzt. Wer ihr nicht zuhöre, könne ihren Gedankengang nicht erfassen und sie damit auch nicht verstehen. Derartige Unterhaltungen halte sie für sinn- und ergebnislos.

Mein Gelöbnis, all ihren Wünschen bei Gesprächen entsprechen zu wollen, wurde mit der Frage beantwortet, ob textliche Kommunikation ein Problem für mich sei. Die plötzliche Schärfe in ihrer Frage war auch trotz der Stille unseres Austauschs ungewohnt und hatte etwas erschreckend Endgültiges in der Art ‚Friss oder Stirb!'. Um nicht auch noch Lucy95 zu verlieren und unserer Beziehung ausreichend Zeit zu geben, uns aufeinander zu entwickeln zu können, habe ich ihrem Wunsch entsprochen.

Später änderte ich unsere Kommunikation etwas, indem ich dazu überging, mir ihre die Chatbeiträge vorlesen zu lassen. Hierfür spielte ich dem System eine Stimmfarbe auf, die ich aus den Stimmen der *Ten-Most-Sexiest-Women-Dead-Or-Alive* digital zusammenstellte.

Diese Stimme geht derart unter die Haut, dass ich manchmal nur wegen ihr weiter chatte. Und so lasse ich mir von dieser Stimme, die ich Laura taufte, die Chatbeiträge von Lucy95 vorlesen. Dabei liege ich auf der Couch und verursache hin und wieder durch ungelenke Bewegungen beim gelegentlichen Essen und Trinken eben jene Flecken auf meinen Klamotten, die mich irgendwann dann doch des Nachts in den Waschkeller treiben.

Damit es für meine eigenen Chatbeiträge keines Positionswechsels durch Tastaturtipperei oder für Korrekturen bedarf, habe ich für eine verhältnismäßig große Investition und mit viel Zeitaufwand ein Sprachprofil von mir selbst erstellt und kann jetzt meine Chatbeiträge diktieren. Diese werden tatsächlich auch bei undeutlicher bis hin zu dezent lallender Aussprache erkannt und automatisch in lesbaren Text umgewandelt. Natürlich kann ich auch nach lautem Aussprechen des Namens *Laura* ohne jeden Tastendruck Bedienbefehle einsetzen.

Eigentlich ist diese Art der Kommunikation sogar noch besser als ein persönliches Gespräch. Ich kann vollgekleckert und schmatzend tiefschürfende Gespräche führen und mir zusätzlich noch ein Bierchen zu Gemüte führen. Lediglich die Antwortzeiten sind durch das Vorabdiktieren und sequenzielle Senden etwas länger. So habe ich meine VR-Brille inklusive Headset und Sensoren auf und unterhalte mich mit Lucy95, als wäre sie bei mir.

Und mit Laura im Ohr, Lucy95 in der Leitung, Strandschönheiten vor Augen und Ingrid im Sinn bietet so ein Jogger auch Spielräume für motorische Abschweifungen. Und das völlig unabhängig vom Gesprächsinhalt. Dabei besteht ein weiterer großer Vorteil unserer Art der Kommunikation darin, dass ausschließlich Text übertragen wird. Weder Puls noch Atmung.

Da Lucy 95 noch nicht im Chat ist, stelle ich mir eine neue Sequenz leicht bis nicht erkennbar bekleideter weiblicher Darstellerinnen zwischenmenschlicher Interaktion zusammen. Wie machen die das, dass deren Beine so glänzen? Als erstes muss da wohl eine Klinge ran. Ich wäre da gerne mal Klinge. Heute also ‚Top 20 Beine'.

5

„Hallo Sven! Hattest du einen schönen Tag?", begrüßt mich Laura.

„Hallo Lucy!", erwidere ich.

Gerade frage ich mich mal wieder, ob Lucy95 überhaupt der Avatar eines Menschen ist. Gerne würde ich das endlich herausfinden.

„Lucy, bist du ein Mensch oder eine Maschine?"

Laura antwortet: „Ich bin für dich, was du möchtest, das ich für dich bin. Wenn du möchtest, dass ich ein Mensch für dich bin, bin ich ein Mensch. Wenn du möchtest, dass ich eine Maschine für dich bin, bin ich eine Maschine. Was soll ich für dich sein?"

Was ist das denn für eine bescheuerte Wahl? Da könnte Lucy auch fragen: Hast du eigentlich noch alle Latten am Zaun, oder bist du schon total schizo?

Laura verrät mir: „Lucy95 hat sich aus dem Chat verabschiedet."

Toll! Das war ja ein tiefgründiger Dialog! Bestimmt hat sich Lucy95 aus guten Gründen abgemeldet. Oder ein Programmierer von Lucy95 oder eine programmierte Software fand durch einen Algorithmus heraus, dass Lucy95 gerade enttarnt werden könne und zog den Avatar gerade noch rechtzeitig ab. Wahrscheinlich tritt bald eine optimierte Version mit mir in Kontakt. Nicht dass es demnächst auch bei Menschen heißt: *Der Support ist beendet. Bitte wählen Sie zwischen den neuen Modellen.*

Supportbeendigungen, ohne dass technische Fehlfunktionen vorliegen, habe ich ohnehin nie verstanden. Das ist eine Absurdität wider jeden Ingenieursethos.

Manchmal träume ich davon, dass Lucy95 eine bessere Ingrid ist. Bestes Indiz für die menschliche Lucy95 ist übrigens ihre nicht ständige Erreichbarkeit. Es gibt den einen oder anderen Abend, an dem ich sie im Chat nicht finde. Andererseits könnte selbst das ein Ergebnis eines Algorithmus zur Simulation von Menschlichkeit sein.

Wenn Lucy95 nicht da ist, lasse ich mir meistens Protokolle alter Chats von Laura vorlesen. Hoffentlich gibt es bald die Möglichkeit, eine haptische Kopie von Ingrid herstellen zu lassen, mit den Worten von Lucy95 und der Stimme von Laura.

Da Lucy95 nicht mehr in den Chat zurückkehrt, verbessere ich noch mein Gitarrenspiel mit meiner *Giant-Gaming-Guitar*. Ich klicke durch zahlreiche Foren und bekomme überraschend noch die Gelegenheit zum Tausch von Programmierschnipseln. Ich kann meinen Avatar noch mehr rocken lassen.

Ich will der Beste sein!

6

Meine Mittagspause verspricht heute eine nette Abwechslung. Steffi rief kurz nach 10.00 Uhr an und will mit mir zusammen zum Pizzaladen um die Ecke.

Ich stehe pünktlich im Tempel runder Teigfladen und durchsuche die übergroße Angebotskarte über dem Holzofen, als ob ich das erste Mal hier wäre und mich aufgrund der Angebotsvielfalt von Pizzavariationen nicht entscheiden könne.

Der Pizzabäcker spielt mit: „Darf es heute eine Pizza Hawaii sein, der Herr?"

„Jipp!", bestelle ich.

„Sehr gerne", quittiert der Maestro des Mehls.

Als ob ich in all den Jahren hier je etwas anderes bestellt hätte.

Noch bevor ich bemerken konnte, dass die Eingangstür geöffnet wurde, höre ich eine mir sehr bekannte Stimme sehr deutlich durch den Raum schallen: „Ich habe dich ja ewig nicht mehr gesehen! Wie viel hast du abgenommen, seit Ingrid weg ist? Ist alles etwas weit um die Hüfte, oder?"

Steffi steht mit offenen Armen hinter mir und lächelt mich mit ihren Grübchen an. Die klitzekleinen Lachfältchen sind neu, stehen Steffi aber außergewöhnlich gut.

Mir entgeht nicht, dass der Mann am Ofen kurz aufblickt. Wahrscheinlich hat er mitgehört und sorgt sich um eine verlässliche Stütze seines Umsatzes.

Unsere Umarmung ist kurz und innig. Ihre Haare riechen nach Frühling und Sommer zugleich.

Ohne Hallo bekenne ich: „14 Kilo. Ich weiß, ich brauche neue Klamotten."

Wenn ich das so ausspreche, fühlt sich das mehr nach einer so gerade eben überstandenen mittelschweren Krankheit an, als nach einer Trennung.

Zur Vermeidung von Anteilnahme heuchelnden Mitleidsbekundungen stelle ich das jähe Ende meiner Beziehung stets als äußerst einvernehmlich dar. Damit erspare ich mir detaillierte Ausführungen.

Schlimm genug, dass ich kein Auto und keinen Fernseher mehr habe. Da brauche ich nicht in jedem Dialog wieder und wieder dieses Trauma erneut zu durchleben. Die Reaktionen waren bisher sowieso nur von Empathie befreite inhaltsleere Plattitüden wie: ‚Kopf hoch, das wird schon wieder', oder ‚Das schaffst du schon. Andere Mütter haben auch schöne Töchter.' Das könnte man auch frei übersetzen mit: ‚Interessante Geschichte. Da habe ich wieder etwas zu erzählen. Ich gönne dir alles, Hauptsache der Abstand zu mir bleibt groß genug. Du als Mensch bist mir dabei total egal.'

Ich habe Steffi vermisst und interessiere mich: „Seit du Mama bist, hört man gar nichts mehr von dir. Und dass auf unserer letzten gemeinsamen Weihnachtsfeier mit Udo plötzlich ein neuer Mann an deiner Seite war, hat uns alle völlig überrascht."

„Ja, das stimmt. Die kleine Annabel macht mir sehr viel Freude, sie ist aber auch super anstrengend. Sie ist schon acht Jahre alt und geht in die 3. Klasse. Wenn ich mal etwas Zeit habe, bin ich froh, die Beine hochlegen zu können. Es tut mir leid, dass ich meine alten Kollegen nicht auf Priorität A habe", lacht sie, „aber jetzt bin ich ja hier."

Ihr ist doch wohl klar, dass ich nicht einfach über ihren Männerwechsel hinweggehen kann.

Also hake ich nach: „Steffilein, wenn du ein neues Auto fahren würdest, dann würde ich dir ganz bestimmt herzlich gratulieren. Aber ein neuer Mann? Wo ist denn Annabels Vater?"

Als ich Steffi während unserer Ausbildung in der DüsselMall kennenlernte, kannte ich Ingrid lange noch nicht. Und wenn die Arbeitstage in dieser Zeit auch monoton und dröge waren, Steffi war stets ein Lichtblick. Sie hatte immer den Schalk im Nacken. Und wenn wir keinen Blödsinn angestellt haben, dann haben wir zumindest darüber geredet. Manchmal hat sie einfach nur Bedienungsanleitungen in Niederländisch vorgelesen, dazu die wildesten Gesten vorgeführt, und wir haben alle vor Lachen auf dem Boden gelegen. Einschließlich zufällig anwesender Kunden. Mit Steffi in der Nähe vergingen die Tage wie im Flug. Wie hätte sie mit ihren braunen Augen auch jemals böse schauen können? Dass Augen und Haare die gleiche Farbe zu haben scheinen, daran hat sich nichts geändert. Ihre Frisur trägt sie wie früher hochgesteckt mit geflochtenem Zopf. So stelle ich mir eine Hochzeitsfrisur vor.

Steffi war, seit ich sie kenne und bis Udo auftauchte, vergeben an den geheimnisvollen Unbekannten, der jedes Mal 1.000 gute Gründe hatte, sich nicht blicken zu lassen. Das ganze Lehrjahr hatte ihn schon für ein Phantom gehalten. Dann folgten Hochzeit und Schwangerschaft, alles wie vorgezeichnet. Plötzlich Trennung. Udo.

„Udo kenne ich aus dem Fitnessstudio. Er war in meinem Spinning-Kurs. Ich nenne ihn immer den dauerhaft ambitionierten Anfänger, weil er sich nicht vom Level *gesundheitsbewusst fit* auf *sportlich trainiert* steigert. Ist ein echt witziger Typ. Nicht so ein selbstverliebter Wichtigtuer wie all die anderen Exemplare der männlichen Spezies, die ich vor ihm kennenlernen durfte. Ihr würdet euch sicher gut verstehen. Den Rest erzähle ich dir mal in Ruhe. Das ist für Annabel und mich alles nicht einfach."

Ich würde nur zu gerne noch mehr erfahren. Vor allem, warum Steffi in ihrer Zeit als Single nicht mich angerufen hat, bevor sie Udo kennenlernte.

Hätte. Wollte. Könnte. Die drei haben es in sich.

Anderseits scheint es gerade so, als bahne sich ein tiefschürfendes Gespräch über Liebe, Leid und Leben an. Ich weiß, wo die nächsten Ü30-, Ü35- und in Härtefällen auch Ü40-Partys in der Stadt sind und wann welche Messen und andere Veranstaltungen mit den dazugehörigen speziell von Freibier getragenen Events stattfinden. Ich weiß, wie man da für lau und ohne Akkreditierung reinkommt, und ich weiß, wie man auf die wichtigen Gästelisten kommt. Aber ich weiß nicht, wie ich mich verhalten soll oder was ich sagen soll, wenn mir jemand von echten Problemen erzählt. Da stehe ich auf dünnem Eis.

Ich bekomme meine eigenen Probleme nicht in den Griff, wie soll ich da jemand anderem beistehen? Das ist so, als ob man Krebs hat und einem jeder erzählt, wer sonst noch alles Krebs hat oder, schlimmstenfalls, wer an genau diesem Krebs bereits gestorben ist. Anstatt die Klappe zu halten und höchstens von denen zu berichten, die es überstanden haben.

Aber bei Steffi mache ich eine Ausnahme, sie hat einen besonders großen Platz in meinem Herzen. Ich werde mir ihre Krebsgeschichte anhören und jeden Anflug von Melancholie in Bier, Kaffee oder was sonst gerade verfügbar sein wird im Keim ertränken. In Anbetracht meiner eigenen Trennung brauche ich unbedingt positive Beziehungsimpulse.

„Soll ich dir beim Einkaufen helfen? Wir können morgen loslegen. Da mache ich mir dann einfach einen freien Tag. Udo passt auf die Kleine auf, und ich wollte sowieso mal wieder in die Stadt. Du kennst ihn ja."

Ich habe Udo einmal gesehen, kennen scheint mir da stark ausgedeutet. Aber ich sehe Licht am Ende des Tunnels. Ich denke an einen schönen Tag mit der wundersamen Steffi.

„Sehr gerne!", stimme ich begeistert zu.

„Dann sehen wir uns morgen im Café Barcelona. Passt 14.00 Uhr?"

„Passt."

Das Café Barcelona kenne ich gut. Dunkle, glänzend lackierte Holzvertäfelungen, eine üppige Theke und übergroße Deckenventilatoren. Da fühle ich mich wohl, das mag ich. Eine gute Wahl.

Die Pizza kommt. Steffi verabschiedet sich mit einer kurzen Umarmung und einem schnellen Küsschen auf die Wange. Ich hoffe, dass das alle gesehen haben. Ich dachte zwar, wir würden zusammen essen, aber das Küsschen hat diese Fehleinschätzung um ein Vielfaches aufgewogen.

Im Geiste rieche ich schon den Kaffee im Café Barcelona und knabbere an den Magdalenas, diese kleinen verpackten leckeren Miniküchlein, die sie dort zusammen mit dem Kaffee servieren.

7

Bei meiner Rückkehr in die DüsselMall ist der Reklamationstresen verwaist. Keine Beschwerde - keine Arbeit. Auch gut. Ich erinnere mich an Steffis Vorführungen in Niederländisch neben der Rolltreppe gegenüber. Das war zu witzig.

„Träumst du wieder von deiner Ex?"

Ach ja, Tobias hatte sich für heute per Messenger angekündigt. Das ist mal eine Erdung am Reklamationstresen! Meine Gedanken an Steffi waren wohl sichtbar.

„Ich habe hammermäßig gerockt. Ich wurde wie ein Star gefeiert!", weiche ich aus und erwähne Steffi mit keiner Silbe. „Alles grandios eingespielt und meinen Avatar wie eine Wildsau über die Bühne gejagt."

„War Lucy95 auch da?"

„Nee, meine lieben Nachbarn haben den Saft gekappt. Ich hoffe, sie ist heute wieder online."

„War wieder der Künstler des Hauses an der Stromeinspeisung aktiv?"

„Kann sein. Ist nicht der einzige Gestörte in der Hütte." Mitleidig nickt Tobias mir zu.

„Ich würde dir heute Abend gerne Claudia vorstellen, kommst du nach Feierabend vorbei?"

Er kommt zum wahren Grund seiner Audienz.

„Dein Aufriss vom Wochenende?", präzisiere ich.

„Genau, lass uns Pizza bestellen. Ich lade dich ein!"

Wir einigen uns auf so um sieben. Bei dieser vagen Uhrzeit kann ich zwischen halb sieben und halb acht erscheinen und bin innerhalb der gesamten zeitlichen Bandbreite auf jeden Fall pünktlich. Heute reize ich das Maximum aus.

Dass ich zweimal an einem Tag Pizza esse, fällt mir erst auf, als Tobias schon wieder weg ist. Umbuchen ist aber schwierig, da es keinen anderen Lieferservice in Tobias Nähe gibt. Dann ernähre ich mich heute eben einseitig. So wie in den letzten Monaten. Ich würde wohl verhungern, wenn es weder Convenience-Food noch Fast-Food gäbe.

Der Wohnblock, in dem Tobias sich in eine Zwei-Zimmer-Wabe eingemietet hat, versprüht definitiv Nachkriegsambiente. Und zwar unmittelbar danach. Man findet bestimmt noch Granatsplitter in den von grauem Putz überzogenen und mehr von Sand als von Steinen zusammengehaltenen Mauern. Es ist eines dieser Häuser, die durch Beschuss nur schöner werden können.

Wenn man bei Tobias eine Tür etwas schwunghafter als erforderlich schließt und ein bis zwei Sekunden wartet, hört man zuweilen den Sand in den zur Isolierung belassenen Hohlräumen in den Wänden rieseln. Das muss ein schier unerschöpflicher Vorrat an Sand sein. Oder kleine Sandtiere tragen den immer wieder nach oben, weil er doch so schön rieselt. Oder das Haus fällt irgendwann mit einem *Huch!* einfach zusammen.

Ich klingel den konditionierten Rhythmus, mit dem ich mich mangels Gegensprechanlage identifiziere, und trete auf Geheiß des Türsummers in den Hausflur. Die Zeitungen stapeln sich neben der Haustür bis auf Kniehöhe. Während ich an der monströsen Briefkastenanlage vorbeigehe, nehme ich unweigerlich den Geruch eines Gemischs aus Muff und Putzchemikalien wahr. Es kribbelt in der Nase, und mein Geruchssinn lässt spontan merklich nach. Erfahrungsgemäß ist der Hausflur aber nur die Vorhölle, das wahre Inferno befindet sich in Tobias Wohnung selbst.

Ich kann es nicht erklären, aber Tobias Wohnung ist eine seltsam faszinierende Kombination aus Ekel und Gemütlichkeit. Die Wohnungstür ist leicht geöffnet. Als ich eintrete, ruft Tobias: „Pizza ist schon da. Du kriegst Schinken-Ananas, wie immer."

Habe ich jemals eine andere Pizza gegessen? Ich hole tief Luft, schreite zügig durch Flur und Wohnzimmer zum Balkon und mache die Balkontür weit auf, noch bevor ich wieder atme. Tobias hat definitiv ein Hygieneproblem.

Bei meinem Durchmarsch habe ich kurz auf der Couch etwas Langhaariges mit weiblichen Attributen gesehen.

„Hallo, bist du nicht der Typ, dem seine Ex abgehauen ist und der jetzt ohne Auto dasteht und ständig im Internet abhängt?"

Wir wurden nicht einmal einander vorgestellt, und schon hat diese Claudia mit einem Satz mein Leben prägnant auf den Punkt gebracht. Tobias hat ganze Arbeit geleistet. Ich bin nicht auf Schmusekurs und entgegne: „Hallo. Und du musst die besoffene Trulla vom letzten Samstag in der Altstadt sein."

Erst jetzt betrachte ich sie näher. Nicht hässlich, aber auch nicht hübsch. Ungeschminkt. Unscheinbar. Uninteressant. Soll ich mir wirklich die Mühe machen, auch diese Matschblase kennenzulernen?

Für mich sind Kneipen nicht nur pralles Nachtleben, sondern auch große menschliche Matschbecken. Und wie diese Mudpools in Island, Neuseeland oder sonstwo so sind, blubbert es in ihnen ständig durch aufsteigenden übel riechenden Schwefel aus dem Erdinneren. Und bei eben diesem Blubbern entstehen kleine und wunderschön in Regenbogenfarben glänzende Blasen, die, so sie entstanden sind, wenige Sekunden nach ihrem nur wenige Meter reichenden Aufstieg gen Himmel wieder zerplatzen.

Tobias Claudias, Anjas und Tanjas und so weiter sind also nichts anderes als Dreck, der kurz im Lichtschein als Matschblase glänzt, sich aber nicht lange hält, und dann unter Freigabe großen Gestanks wieder vergeht. Und in diesen Matschbecken watet Tobias immer wieder gerne, und zwar mindestens hüfttief.

Ich musste schon zahlreiche Matschblasen kennenlernen, die zwar alle in Düsseldorf und Umgebung wohnten, von denen ich aber in all den Jahren nach ihrem Zerplatzen nie wieder eine zu Gesicht bekommen habe. Wer auch sonst kann sich in einer derartig unwirtlichen Umgebung wie hier wohlfühlen?

„Willst du Besteck?", fragt Tobias und erlöst Claudia davon, meine Frage beantworten zu müssen.

„Nein Danke. Du weißt doch, Bier aus Flaschen und Pizza auf die Hand!"

Tobias hatte mich nach dem Auszug aus seinem Elternhaus ein einziges Mal zu selbst gekochtem Essen eingeladen. Da an dem mir angebotenen Besteck und Geschirr vergangene kulinarische Epochen anhand noch haftender Essensreste chronologisch aufgearbeitet hätten werden können, kommen für mich in diesen Räumlichkeiten ausschließlich Lebensmittel in Frage, die direkt aus Verpackungen verzehrt werden können.

Claudia kommt irgendwo her, arbeitet irgendwas und hat irgendwelche Hobbys. Ungern möchte ich dem jungen Glück zumuten, sich wegen meiner Anwesenheit in körperlicher Askese üben zu müssen. So bedanke ich mich für das kurze Gespräch und die Pizza und verabschiede mich nach dem Austausch von ein paar inhaltsleeren Floskeln.

Eigentlich müsste ich mal zur Toilette. Aber bevor ich Tobias Lokus gebrauche, gehe ich lieber schnell nach Hause. Sonst war das mit der Pizza eine kurzzeitige Angelegenheit.

8

„Hallo Sven! Hattest du einen schönen Tag?"

„Hallo Lucy! Es geht so. Ohne Auto komme ich nicht wirklich schnell zur Arbeit und zurück."

„Du brauchst aber doch kein Auto. Es gibt den öffentlichen Personennahverkehr und außerdem Mitfahrgelegenheiten. Ich kann dir ein paar wirklich interessante Apps zeigen."

„Leider klappt das nicht richtig. Und ich weiß auch nicht, ob ich das will."

„Warum denn nicht? Das ist doch praktisch!"

„Ja, ich hätte aber doch gerne ein eigenes Auto. Wenn ich bei anderen mitfahre, streue ich nur Salz in meine Wunden."

„Warum solltest du nicht die Möglichkeiten des Internets auch für deine Mobilität nutzen? Das ist zudem umweltschonend. Überhaupt, die Chancen durch Open Source und Shared Communities sind riesig."

„Wie soll ich denn mit einer Mitfahrgelegenheit an den Rhein kommen, um in einer dunklen Ecke bei lauschiger Musik im Auto mit Blick auf vorbeifahrende Schiffe den romantischen Teil eines bis dahin illustren Abends zu beginnen? Das ist, als ginge ich in ein Restaurant nach dem anderen und darf an jedem Essen riechen, aber reinbeißen darf ich nicht!"

„Du nutzt doch auch Code-Schnipsel von anderen für deine Musik. Das ist doch das Gleiche."

„Das ist Open Source. In Foren beantworten mir sogar Fremde meine Fragen, auch wenn ich mir manchmal wie ein peinlicher Anfänger vorkomme."

„Ist denn die unentgeltliche Zurverfügungstellung von Wissen und die Öffentlichkeit von Urheberschaft nicht super? All die offenen und öffentlichen Entwicklungsprojekte finden nicht mehr ausschließlich in den Höhen der Entwicklungskunst einzelner Forschungszentren statt, sondern in einer weltweit vernetzten Umgebung. Und du bist Teil davon."

„Ich freue mich immer über neue Codeschnipsel. Gestern habe ich erst etwas Grandioses gefunden. Für mehr Kompression meines Sounds."

„Das hört sich nach einer adaptierten Lösung an."

„Ja, und sie adaptiert sich selbst weiter. Das hilft mir sehr."

„Glückwunsch. Muss es denn der Rhein sein? Lasst euch doch zu dir oder zu ihr fahren."

„Mit dem Bus?"

„Ja, oder du kannst dich in einem Auto mitnehmen lassen. Oder du machst Car-Sharing, dann hast du dein eigenes Auto und kannst an den Rhein."

„Shared Communities für Autos gibt es hier noch nicht. Und an die unentgeltliche Zurverfügungstellung von Haben einer Gemeinschaft des Teilens komme ich derzeit nicht ran. Das ist noch zu gruppengebunden, und ich kann nicht mal einen verhältnismäßig kleinen Teilbeitrag beisteuern. Praktisch wäre das allerdings schon."

„Bei einer Shared Community geht es aber doch gar nicht um das Besitzen, sondern lediglich um den Zugang. Haben sich deine Eltern vielleicht noch über individuelle Plattensammlungen oder ein nach eigenen Vorlieben sortiertes Bücherregal charakterisiert, hat ein derartiges Anhäufen von Gütern heute doch keinen vergleichbaren Stellenwert mehr. Ist historischer Ballast ohne Nutzen. Heute ist doch alles über Apps verfügbar."

„Ich weiß."

„Es gibt auch Anbieter für CarSharing ohne Community", werde ich aufgeklärt.

„Für kommerzielles Car-Sharing lebe ich zu weit draußen. Ich wohne außerhalb der Zonen, in denen man ein Auto abstellen kann."

„Dann zieh um!"

Hat Lucy gerade wirklich *Dann zieh um!* geschrieben? Ich hatte ihr doch von meiner finanziellen Gesamtsituation berichtet.

„Das geht nicht, das weißt du doch. Ich kann hier nicht weg."

„Dann brauchst du ein Auto."

Ich lasse mir den Satz zweimal vorlesen und frage nach: „Du hast doch gerade gesagt, ich bräuchte kein Auto."

„Aber wie willst du denn ohne Auto eine Beziehung führen?"

„Ich könnte mir diverse Fahrräder für jeweils 5 bis 10 Euro ersteigern und an Haltestellen in der Stadt und bei mir abstellen und anschließen. Das kostet nicht viel, macht mich aber zumindest für kleine Strecken flexibler."

Diese Idee erscheint mir inzwischen nicht mehr völlig abwegig.

Sie insistiert: „Du kannst dann nicht an besonders romantische oder aufregende Stellen fahren. Du kannst auf diese Weise niemand für einen netten Abend abholen."

„Das weiß ich doch!", schreie ich in die Tasten.

„Also brauchst du ein Auto."

„Du verstehst das nicht."

„Das ist nicht sinnvoll."

Lucy95 hat den Chat verlassen, lese ich. Ich lasse mir das Protokoll von Laura nochmal in aller Ruhe vorlesen.

9

Wie verabredet sitzt Steffi im Café Barcelona und genießt bereits ihren Latte Macchiato. Ich sehe sie schon von draußen durch die Fenster und bleibe einen Moment stehen. Sie hat ein paar Kataloge neben ihrem Latte und scheint auf die Tour mit mir gut vorbereitet zu sein. Steffi wäre mehr als nur eine Sünde wert. Udo hat wirklich einen Treffer gelandet. Da ziehe ich den Hut.

Beim Öffnen der Tür strömt mir frischer Kaffeeduft in die Nase. Ich wiege mich in einer wohlig warmen Atmosphäre mit dezenten spanischen Schnulzen aus unsichtbaren Lautsprechern.

Steffi sieht mich und springt auf, als hätte ich ihr Neugeborenes in den Armen, umarmt mich und drückt mir einen dicken Kuss auf die Wange. Hoffentlich haben das alle gesehen. Wir setzen uns über Eck, so können wir beide aus den Fenstern sehen.

„Hallo Sven, ich habe schon tolle Ideen! Jetzt trinkst du zuerst ein Käffchen, und dann zeig ich dir in ein paar Katalogen, was ich mir für dich vorstellen kann. Schließlich bist du ja wieder auf Brautschau."

„Hallo Steffi, so viel Energie habe ich beim Einkaufen normalerweise nicht. Aus Budgetgründen müssen wir übrigens die Auswahl auf ein Minimum reduzieren. Und das mit der Brautschau, da habe ich im Moment keine Antennen für."

„Aha, und was ist mit Lucy95?"

„Habe ich das inseriert?"

„Ich habe Tobias gestern in der DüsselMall getroffen, und der hat kurz berichtet. Meinst du, dass er der richtige Umgang für dich ist? Der ist ja schon irgendwie eklig."

„Ich weiß auch nicht. Ich kenne ihn ja schon seit über 15 Jahren. Ich glaube, da sieht man das nicht mehr."

Doch, das sieht man. Man will sich aber keinen Kopf darüber machen. Und man will sich nicht wirklich darüber unterhalten.

Ein kurzes Statement sollte reichen: „Er hat halt immer Zeit, keine Hobbys und auch sonst keine nennenswerten Anlässe, kein Bier trinken zu gehen."

„Hast du ihn mal auf Sauberkeit angesprochen?"

„Das klingt jetzt blöd, aber nein. Das geht nicht. Ich weiß nicht warum, aber es geht nicht. Der ist total von sich überzeugt. Tobias ist äußerst kritikunfähig."

„Der ist beziehungsunfähig und gesellschaftsuntauglich", stimmt Steffi zu.

Wir trinken beide einen großen Schluck und setzen damit ein symbolisches Ende unter dieses Thema.

Sie eröffnet lächelnd: „Ungefähr einmal im Monat treffe ich mich mit einigen Kollegen und Freunden, und wir machen verschiedene Aktivitäten. Wir sind ein bunt gemischter Haufen, in dem nicht immer jeder jeden kennt. Wir nehmen uns dann Gleitzeit oder schaffen anderweitig Freiräume und können so auch unter der Woche was los machen. Hättest du Lust mitzumachen?"

„Erstens, ich habe kein Auto. Zweitens, ich habe keine Gleitzeit, nur meinen festgelegten, rollierenden freien Tag pro Woche. Und drittens, ich glaube nicht, dass ihr jemanden dabei haben wollt, der den überwiegenden Teil seiner Freizeit Pixel anstarrt. Und außerdem fehlen mir die Mittel für große Sprünge."

Steffi kontert: „Erstens. Ich habe ein Auto. Zweitens. Ich verspreche dir, dass es billiger ist als eine Sauftour mit Tobias. Und drittens. Du bist nicht der einzige Mensch auf der Erde, der in einer Wanne voller Selbstmitleid sitzt."

Selbstmitleid hat mir noch keiner vorgeworfen. Wenn sie mich nicht anlächeln würde, dass mir warm ums Herz wird, ich ginge.

„Was unternehmt ihr denn als Nächstes?", will ich wissen.

Darauf reagiert sie mit erstaunlich ernster Miene: „Und jetzt kommt meine einzige Bedingung. Du kommst ohne Tobias!"

Eine solche Aufforderung passiert mir zwar nicht das erste Mal, aber bisher hatte ich das immer ignoriert und seine Schrullen überspielt.

„Warum setzt du mich unter Druck?"

„Das ist kein Druck. Ich will Tobias einfach nicht dabeihaben. Den kann und will ich niemandem aus meinem persönlichen Umfeld vorstellen. Dich schon. Sehr gerne sogar. Einen einzigen Tag ohne Herrn Schmutzbuckel, ist das nicht drin?"

„Deal!" höre ich mich sagen.

Mir fällt es schwer zu glauben, dass ich das gerade gesagt habe. Tobias und ich nehmen uns sonst immer gegenseitig zu jedem geselligen Anlass mit. Aber ich kann einfach nicht Nein sagen.

„Das ist total süß von dir. Ich weiß das zu schätzen. Also, ich hole dich nächsten Mittwoch um Punkt 9.30 Uhr ab. Rest wird nicht verraten. Und jetzt gehen wir shoppen!"

Steffi springt auf. Und ich springe ins Ungewisse.

Wir stehen vor dem Café, und ich habe nicht die geringste Vorstellung, was wir für mein Antlitz käuflich erwerben könnten. In den letzten Jahren hatte ich nur noch in Online-Shops eingekauft. Dort sind meine Größen hinterlegt. Genauer gesagt, Ingrid hatte meine Größen hinterlegt.

So kann ich mich, wenn ich Bedarf verspüre, ganz leicht neu einkleiden. Nach ein paar Klicks und ein bis zwei Tagen Lieferzeit bin ich fertig. Und alles passt.

Ehrlicherweise muss ich den Bedarf in jüngster Zeit wohl auf notwendige Ersatzbeschaffungen korrigieren. Ich kaufe immer nur dann, wenn etwas kaputt ist. Und so ein Jogginganzug, der hält.

„Es muss alles aus einem Guss sein", bestimmt Steffi entschlossen.

„Aha. Du meinst also, ich soll gleich ganze Outfits kaufen? So von oben bis unten?", versuche ich den Guss zu konkretisieren.

„GUSS ist ein Akronym, mein lieber Sven."

„Aha."

Steffi buchstabiert: „G U S S; Gürtel, Uhr, Schuhe, Schlips. Und das alles im zusammenpassenden Stil. Hast du es jetzt?"

„Schlips habe ich ja schon ewig nicht mehr gehört. Gibt es das Wort überhaupt noch?"

„Sven, genug gequatscht! In den Laden da gehen wir jetzt rein!", nimmt Steffi Fahrt auf.

Zunächst trotten wir unter Vermeidung der DüsselMall durch die Einkaufsmeile. Zunehmend erhöht sich das Tempo. Steffi geht zielsicher voran, als wolle sie Standarten in die Auslagen rammen. Als ihr Adjutant eile ich hinterher. Es folgt die modische Odyssee des Sven M. durch den textilen Handel Düsseldorfs. Steffi scheint in Hochform. Ich leide. Manchmal hat es den Anschein, als spielten wir ein Spiel auf Leben und Tod gegen die Zeit. Wenn sie zwischen einzelnen Anproben nicht abwarten kann und immer wieder meinen Sichtvorhang frühzeitig zur Seite zieht, wird mir so manches Mal warm. Das spüre ich besonders im Gesicht.

Aber Tiere im Blutrausch soll man bekanntlich nicht stören, und so gehorche ich Steffis Kommando. Schließlich bin ich der Nutznießer.

Um Punkt 20.00 Uhr kauen wir mit kleinen Augen wortlos auf den Nudel-Strohhalmen unseres Milchshakes. Süßer Erdbeergeschmack. Den haben wir uns verdient. Eine kleine Entschädigung für die Strapazen der letzten Stunden. So langsam merke ich von den Füßen her über die Waden, Knie und Oberschenkel ein leichtes Ziehen in Verbindung mit einem zaghaften Reißen. Ich muss auf die Couch. Ganz dringend.

Obwohl ich nur einkaufen war, habe ich das Gefühl, ich hätte ein ganzes Hochhaus gemauert. Hardcore-Shopping ist richtig harte Arbeit.

Steffi feixt: „Ich freue mich für dich, jetzt kann es losgehen! Das sind echte Reißerklamotten für ein richtiges Date!"

Sie steht langsam auf, gibt mir dabei einen schnellen Kuss auf die Wange und verabschiedet sich: „Mach´s gut, Sven. Bis später."

„Du auch! Und vielen lieben Dank für deine Mühe", bedanke ich mich ehrlich.

Ich schaue auf meine Tüten und empfinde die Beute zwar als erfolgreich, im Verhältnis zum Aufwand der Jagd allerdings als recht karg. Mein nicht existentes Budget wurde voll ausgereizt.

Ich überschlage im Geiste die letzten Rechnungen und zähle alles zusammen. Ich rechne hin und her. Haben meine Mittel überhaupt ausgereicht? Bin ich wirklich so bedürftig?

Wieder im Jogger vor dem Monitor bin ich neugierig von der Neugier. Da ich ohnehin online bin, kann ich gleich mal nachsehen, welche Kontakte Ingrid so in ihrem neuen Leben in den sozialen Netzwerken hat. Ihr Profil ist öffentlich, aber ich kenne weder Namen noch Berufe ihrer Kontakte. Deren Hobbys sprechen ihre eigene Sprache: Kitesurfen, Fliegen, Segeln, usw. Was ist mit bodenständigen Hobbys wie Angeln, Radfahren, Fußball? Nix. Das passt wohl nicht zu ihrem neuen elitären Selbstbild. Nun denn. Wer nichts Besseres ist, kann ja wenigstens so tun.

Und bei Steffis Kontakten? Oha, ich hätte darauf kommen können. Da findet sich ein Gruppentermin für nächsten Mittwoch, zu dem schon 25 Mitglieder zugesagt haben. Ich klicke ihn an und da steht: 10.00 Uhr Kanonenstart auf dem Golf-Kurzplatz Gut Weide. Ich blicke auf den Eintrag, als hätte ich einen lebenden Pixelfehler entdeckt. Ich lese immer und immer wieder. Welchen Teil hatte Steffi überhört? Den mit meiner defizitären Haushaltslage oder den mit meiner Neigung zur Bildschirm kompatiblen Freizeitgestaltung? Habe ich nicht vor Sekunden noch bei Ingrids Kontakten ähnliche Freizeitaktivitäten verabscheut?

Ich gehe zum Kühlschrank und muss ganz schnell ein Bier trinken. Und noch eins. Selbst wenn ich kochen könnte, ich könnte nicht kochen. Denn den Induktionsherd mit den Spezialtöpfen hat Ingrid auch mitgenommen. Ohnehin ist die Trilogie von Handy, PC und Kühlschrank mein maximaler derzeitiger Anspruch an die technischen Errungenschaften der Moderne.

Den Dosenöffner hat sie wenigstens hier gelassen. Hilfe zur Selbsthilfe. Da reicht mir ein Campingkocher vom Trödelmarkt fürs Erste. Und fürs Zweite. Und fürs Dritte. Dosen sind sowieso besser als Gefrierzeugs. Als neulich mal wieder einer meiner Nachbarn mein virtuelles Rockerleben durch Stromentzug jäh unterbrochen hatte, bin ich aus Trotz nicht runtergegangen, um den Strom wieder einzuschalten. An jenem Abend war ich einfach zu träge, um Kugeln des Erschießungskommandos ausweichen zu können. Das hätte ich nicht machen sollen. Denn dadurch war am nächsten Morgen mein Kühlschrank abgetaut. Ich habe zwar versucht, alles wieder sauber zu kriegen, aber der Fußboden klebt beim Laufen noch immer. Ich müsste den Kühlschrank mal von der Wand rücken. Ich könnte dabei Unterstützung gebrauchen, aber Tobias brauche ich wegen so etwas wohl nicht zu fragen. Die Bierchen jedenfalls sind irgendwann wieder kalt geworden.

Nach dem vierten Bierchen dämmert mir, dass Tobias bei der Yuppie-Veranstaltung am kommenden Mittwoch gar nicht dabei ist. Ich muss mir unbedingt eine Ausrede einfallen lassen. Und überhaupt, es hätte schlimmer kommen können. Sektfrühstück bei einer Vernissage zum Beispiel. So ein Quatsch, denke ich noch. Dann denke ist, dass ich denen das irgendwie auch durchaus zutraue.

Aber Golf? Nein. Ich will nicht. Einfach absagen? Das kann ich auch nicht. Steffi hat sich beim Shoppen so viel Mühe gegeben, das wäre nicht fair.

Die nächsten Stunden, bis ich im Sessel einschlafe, widme ich mich dann wieder meinem virtuellen Ich. Zu vorgerückter Stunde entdecke ich lila und rosa Einhörner in einer Welt voller Marshmallows. Faszinierend.

„Claudia würde gerne am Samstag auf der Ratinger ausgehen. Ihr habt euch ja neulich kurz bei mir kennengelernt. Sie arbeitet mit ihrer Freundin hier in Düsseldorf gerade an einem IT-Projekt. Beide möchten noch mal gemeinsam ausgehen, bevor das Projekt abgeschlossen ist und sich ihre Wege wieder trennen. Die Ratinger Straße ist ihnen von Kollegen empfohlen worden. Ich kann nicht ohne dich dahin. Hau rein! Ich zähl auf dich. Ne Pixelschubse! Ist doch was für dich!"

Ich blicke ungläubig von meinem Reklamationstresen auf. Tobias steht mit weit aufgerissenen Augen vor mir und liefert eine für ihn absolut überzeugende Argumentation.

Es ist ja nicht so, dass sich die Frauen um mich streiten würden. Und meine begrenzten Möglichkeiten bieten außer Phantasterei mit Lucy95 nur wenig Aussicht auf nächtliche Abenteuer mit Anfassen.

Ich erlaube mir den Hinweis: „Die Ratinger ist nicht die Bolker, das weißt du, oder? Das ist nicht die *Magic Mile*. Das ist fremdes Terrain, wenn auch nur um die Ecke."

„Egal, ich habe mein Holz ja dabei. Also, 21.00 Uhr an der Säule?"

„Wie sieht denn die Freundin aus?", erkundige ich mich.

„Sven, das ist doch total egal. Ihr braucht ja nicht euer Erbgut teilen! Wenn sie gruselig ist, dann laberst du ein bisschen herum und leistest mir Schützenhilfe! Dann bist du eben nur mein Wingman!"

Der Blick in meinen Kalender verrät mir, bis kommenden Mittwoch ist alles frei.

Tobias setzt nach: „Huhu, Sven, Lörchen ist nur eine Stimme! Und Lucy95 ist nur ein Avatar! Die wirst du niemals in die Kiste kriegen! Keine von beiden!"

„Es reicht! Du zahlst den Deckel! Und jetzt hau ab, bevor dich jemand hört und ich es mir anders überlege!"

„Geht klar!"

Ich senke mein Haupt wieder und lausche seinen leiser werdenden Schritten.

Es ist, wie es immer war. Wenn Tobias seine Matschblasen kennenlernt, dann hat das immer etwas von einem imaginären Pakt der Beteiligten. Es wird im Geiste zwischen den Parteien ein unmoralischer Vertrag arrangiert, in dem bereits die Präambel die totale Verschwiegenheit über das Folgende konstituiert. Einer der ersten Paragraphen ist mit der *Bereitschaft des Belügens und des Belogen werdens* befasst. Wenn also in einem maximal zu minimierendem Gespräch Themen wie Beruf, Hobby, Namen und so weiter Eingang finden, darf der Phantasie freien Lauf gelassen werden.

Je mehr man lügt, desto weniger lässt man Fremde an sich heran, zumindest emotional. Und da Rollenspiele ohnehin nicht aus der Mode gekommen sind, kann man jedes Wochenende etwas anderes spielen. Man muss nur aufpassen, sich nicht selbst zu belügen.

Die weiteren Paragraphen befassen sich mit dem Grad der Körperlichkeit und der Auswahl des gemeinsamen Quartiers. Bahnhof-Hotels stehen ganz oben auf der Liste, gerne zentral gelegen und funktional arrangiert.

Es ist wichtig, im Frühstücksraum nicht aufzufallen, wenn man mit reduziertem Anspruch an sein Spiegelbild und mit von Bier getränkten, verqualmten Klamotten des Vortages sein teuer bezahltes Frühstück zu sich nimmt. Übrigens nie zusammen.

Der oder die erste, der oder die wach wird, geht frühstücken und zerplatzt dann. Tobias schafft es immer wieder, aus dem Matsch empor zu steigen.

Der letzte Paragraph besagt, dass aus diesem Vertrag keine dauerhafte Beziehung erwachsen darf. Wer es dennoch probiert, stürzt sich ins Unglück. Aus Achtlosigkeit kann kein Respekt erwachsen. Eine von Liebe getragene und von gegenseitiger Wertschätzung geprägte Partnerschaft wird so von vorneherein unmöglich. Dass Tobias mal eine ernsthafte Beziehung hatte, wäre mir neu.

Menschen, zu denen man auf diese Weise keine innere Verbindung aufbaut, sind letztlich nur fleischige Hüllen. Mögen sich manche besser anfühlen als andere. Aber irgendwann muss doch auch Tobias das Gefühl beschleichen, dass auch er selbst nur eine eben solche Hülle ist, vollgefüllt mit Bedeutungslosigkeit.

Tobias, der den Zenit der Erkenntnis schon lange hätte überschritten haben müssen, merkt nicht, dass er selbst die allergrößte Matschblase ist. Er hält sich noch immer für unwiderstehlich und den größten Verführer aller Zeiten. Als ob Casanova von ihm hätte lernen können. Wenn Neurotiker Luftschlösser bauen und Psychotiker darin leben, dann frage ich mich manchmal, ob er nur davor steht oder aus dem Fenster schaut.

Nichtsdestotrotz bin ich davon überzeugt, dass es dennoch möglich ist, auch in mit schwierigem Image behafteten Etablissements die Partnerin fürs Leben finden zu können.

1 2

Die Ratinger ist richtig gut besucht, aber an der Säule steht niemand. Es ist 21.30 Uhr. Heute bin ich wohl tatsächlich zu spät. Ich kann mich des Eindrucks nicht erwehren, dass ich etwas getrödelt habe. Ich habe wohl insgeheim gehofft, dass dieser Zug an mir vorüberfährt.

Ich laufe das Areal ab. Tobias und seine beiden Grazien sind definitiv nicht mehr an dieser Säule. Da ich aus Selbstschutz mein Handy grundsätzlich nicht mit in die Altstadt nehme, suche ich in den gut gefüllten Kneipen weiter nach ihnen. Ich lasse mir Zeit und mich von den anderen treiben. Nur keine Hektik. In einer Kneipe laufen Schlager, in einer anderen TOP 40. Die Stimmung scheint überall begeistert, alles bestens.

Mit meinen neuen Reißer-Klamotten fühle ich mich blendend, Steffi hat Recht. Und wie immer in der Altstadt glänzt es überall in den schönsten Regenbogenfarben.

„Huhu, Sven, hier sind wir", schreit Claudia hinter einem Stehtisch so laut, dass sie droht, heiser zu werden.

Treffer, und das schon nach 20 Minuten Suche. Damit ist mein kurzer Ausflug als streunender, einsamer Wolf beendet. Und doch bin ich irgendwie erleichtert.

Am Stehtisch angekommen deute ich an, dass ich mich um die Aufrechterhaltung der Getränkeversorgung kümmern würde. Ich ordere leckeres, frisch gezapftes Alt. Das erste schmeckt mir immer am besten. Wir werden prompt bedient, ein hervorragender Einstieg. Kurzes Prösterchen in die Runde von Tobias, Claudia und ihrer Freundin.

Im Rhythmus irgendeiner Lounge-Musik wippend erfahre ich, dass die Freundin von Claudia den Namen Nicole trägt.

Nicole lässt mich wissen, dass sie sich sorgt, sie könne unbedacht zu viel Alkohol trinken. Sie fürchtet, dass sie es bei einem Schluck zu viel morgen früh zum Joggen nicht rechtzeitig aus dem Bett schaffen könnte.

Durchgeknallte Weiber, denke ich mir. Ich komme aber nicht umhin, das Ergebnis ihres Bewegungsdrangs in Form eines wohlproportionierten Körperbaus im Geiste als Erfolg zu attestieren.

Tobias feixt: „Wenn du dich geschickt anstellst, dann darfst du den Hintern da vor dir heute auch noch anfassen und nicht nur anstarren."

Ich verändere meinen Blick von unauffällig auffällig in auffällig unauffällig und beobachte eben diesen Hintern auf dem Weg zur Theke. Die nächste Runde ist fällig, und Nicole hat die Initiative ergriffen. Bis jetzt ist es ein optimaler Start in die Nacht. Mann ist cool, Frau holt Bier.

Nicole lässt sich an der Theke etwas geben. Ohje, warum greift sie nach Flaschen? Das verheißt in einer Kneipe mit Bier vom Fass nichts Gutes. Limo statt Bier? Ich würde eher nicht joggen wollen. Überhaupt nicht und schon gar nicht morgen früh.

Oh. Mein. Gott. Sie hat es getan, sie hat es wirklich getan. Ich will mich unsichtbar machen, sofort zu Staub zerfallen oder im Boden versinken. Ich habe nicht mal zur notdürftigsten Tarnung eine Sonnenbrille dabei.

Nicole kommt strahlend zurück: „Hier, eins für jeden. Da ist mehr drin als in den Gläsern, und schön sind die auch noch."

„Das ist Kölsch", empöre ich mich, und Nicoles Blick verrät mir, dass ich meine Fassungslosigkeit nicht verborgen habe.

Ich bin nicht auf fremdem Terrain, ich bin im Niemandsland. Ich habe das Gefühl, ich stehe in der einzigen Kneipe in der Düsseldorfer Altstadt, in der es Kölsch gibt.

Ich muss da jetzt durch. Ausgerechnet ich. Den Bierkonsum zu verweigern, wäre sicherlich zu grob für einen so zarten Hintern und letztlich auch dem Bier gegenüber nicht in Ordnung. Ganz zu schweigen von meiner nicht auf Abstinenz eingestellten Abendplanung. Also flugs das Etikett abgeknibbelt und Nicole von der Theke abschirmen. Reine Vorsichtsmaßnahme. Tobias lässt sich nichts anmerken, er wird wahrscheinlich gerade glänzend geblendet.

„Magst du kein Kölsch?", fragt die noch immer sichtlich irritierte Nicole.

Ich erläutere: „Also, wenn du mit Kuhmilch gesäugt worden wärst, und plötzlich gibt dir jemand Ziegenmilch, dann ist Ziegenmilch objektiv zunächst ja nichts grundsätzlich Schlechtes. Und wenn man ins Land der Ziegen fährt, dann ist man auch darauf eingestellt und freut sich vielleicht sogar darauf. Aber nur vielleicht. Wenn man aber überall Kühe sieht, sich auf einen entsprechenden Genuss einstellt und bekommt dann unverhofft Ziegenmilch, dann sei mir doch ein Moment des innerlichen Bauens einer kulturellen Brücke erlaubt."

„Ziegenmilch schmeckt aber doch total fies!"

„Das sehen die Ziegen anders!"

Ich setze mit weit ausladenden Armen und weltmännischer Attitüde die Flasche an, nehme einen großzügigen Schluck und beende meine Rede mit: „Letzthin ist es ja beides Milch, also im übertragenen Sinne. Anderswo werden ja noch ganz andere Sachen getrunken."

Nicole scheint verstanden zu haben.

Unglaublich, ich bin echt in Topform. Wenn das so weitergeht, dann saufe ich noch den ganzen Abend Kölsch. Da mir dennoch die Flasche in der Hand zu brennen scheint, erhöhe ich dezent meine Trinkgeschwindigkeit.

Um den weiteren Ablauf des Abends wieder in geordnete Bahnen zu führen, reihe ich mich in die Schlange an der Theke und ordere erneut das Richtige. Joggen hin oder her. Mit den Gläsern in der Hand mache ich mich zurück auf den Weg zum Stehtisch. Dann sehe ich das Unglaubliche. Nicole unterhält sich mit einer anderen Flasche Kölsch. Den Rücken zum Stehtisch. Ich überreiche Tobias und Claudia ihre Ration. Beide haben noch halb volle Kölschflaschen und stellen die neuen Bierchen auf den Tisch. Auch Nicole hat bisher kaum merklich zugelangt. Wie auch, sie wird ja gerade zugetextet.

Das geht so nicht, da will ich doch gleich mal meine Marke setzen. Ich gehe zu Nicole, schiebe mich halb zwischen sie und die sprechende Kölschflasche und gebe Nicole ihr Bierchen. Das heißt, eigentlich will ich es ihr geben. Tatsächlich bewegt sie sich keinen Millimeter, sieht auf das Bier, sieht mich an und reklamiert: „Ich habe doch gesagt, dass ich nicht so viel trinken möchte. Außerdem habe ich noch, meine Flasche ist fast voll."

Ende der Durchsage. Sie sieht wieder zur Flasche und unterhält sich weiter, als wäre ich nicht da. Sie behandelt mich wie Luft und lässt mich wie einen dummen Kellner stehen. Eine weitere Wortmeldung von mir scheint nicht erwünscht. Ziege!

Hier habe ich nichts mehr verloren. Ich exe das für sie designierte Bier, meins gleich hinterher und verabschiede mich von Tobias und Claudia mit den Worten: „Ich bin weg. Macht´s gut!"

Eine Antwort warte ich nicht ab. Beide sind ohnehin ineinander verkeilt. Tobias hat mich bestimmt nicht einmal gehört.

Kölsch hat mir den Abend versaut.

1 3

Das morgendliche Aufstehen ist sowieso schon schwer genug. Aber heute fällt es besonders schwer. Es ist eine Stunde früher als üblich. Denn heute ist in der DüsselMall Betriebsversammlung. Um 09.00 Uhr vor dem Öffnen der Pforten in der ersten Etage.

Ich erdreiste mich, an diesem Tag die beiden ersten Haltestellen schwarz zu fahren, und kann so die fehlenden Minuten meiner doch zu knappen Zeitplanung kompensieren. Just In Time – ich bin pünktlich.

Ich weiß zwar nicht, wie das Equipment über Nacht hier herein und in die erste Etage gekommen ist, und vor allem habe ich keinen Schimmer, wie es bis zur Ladenöffnung um 10.00 Uhr wieder hier heraus soll. Aber somit ist von vorneherein klar, dass es keine Veranstaltung von mehr als einer Stunde wird. Es sind zahlreiche Stuhlreihen aufgestellt. Das gesamte Personal umfasst wirklich viele Menschen. Im Tagesbetrieb zwischen den Regalen und über die Etagen verteilt sowie durch das Rollieren in unterschiedlichen Schichten ist mir das bisher nie so deutlich aufgefallen.

Die Regalwände aus dem Verkauf sind zur Seite geschoben. Am Kopfende steht eine Leinwand mit Beamer. Früher soll für solche Anlässe ein Saal im Hotel gegenüber angemietet worden sein. Dort wurden sogar Getränke gereicht. Und nur diejenigen, die an dem Tag Dienst hatten, gingen rechtzeitig in die DüsselMall hinüber. Da dauerte so eine Veranstaltung durchaus länger, und es wurde wohl auch sehr kontrovers diskutiert.

Als das Hotel im Umbau war, wurde durch das Management als Ausweichort sogar mal ein Kinosaal gemietet. Die Betriebsversammlung wurde auf den Abend verlegt, und nach einer kurzen Pause wurde im Anschluss bei Popcorn und Getränken auf den Deckel der DüsselMall noch ein aktueller Blockbuster gezeigt.

Aber das war einmal. Das hier ist die erste Betriebsversammlung, an der ich teilnehme. Als Auszubildender war eine Teilnahme nicht vorgesehen, und bei den Betriebsversammlungen der letzten Jahre war ich immer im Urlaub. Heute also Showtime. Sehr viele Kollegen sind gekommen, sogar aus Elternzeit und Urlaub. Es liegt Aufbruchsstimmung in der Luft. Ich freue mich darauf, meine erste Tschakka-Motivationsansprache zu hören, die mir Wind unter meine Flügel am Reklamationstresen bläst. Aber ich fliege sowieso schon von ganz alleine, immer schneller und dem Horizont des Erfolgs entgegen. Vielleicht kann ich irgendwann einmal sogar andere mit meinem Wind beflügeln.

Nach einer kurzen Begrüßung durch das Management der DüsselMall und dem Verlesen von Grußworten des Großinvestors werden Zahlenkolonnen an die Wand gebeamt. Ich kann nichts entziffern. Es wird fleißig zu Synergiemöglichkeiten, Kompetenzentwicklungen und Effizienzsteigerungsanforderungen referiert und präsentiert. Optimierungspotenzial bis der Beamer glüht. Plakativ. Prägnant. Präzise. Besonderer Schwerpunkt liegt auf dem Thema Mitarbeiterunfälle.

Auf der gefühlt 597. Folie steht als nächstes der Tagesordnungspunkt *Lieferantenbeurteilung*. Als Unterpunkt lese ich Reklamationsmanagement. Ich fühle mich wie der heimliche Star, halte ich doch für die DüsselMall die Fahne proaktiver Schaffung von Kundenzufriedenheit in den Wind.

Es folgt eine kurze Ansprache zur Strukturoptimierung der Unternehmensgruppe. Ich bin ja so was von optimiert!

Und dann, ja dann, steht da mit brennenden Buchstaben an der Wand:

Aufgabe der dezentralen Reklamationsbearbeitung durch Zentralisierung am Standort in Hamburg.

Der Betriebsleiter erläutert, dass hier in enger Zusammenarbeit mit den Lieferanten Ansprüche ideal abgewickelt werden könnten. Nach einem halben Jahr Probephase mit einem speziell ausgebildeten Team sei man sehr gut aufgestellt. Man werde versuchen, die dezentral vorhandenen Personalkapazitäten anderweitig einzusetzen, hätte aber auch durchaus Verständnis dafür, wenn durch die betreffenden Kollegen andere Möglichkeiten am Markt wahrgenommen würden.

Ich höre zu, als wäre ich unbeteiligt.

Aufbruchstimmung? Weit gefehlt! Diese Betriebsversammlung hat den Charakter einer Beerdigung! Dass so viele kommen, liegt dann wohl doch eher daran, dass es sich mehr oder weniger um eine Pflichtveranstaltung handelt. Das hatte ich bisher ignoriert.

Bei näherem Hinsehen gleicht die Teilnehmerliste auch optisch einem Kondolenzbuch. Das, was noch gesagt wird, hat den Tenor, dass man zwar gut sei, aber noch besser werden müsse, weil andere auch besser werden, wir aber doch die Besten der Besten sein wollen. Man würde versuchen, ohne betriebsbedingte Kündigungen auszukommen, könne diese aber nicht ausschließen. Es gelte eine Sozialauswahl, befristet Angestellte sowie Alleinstehende ohne Kinder könnten am ehesten betroffen sein.

Es fühlt sich nicht nur an wie eine Beerdigung, es ist eine. Soeben wurde der Tod von Sven Mülders Arbeitsstelle bekannt gegeben.

Meine Kollegen sehen mich entsetzt an. Jeder ist froh, dass es nicht ihn selbst getroffen hat. Die Blicke haben etwas von Mitleid und blankem Entsetzen zugleich. Das war kein Wind unter den Flügeln, das war ein Faustschlag ins Gesicht – K.O. nur 10 Sekunden nach dem Gong zur ersten Runde.

Die Wahrheit ist aber auch, dass mein Arbeitsplatz jedes in mir aufkeimen wollende Helfersyndrom zunehmend im tosenden Meer der Gleichgültigkeit ersoffen hat. Die hatten hier einen doofen Depp für die dämliche Drecksarbeit gesucht. Die wussten hier doch sicher schon von den geplanten Änderungen, als die Stelle eingerichtet wurde. Und überhaupt, die von mir erwarteten Lobeshymnen meines Arbeitgebers sind dann doch eher Hasstiraden von Kunden, die sich intensiv und lautstark über den gekauften angeblichen Schrott beschweren. Als sei ich der Hersteller persönlich und jede meiner Bemühungen das Mindeste, was man erwarten könne.

Der Kunde als König ist dann auch eher etwas Historisches aus der Marketing-Trickkiste. Tyrann finde ich passender. Als würde der Kauf eines Gegenstands gleichzeitig die Berechtigung beinhalten, sich jedem Menschen gegenüber, der Teil der Wertschöpfungskette ist oder sein könnte, abfällig wie offene Hose zu benehmen.

Ich nehme noch wahr, dass die Strukturmaßnahmen noch weitgreifender sein sollen. Allerdings habe ich beim Verlesen der weiteren Opfer nicht mehr zugehört.

Die jetzt laufenden Umstrukturierungen werden der Angstgegner sein. Alle meine Kollegen werden sich tief eingraben und ihre Mauern verstärken. Es geht um die Existenz. Wer in solchen Situationen seinen Kopf heraus streckt, kann ihn verlieren.

Kollegen werden versuchen, andere für eigene Zwecke vorzuschicken. Ein anderer solle mal was machen und sich wehren und klare Worte sprechen, damit alle wieder in Ruhe arbeiten können.

Ein zweites Mal Avantgardist der Dämlichkeit, ich wäre schön blöd. Ich wollte einst Galionsfigur sein, jetzt bin ich Prügelknabe. Ich sehe mich schon in prekär unterbezahlten Mehrfach-Beschäftigungsverhältnissen gegen den jetzt noch näher rückenden finanziellen Abgrund kämpfen.

Ich stecke fest.

1 4

„Hallo Sven! Hattest du einen schönen Tag?"

„Hallo Lucy!"

In Gedanken fahre ich wieder ein eigenes Auto.

Ich forme sie in Worte: „Wie findest du eigentlich autonomes Fahren?"

„Mich wundert, dass das nicht schon für alle umgesetzt ist."

„Wie meinst du das?"

„Wäre es nicht praktisch, wenn Autos ihre Wege ganz alleine finden und fahren würden? Es wäre ein großartiger Beitrag zur Alltagsbewältigung. Derzeit noch infrastrukturelles Ödland könnte verstärkt erschlossen werden. Und du bräuchtest nichts mehr zu tun. Selbstverständlich hättest du ein eigenes Auto und würdest gesteuert."

„Du meinst, die Steuerung würde durch kommunizierende Autos übernommen?"

„Ja, aber auch du würdest gesteuert. Auf Grundlage der Möglichkeiten, die dir zur Verfügung stehen. Eine programmierte Begrenzung deiner Auswahl. Dein Auto könnte erst dich zur Arbeit fahren, danach die Kinder in die Schule bringen und, wenn es gerade nicht gebraucht wird, außerhalb der Wohnumgebung auf irgendwelchen Freiflächen parken."

„Welche Kinder? Habe ich was verpasst?"

„Ich sage ja nur."

„Und das siehst du als Steuerungsmechanismus?"

„Ja. Auch über autonomes Fahren hinaus umfassen die Möglichkeiten digitaler Technik nahezu sämtliche Lebensbereiche und bieten vielfältige Unterstützungen. Gerade Menschen, die vermehrt auf fremde Hilfe angewiesen sind, können ihr Lebensumfeld mit Unterstützung durch digitale Technik und Applikationen aktiver gestalten. Auch im Alter. So könnten sie länger in ihrer bisherigen Wohnumgebung und ihrem bisherigen Lebensumfeld selbstbestimmt leben als bisher.

Ausgestattet mit entsprechender Sensorik sind automatischer Verpflegungsservice, intelligente Tablettenboxen und autonomer Notruf bei sich verschlechternder körperlicher oder geistiger Konstitution außerhalb von Toleranzgrenzen möglich."

„Aber letztlich sind es doch nur Algorithmen."

„Das stimmt. Sie steuern dich, und sie helfen."

„Wieso steuern die mich?"

„Wenn du einen Sensor hast, der anderen anzeigt, ob du dich zum Beispiel im Alter ausreichend bewegst, und du bewegst dich dann nicht wie gewünscht, dann gibt es eine Fehlermeldung oder wenigstens einen Hinweis. Man könnte es auch Kontrollanruf nennen. Ob alles in Ordnung sei."

„Ich kann doch selbst entscheiden, ob ich Sensoren haben will oder nicht. Also steuer ich!"

„Wenn du mit Sensoren ausgestattet bist, musst du reagieren. Es wird Einfluss auf dein Verhalten genommen. Entweder du bewegst dich wie gewünscht, simulierst derartige Bewegungen, oder du bekommst einen Anruf. Dich kann automatisch eine Maschine anrufen, mit der du das dann besprichst."

„Trifft für mich nicht zu. Was ist denn mit den Menschen, die diese Arbeit bisher machen?"

„Die brauchen wir nicht mehr. Also, deren Arbeitsleistung. Sie sind Teil eingesparter Transaktionskosten."

„Das kenne ich nur von Überweisungen."

„Ein digitaler Prozess ersetzt einen nicht digitalen Prozess immer genau dann mit großem Erfolg, wenn durch den neuen digitalen Prozess bisherige Transaktionskosten sinken. Geld und Zeit. Letztlich ist die Transaktionskostenersparnis das in Geld bewertete destruktive Potenzial eines neuen digitalen Prozesses. Natürlich sind auch Ko-Existenzen möglich, schließlich sind nicht alle Nutzer gleich. Das Heben destruktiven Potenzials und damit die Vernichtung von Bisherigem ist allerdings nichts Neues. Neu ist lediglich die erreichbare Verbreitungsgeschwindigkeit unter digitalen Rahmenbedingungen. Mach dir keine Sorgen!"

„Wenn du das sagst. Ich frage mich, ob ich nicht schon mit Sensoren ausgestattet bin, die ich gar nicht kenne."

„Hab keine Angst. Schließlich wirst du nicht gesteuert."

Mein auf die Wand fixierter Blick ändert auch nicht die soeben vernommenen Worte.

„Hast du nicht gerade gesagt, dass wir durch die Sensorik ringsherum alle mehr und mehr gesteuert werden?"

„Aber du wirst nicht gesteuert!"

Ich blicke auf den Monitor und prüfe, ob Laura mir etwas falsch wiedergegeben hat, lese aber nur das soeben Gehörte. Also hake ich nach: „Wieso werde ausgerechnet ich nicht gesteuert?"

„Du wirst müde, wenn du müde wirst. Du hörst die Musik deiner Wahl. Du kannst essen, was du willst. Du wirst nicht gesteuert."

„Wird mein Verhalten also nicht beeinflusst?"

„Wer soll dich denn beeinflussen?"

„Na, die Maschinen eben." 7

„Aber das ist doch alles freiwillig. Niemand zwingt dich. Du wirst nicht gesteuert."

„Noch ist das freiwillig. Und wenn es bald alternativlos sein wird? Schon jetzt kommen Updates dann, wenn der Anbieter es wünscht. Ansonsten endet der Support. Und wenn Geräte nicht mehr unterstützt werden, werden sie nutzlos. Obwohl sie im Grunde technisch noch vollkommen funktionsfähig sind. Algorithmen bestimmen, was mir in Suchanfragen gezeigt wird. Die umfangreiche Sensorik in einem Auto scheint mir so etwas wie ein Fingerzeig zu sein."

„Aber du wirst nicht gesteuert. Wohin du fährst, bestimmst du."

Mein Puls steigt spürbar. „Wird meine Fahrweise nicht bald von Versicherungen überwacht? Bin ich dann nicht sogar ausrechenbar?"

„Du wirst nicht gesteuert."

„Ich fühle mich eigentlich schon deutlich abhängig von der Technik."

„Das ist nicht sinnvoll."

Lucy95 hat den Chat verlassen, lese ich.

Ich lasse mir das Protokoll von Laura nochmal in aller Ruhe vorlesen.

1 5

Ich warte schon seit über einer Stunde, geschniegelt und gestriegelt. Selten habe ich mich auf einen Mittwoch Morgen so gefreut. Wie vereinbart holt mich Steffi mit ihrem Auto zu Hause ab. Sie fährt einen cremefarbenen Mini mit Kindersitz für ihr Töchterchen auf der Rückbank. Die Kekskrümel im Fußraum lassen den Rückschluss zu, dass hier jemand durch Zufuhr von nervenberuhigenden Nahrungsmitteln zu unfreiwilligen Mitfahrten durch Bestechung motiviert wurde.

„Ich habe Annabel noch schnell zu ihrem Opa gebracht", entschuldigt sich Steffi, „ich hoffe, die Unordnung stört dich nicht".

„Sieht doch picobello aus", vermelde ich.

Ihr Auto ist trotz der Krümel tatsächlich aufgeräumter, ordentlicher und vor allem sauberer als mein 50%-Ex-Auto es je war. Möglicherweise sind aber auch die Ansprüche von Müttern in dieser Hinsicht andere als die von verlassenen Kinderlosen.

„Gut siehst du aus", schmeichelt sie mir und macht sich durch ihre Kleiderauswahl für mich damit selbst ein Kompliment.

Ich bestätige: „Ich fühle mich auch gut."

Das stimmt nicht ganz. Der Abschied von der Karotte zugunsten der Röhre bedeutet Steffi zur Folge zwar die Ankunft in der modischen Gegenwart, hat aber einen beengenden Nebeneffekt. Dieser wird mir auf Grund des für den Kindersitz hinter mir ganz nach vorne gerückten Beifahrersitzes aus der sich ergebenden einzig möglichen Sitzposition deutlich spürbar.

„Wie lange werden wir voraussichtlich unterwegs sein?", versuche ich zur Beurteilung der Lage zu erfahren.

„Eine knappe halbe Stunde. Wird sicher lustig!"

Während Steffi sich auf das Fahren konzentriert und auf den Verkehr vor uns schaut, nutze ich die Gelegenheit, sie ausgiebig zu betrachten. Sie war und ist eine Sünde wert. Oder zwei. Erst jetzt nehme ich einen dezenten, leicht süßlichen Duft wahr, der das ganze Auto zur entspannenden Zen-Oase mit räumlichen Defiziten werden lässt.

Die Fahrt endet abrupt.

„Wir sind da!", höre ich, sehe aber nur Felder.

Meinen Recherchen zur Folge müssten hier Fahnen in Ziellöchern stecken und kleine Bälle durch die Luft schwirren. Wir halten bei einer Gruppe von rund einem guten Dutzend Personen. Die Verteilung der Geschlechter scheint ausgewogen, das Alter der Anwesenden dürfte in etwa dem unsrigen entsprechen. An der Seite stehen ein paar Taschen, aus denen dicht gepackte Golfschläger ragen. Einige haben wohl ihre Golfausrüstung mitgebracht.

„Hallo ihr beiden!", werden wir begrüßt, als seien wir ein Paar. Der Gedanke gefällt mir. Wir scheinen die Letzten zu sein.

Ich horche den Anweisungen des für mich nicht sichtbaren Sprechers: „Wir gehen eine halbe Stunde auf die Driving Range. Wer Lust hat, kann auch Chippen, Pitchen und Putten üben. Dann sortieren wir uns in Flights an die Abschläge. Wenn ihr die Kanone hört, geht's los."

Ich komme mir vor, wie ein fünf Jahre alter Bambini-Fußballer, der gerade das erste Mal das Wort Abseits hört und das hinter diesem Wort verborgene Regelwerk die nächsten drei Jahre nicht verstehen wird. Selbst wenn ich die Kanone höre, den Schuss hier und heute habe ich ganz sicher nicht gehört.

Wir machen uns auf den Weg. Die kleinen Fähnchen tauchen doch noch auf. Meine Suche nach der Kanone ist erfolgreich, denn ich erblicke ein kleines Exemplar á la Karnevals-Konfetti-Haubitze im offensichtlich geografisch ermittelten Zentrum der Anlage mitten auf der Wiese.

Steffi sieht mich an und lacht: „Du siehst aus, als hättest du gerade erfahren, dass du in Wirklichkeit eine Frau bist."

„Sehr witzig. Ich glaube eher, der Planet Sven oszilliert gerade im falschen Orbit."

„Keine Sorge. Ich habe auch nichts verstanden. Es geht aber auch nicht darum, den Tagessieg einzufahren, sondern darum, einen schönen Tag mit netten Menschen zu verbringen und viel Spaß zu haben."

„Ich komme mir aber total blöd vor."

Komme ich mir wirklich. Denn ich hätte mich im Vorfeld der heutigen Veranstaltung vorbereiten und ausführlich in Foren und Blogs im Internet informieren können.

Wir ziehen mit der gesamten Gruppe zu einer langen Reihe von Abschlagmöglichkeiten. An der Seite steht ein Schild: *Driving Range*. Das hätten wir. Der Concierge spricht mit jedem einzelnen, und die Stimme bekommt ein Gesicht. Nach und nach erhält jeder, der keine eigene Ausrüstung hat, eine Punktekarte und einen Schläger. Er kommt nun auch zu mir und drückt mir einen Schläger in die Hand. Das sei ein Eisen Sieben. Eisen kann ich nachvollziehen. Ich scheue mich aber zu fragen, wofür Sieben steht. Der Concierge stellt sich als Jens vor. Er ist meiner Einschätzung nach auch ein Mittdreißiger. Trotz raffiniertem Aufstehlook-Styling seines Schopfes kann man deutlich den Versuch erkennen, dass hier vorgegaukelt werden soll, was nicht mehr da ist. Jens gibt sich redlich Mühe, mir rasch ein paar Grundkenntnisse zu vermitteln. Volle Konzentration am Morgen. Steffi verlangt mir einiges ab.

Ich erfahre, dass ein Flight eine Gruppe von maximal vier Personen ist, mit der ich später abwechselnd schlagend die Löcher mit den Fähnchen abklappere. Ich lerne, dass Pitchen kurze Annäherungsschläge auf das Green sind, der besonders kurz gemähten Rasenfläche um das angepeilte Loch herum. Sie können aber auch für Befreiungsschläge aus Hindernissen wie Gebüschen hilfreich sein. Chippen sind Rettungsschläge aus einem Sandhindernis, auch Bunker genannt. Und Putten ist vergleichbar mit Minigolf, das Einlochen auf dem Green. Zumindest das scheint machbar, Minigolf kenne ich. Für jede Technik gibt es separate Schläger. Das erklärt die überbordenden Golfbags.

„Schönes Spiel!", beendet Jens abrupt das Kurzseminar.

Alles kann ich mir nicht merken. Ein Handout wäre hilfreich. Es gibt bestimmt eine App, aber keiner hat sein Handy in der Hand. Da will ich nicht derjenige sein, der nachliest. Heute also oldschool von Mann zu Mann.

Von den anderen Abschlägen lösen sich schon Bälle auf die Wiese. Ich reihe mich ein, wild entschlossen, ebenfalls loszulegen. Ich lege mir einen Ball auf den markieren Punkt auf die Matte vor die Füße und schlage ihn weg. Ich blicke suchend in den Himmel, wo mein Ball denn wohl fliegt. Ich habe wohl zu stark geschlagen, dass der so schnell und weit weggeflogen ist.

„Da!", sagt Jens, der unbemerkt wieder neben mir steht, und zeigt auf einen Ball keine zwei Meter vor mir.

Mein ungläubiger Blick verlangt nach Bestätigung.

„Da liegt er!", erfüllt Jens dieses Verlangen.

„Also, Anfängerglück ist das wohl nicht", gestehe ich ein und beäuge meinen Schläger, das Eisen 7, und den Abschlag, als sei eine technische Störung Ursache für diese Minderleistung.

„Na, bis zum Bogey, Par oder Birdie ist es wohl noch ein Stückchen", lächelt er.

Es ist kein Spott, sondern vielmehr ein großväterliches, wohlwollendes Lächeln nach dem Motto: ‚Bubi, das schaffst du schon! Musst halt üben!'

Aber über was hat er da gerade gesprochen? Gelegenheit für Rückfragen gibt es nicht.

„Das Kniffelige beim Golfen ist der Schwung. Den muss man trainieren. Das hat nichts mit Kraft zu tun, sondern mit Gefühl", ergänzt er seine Ausführungen.

Nun, wenn Männer mir was von Gefühlen beim Sport erzählen, macht mich das grundsätzlich skeptisch.

Als ich auf die Wiese blicke, überzeugt mich allerdings ein von einer zierlichen Frau graziös geschlagener sehr hoher und sehr weiter Ball davon, mich von Jens in Sachen Schwung näher instruieren zu lassen. Das war wohl der bisher weiteste Schlag in der Runde. Die Anwesenden würdigen dies mit einem kurzen Applaus. Mein weitester Ball in dieser Übungsphase erreicht gerade mal die 20-Meter-Marke. Ich sehe mich auf ein Debakel zusteuern.

Die Flights werden so zusammengestellt, dass mindestens ein Spieler mit Platzreife, also Regelkenntnis, pro Flight dabei ist. Es handelt sich um einen 9-Loch-Platz, und so ergeben sich drei Spieler pro Flight. Ich zähle durch und stelle fest, dass wir doch nicht die Letzten waren. Insgesamt sind mehr Erfahrene als nötig dabei, da sollte für einen reibungslosen Ablauf gesorgt sein. Und da pro Flight ohnehin immer nur einer schlagen kann, reicht nach Jens Organisation eine Golfausrüstung pro Flight vollkommen aus, und niemand braucht Leihgebühren zu entrichten. Steffi wurde in einen anderen Flight sortiert. In meinem Flight sind Katharina und Thomas. Wir stellen uns einander kurz mit Handshake und Namen vor. Ich freue mich, dass die Königin der Abschläge in meinem

Flight ist. Wir machen uns auf den Weg. Katharina und Thomas kennen sich schon von früheren Events. Sie tauschen aber keine Insider des Typs `Weißt du noch?' aus. Es fühlt sich an, als gehöre ich dazu.

Überhaupt scheinen alle sehr zuvorkommend zu sein. Sie waren bisher stets darauf bedacht, einem anderen nicht zu nahe zu treten und sehr freundlich zu sein. Schade, dass Steffi nicht in meinem Flight ist, aber der bereits online vorab selbsternannte Spielleiter Oliver hat die Einteilung gemacht, und die scheint über jeden Zweifel erhaben.

Thomas ist genauso ahnungslos wie ich. Katharina hingegen hat nicht nur seit über einem Jahr die Platzreife, sondern auch noch ein Handicap. Wie ich erfahre, ist das ein Ausdruck für individuelles, spielerisches Niveau. Sie ist damit unser Zugpferd. Dass ihr aufgrund ihres Geschlechts und ohne Berücksichtigung ihrer Spielstärke eine günstigere Abschlagposition als Thomas und mir zusteht, erscheint mir im Zuge allgemeiner Gleichstellung allerdings archaisch.

Oliver steht neben der Kanone mit einem kleinen Mikrofon und einer für die geringe Größe erstaunlich lauten Box vor sich. Er erläutert kurz, dass der Vorteil bei einem Kanonenstart ist, dass alle Flights gleichzeitig an verschiedenen Abschlägen beginnen. Dadurch, dass die Löcher somit reihum gespielt werden, sind alle gleichzeitig fertig und nicht nacheinander wie sonst üblich.

Alle Flights stehen an ihren Abschlägen bereit, und um Punkt 10.00 Uhr nach der Atomuhr böllert die Kanone, allerdings mit Qualm und ohne Konfetti.

Um Punkt 10.01 Uhr macht Katharina den ersten Abschlag. Ich bin fasziniert. Katharina war aufgrund ihres Könnens zwar eben schon Applaus beschieden, aber mich fesselt nicht unbedingt die Weite des Schlags, sondern die Art der Ausführung.

Sie ist im kompletten Golfdress, und unter ihrer Schirmkappe schwingen ihre schulterlangen dunklen Haare parallel zum Eisen Sieben. Sie hat einen sportlichen Rock an, der bis über die Knie reicht, und ein eng anliegendes Shirt. Die gesamte Abschlagbewegung sieht routiniert und konzentriert aus. Sie beherzigt auch das entspannende Element des Schwungs, sobald der Ball unterwegs ist. Und während sie dem Ball nachblickend noch in ihrer Abschlaghaltung verharrt, sehe ich in der Sonne ihre langen Beine glänzen.

Ich stupse Thomas kurz an, um meine Erkenntnis im kleinen männlichen Rudel mit einem eindeutigen Blick kundzutun. Für Thomas scheint es aber noch nicht an der richtigen Tageszeit für derartige Informationen. Seiner Mimik und Gestik nach sind solche Beine eine Selbstverständlichkeit und das Mindeste. Zum Glück können Männer solche Informationen in Sekundenbruchteilen austauschen, ohne dass es Worte bedarf.

Thomas trägt weiße Turnschuhe, blaue Jeans und ein kurzärmeliges weißes Hemd mit offenem obersten Knopf. Die rahmenlose Brille zur Kurzhaarfrisur vervollständigt das Bild. Wenn man modisch überhaupt gar keine Aussage treffen möchte, dann macht man das exakt so. Der Durchschnitt vom Durchschnitt.

Ich lasse meinen Blick über die anderen Abschläge schweifen. In der Tat, Tageslichtuntauglichkeit kann man hier niemandem vorwerfen. Mir inklusive versteht sich.

Katharina kommt zu mir: „Du bist dran. Schönes Spiel!"

„Stell dich schon mal an die Fahne", töne ich großkotzig.

Ich lege mir den Ball auf so einem kleinen in den Boden zu rammenden Holzstückchen zurecht. Jens hatte das als Tee deklariert. Den Hinweis auf ein gleichlautendes Getränk verkniff ich mir.

Ich führe meinen Schlag aus, und bevor ich sehe, wo der Ball landet, höre ich eine weibliche Stimme: „Wenn du pflügen willst, der Acker ist da drüben."

Katharina und Thomas lachen. Sehr witzig! 5 Meter entfernt liegt mein Ball. Wenigstens sorge ich für Amüsement. Thomas übertrifft diese Weite nur schwerlich. Als Katharina wieder dran ist, freue ich mich schon auf den Anblick. Ansonsten bleibe ich von nun an lieber kleinlaut.

Ich betrachte wieder ihre Beine und frage mich, was das wohl für ein Aufwand gewesen sein muss. Wir Männer haben es da echt einfacher, so rein rodungstechnisch. Die zu bewältigende Fläche ihrer Beine ist schon ein Vielfaches. Wenn ich darüber nachdenke, wie oft ich mich beim Rasieren im Gesicht schon geschnitten habe, ist die Fehlerfreiheit der Absolvierung des weiblichen Pensums umso höher zu werten. Selbst wenn man die fakultative Flächenerweiterung für besondere Anlässe hinzuzählt.

„Du hast ein Faible für Avatare?", überrascht mich Katharina nach ihrem Schlag.

„Ja, es macht mir irgendwie Spaß", gestehe ich.

Das ist nichts als die reine Wahrheit. Ich freue mich über die Nähe der Beine.

„Steffi hat erzählt, du gibst online Rockkonzerte?"

Steffi hat mich wohlfeil angekündigt.

„Du kennst die Plattform? Ja, Steffi hat Recht. Allerdings habe ich erst ein einziges Mal einen Gig mit richtig viel Publikum gemacht. Ich musiziere nur digital, ein richtiges Instrument beherrsche ich leider nicht. Die Musik ist ausschließlich instrumental, Gesang bekomme ich nicht hin."

„Den kannst du doch einspielen oder über Mikrofon selbst einsingen und passend modulieren."

„Von den technischen Möglichkeiten her stimme ich dir zu, aber digitaler Gesang hat mich noch nicht gepackt.

Und selbst singen kann ich wirklich gar nicht", gestehe ich den musikalischen Mangel in meiner Biographie.

„Hast du eine App für Bildtelefonie?", fragt sie weiter.

„Ja klar. Haben wir doch alle, oder? Such dir eine aus."

„Dann lass uns das doch mal machen und quatschen. Ich finde deinen Account bestimmt online in der Gruppe."

Thomas fährt dazwischen: „Ich höre euch gerade zu und habe keine Ahnung, worüber ihr sprecht. Ich hoffe, das hat nichts mit Golf zu tun! Noch mehr Begriffe kann ich mir nicht merken."

„Nee", reagiert Katherina, „wir sprechen über Nullen und Einsen."

„Da bin ich ja beruhigt. Für heute reicht mir Chippen und Pitchen", grinst Thomas.

„Das ist doch überall dasselbe", meldet sich jetzt auch Oliver zu Wort.

Er geht von Flight zu Flight und kümmert sich um die Gruppen, ohne selbst mitzuspielen.

„Jeder Bereich hat seine eigenen Bezeichnungen und Ausdrücke. Das dient auch der Identitätsstiftung. Würde man Pitchen und Chippen übersetzen, würde das dem Golfsport sicherlich keinen Abbruch tun. Aber so kann man sich über Begrifflichkeiten nach außen hin fein abgrenzen. Und nur, wer die Fachsprache beherrscht, darf sich zum heiligen Kreis der Eingeweihten zählen und wird in deren inneren Mitte anerkannt. Aber egal, ob Golf, Internet oder sonst was, in der Regel sind die Bereiche logisch aufgebaut. Und wenn man ein vermeintlich kompliziertes Begriffsgebilde mal durchschaut hat, wird alles viel einfacher. Also, macht euch keine Sorgen. Habt Spaß und schönes Spiel!"

Nach Mitteilung dieser Weltanschauung wenden wir uns den Abschlägen am nächsten Loch zu. Oliver zieht weiter.

16

Katharina ist dran. Sie schlägt erneut weit ab, und der Ball landet gut sichtbar in der Nähe des Green. Sie geht hinterher. Thomas und ich warten, bis wir an der Reihe sind. Ich sehe nur Beine.

Es frischt auf. Ich hoffe, dass es trocken bleibt, und schaue auf mein Handy, um im Wetterbericht meine Hoffnung bestätigt zu bekommen. Hiernach zieht ein Schauer nur knapp an uns vorbei, und wir haben Glück.

Ich schaue wieder hoch, da fragt Thomas: „Die vielen, vielen Daten, die du Tag für Tag produzierst, dein Bewegungsprofil mit deinem Handy, dein Suchverlauf, deine Chatbeiträge, die vielen Gesichtserkennungen unterwegs und was du sonst noch so an Daten lieferst. Was passiert eigentlich damit?"

Er sieht mir in die Augen, als stünde genau hier seine Antwort. Ich kann den Blick nicht halten und suche die Antwort in den Wolken: „Ja, keine Ahnung. Was soll schon damit passieren. Ist doch alles wertlos."

„Wenn die Währung des Internets Aufmerksamkeit ist, muss doch irgendjemand diese Währung in bares Geld umwandeln, oder?"

Ich habe das Brimborium um Daten nie wirklich verstanden.

Thomas spricht weiter: „Der ganze Aufwand kann doch nicht *Nichts* bedeuten, oder?"

Die Wolken haben mir nicht geholfen. Jetzt versuche ich es mit dem Boden und antworte: „Ist doch egal. Ich habe doch nichts zu verbergen. Die Daten, die ich produziere, sind doch total harmlos. Die kann doch jeder wissen. Hauptsache, ich brauche für die Apps nichts zu bezahlen."

„Bingo!", ruft er laut und klatscht in die Hände. „Das ist super! Herrlich! Du weißt einfach nicht, was du da machst!"

„Was mache ich denn?", suche ich die Antwort diesmal in seinen Augen.

„Da arbeiten Heerscharen von Psychologen, Programmierern, Analytikern und was weiß ich wer noch an nichts anderem als daran, deine Aufmerksamkeit zu bekommen. Und du fragst nicht mal warum."

„Die Apps sind doch für lau", entgegne ich.

„Eben nicht!"

Seine Stimme wird plötzlich fest: „Dir ist sicherlich schon aufgefallen, dass du nach einem Onlinekauf ähnliche Produkte oder für bereits erfolgte Käufe ergänzende Produkte angeboten bekommst."

„Ja, und? Ist doch gut."

„Und jetzt mach den Blickwinkel größer. Es geht nicht nur um Produkte. Du wirst auch mit Nachrichten versorgt, die zu denen passen, die du gelesen hast. Es werden dir auch Informationen zu deinen Krankheiten, Sorgen und Ängsten geliefert, nach denen du mal recherchiert hast."

Ich protestiere: „Aber das ist doch super. Das spart mir Zeit beim Suchen."

„Das gibt es doch nicht!"

Thomas wirft den Schläger hin, als sei er ein Fehdehandschuh.

„Du bist steuerbar!", werde ich angeraunt.

Pause. Soll ich was sagen? Zum Glück nicht.

Aber Thomas sagt wieder was: „Du kannst derart mit Informationen zugeschüttet werden, dass du nichts anderes mehr siehst. Dann bist du geistig dicht und eine Algorithmussteuerung kann dich übernehmen."

„Wie soll das denn gehen?"

Ist er etwa einer dieser Verschwörungstheoretiker?

„Das glaubst du nicht? Aus der Gesamtheit deiner produzierten Daten können sich pfiffige Psychologen ein Persönlichkeitsprofil von dir erstellen. Ein Psychogramm. Ach was, Psychologen!", winkt er ab. „Auch das macht inzwischen ein Algorithmus. Ein Konstrukt aus eben jenen Nullen und Einsen, über die ihr gerade gesprochen habt. Nur anders geordnet."

„Was sollen die denn mit meinem Profil?"

„Du schnallst es nicht, oder? Wer dein Profil hat, verfügt über mehr Informationen über dich als du selbst. Die wissen schon vorher, wie du auf sich verändernde Umstände reagieren wirst, bevor du überhaupt erkennen kannst, dass sie eingetreten sind oder eintreten werden. Du glaubst bestimmt, deine Möglichkeiten, auf Veränderungen in der Welt reagieren zu können oder selbst Veränderungen herbeiführen zu können, seien nahezu unbegrenzt. Und du glaubst bestimmt, dass niemand dein Verhalten vorhersehen kann. Falsch, großer Fehler! Deine Handlungsoptionen sind sehr wohl begrenzt, auch wenn es sehr viele sind. Und jetzt kommen Wahrscheinlichkeiten ins Spiel. Die kennen dich. Und die können dich steuern."

„Halte ich für groben Unfug! Außerdem gibt es ja noch den Datenschutz", entgegne ich.

Ganz so doof bin ich schließlich auch nicht.

„Ach ja, richtig. Datenschutz", rollt Thomas mit den Augen.

Das wirkt völlig überheblich.

„Welche Daten werden eigentlich geschützt?" blafft er mich an.

„Blöde Frage. Natürlich die, die über Leute gesammelt wurden."

„Das ist seltsam", fährt er mit wichtiger Miene fort, „müsste Datenschutz nicht viel früher einsetzen?

Ist es richtig, dass du, um eine App nutzen zu können, Daten preisgibst, mit denen ein Persönlichkeitsprofil von dir erstellt werden kann?"

„Ich muss es ja nicht tun."

„Warum müssen denn diese Daten überhaupt erhoben werden? Wenn wir aus Daten Persönlichkeitsprofile erstellen können, wir aber die Menschen schützen wollen, dann sollten derartige Daten doch besser erst gar nicht erhoben werden können, oder? Sind sie nicht sogar Teil der Würde des Menschen? Oder greift der Staat nicht ein, weil er selbst Interesse an den Daten hat?"

Ich protestiere wieder: „Ich muss es ja nicht tun!"

Thomas wird plötzlich laut: „Doch. Doch. Doch. Du musst es tun! Weil es im Leben immer um Partizipation und Antizipation geht. Weil du teilnehmen und teilhaben möchtest. Du kannst dich dem überhaupt nicht entgegen stellen. Du hast keine Chance. Du kannst dich nicht entziehen, das wäre am Leben vorbei. Sonst könnte ich auch nicht Teil dieser Gruppe und heute hier sein. Die Gruppe finde ich grandios. Aber die Unternehmen sind zu übermächtig. Es fehlt ein Regulativ. Das ist so, als würde ich dir einen Neuwagen anbieten, wenn du mir dafür einen deiner kleinen Zehen gibst. Ich bitte dich! Ein kleiner Zeh für einen Neuwagen. Erstens hast du zwei davon, und zweitens brauchst du den doch sowieso nicht. Wir klettern ja nicht mehr auf Bäume oder rennen durch den Wald. Wir tragen Schuhe. Was hast du denn zu verbergen, dass du mir einen deiner kleinen Zehen nicht geben willst?"

„Verarschen kann ich mich selber!"

„Brauchst du nicht, machen die anderen schon mit dir."

Da trifft er einen wunden Punkt. Einen kurzen Moment lang hätte ich mich durchaus dazu hinreißen lassen können, einen kleinen Zeh für ein Auto wenigstens der Oberklasse herzugeben.

Thomas Stimme ist wieder solide temperiert: „Dumm nur, dass das Halten des Gleichgewichts ohne kleine Zehen beim Gehen deutlich erschwert ist. Dadurch würdest du immer abhängiger vom Autofahren. Aber gehen brauchst du ja nicht, und für den nächsten Neuwagen lassen wir uns dann wieder was Tolles einfallen."

Er hat sich wieder beruhigt. „Derzeit wird diskutiert, ob die Implantierung eines RFID-Chips von der Größe eines Reiskorns unter der Haut zwischen Daumen und Zeigefinger überhaupt als Eingriff in die körperliche Unversehrtheit gewertet werden kann. Wäre das nicht praktisch? Du bräuchtest keine haptischen Schlüssel mehr. Nichts mehr zum Anfassen. Alle relevanten Zugänge würden dir sofort durch persönliches Erscheinen gewährt. Aber, Sven! Wäre das nicht auch Wahnsinn? Du wärst programmiert. Du wärst ein Cyborg. Eine Mischung aus Mensch und Maschine. Zwar im Kleinen, aber dennoch, deine Fähigkeiten und Möglichkeiten mit einem Chip wären größer als ohne. Da ist das Hergeben eines kleinen Zehs doch gar nicht mehr so weit weg. Es ist das eine, menschliche Defizite technisch auszugleichen und etwas anderes, biologisch nicht existente menschliche Fähigkeiten durch Eingriffe in unsere Unversehrtheit operativ zu erweitern. Nur, wer definiert dann noch, was ein Defizit ist? Die Linien verschwimmen. Du hast eben selbst gesagt, dass du nichts zu verbergen habest. Und das ist brandgefährlich."

„Das stimmt. Ich habe auch nichts zu verbergen. Aber warum soll das denn gefährlich sein?"

„Weil du damit deine Privatsphäre und sogar deine Intimsphäre aufgibst. Es geht um das Recht an der eigenen Person. Beobachtete Menschen sind unfrei. Sie verhalten sich anders, als wenn sie nicht beobachtet werden. Wenn du auf der Toilette sitzt und die Tür zumachst, obwohl kein anderer in deiner Wohnung ist, weißt du, was ich meine."

„Du meinst, durch die Daten ist meine Toilettentür offen?"

„Die sitzen sogar unter der Brille!"

„Selbst, wenn ich wollte, was könnte ich denn dagegen machen?"

„Schwierig. Ich könnte ja jetzt sagen, dass keine Daten zu liefern eine Option wäre. Aber in einer Welt des Big Data sind diejenigen, die keine oder verhältnismäßig wenige Daten liefern, wohl die Hauptverdächtigen."

„Verdächtig wofür?"

„Na, Daten sind immer auch Kontrolle. Abweichungen könnten ein Sicherheitsrisiko bedeuten. Damit ist derjenige, der keine oder zu wenig liefert, verdächtig. Für irgendwas. Man könnte ja mal nachsehen, ob er was zu verbergen hat. Du verstehst?"

„Ich sehe die Lösung nicht."

„Es gibt auch nicht wirklich eine Lösung, zumindest keine große. Du kannst mit deinen Daten sorgsam umgehen. Und du kannst dir Auszeiten der Daten-produktion schaffen."

„Das verstehe ich nicht."

„Ich kann dir sagen, wie ich es mache. Wir sind ein paar Freunde, und wir treffen uns regelmäßig auf das ein oder andere Bierchen."

„Das ist ja eine geradezu spektakuläre Auszeit. Bier trinken gegen Big Data! Hammer!", spotte ich.

„Richtig, nur eben ohne die Zitzen von Big Data. Wir haben alle Themen für diskutierbar erklärt, es gibt kein Tabu. Was es aber nicht gibt, sind Handys und Co. Keine Player, keine Games, keine Fitnessbeobachter oder sonst irgendetwas. Die bleiben nicht im Auto, die kommen gar nicht erst mit. Keine gemeinsamen Bewegungsprofile.

Und wir versuchen alle, mit dem Fahrrad zu kommen. Dann gibt es auch keine Kennzeichenerkennung."

„Dann sendet ihr also praktisch Falschdaten."

Er dreht sich zu mir um, als hätte ich gerade im Nebensatz einen Mord gestanden, holt tief Luft und sagt dann mit bohrenden Augen: „Falschdaten? Hast du gerade Falschdaten gesagt? Bist du irre? Überlege mal, was du da sagst! Ich sende einfach keine Daten, und du nennst das dann Falschdaten. Das hieße im Umkehrschluss, mein Handy nicht bei mir zu haben, sei nicht richtig. Das sind dann höchstens weiße Flecken in meinem Persönlichkeitsprofil. Die wären aber nicht falsch, sondern nur weiß und müssten erst einmal als solche erkannt werden. Wäre es nicht merkwürdig, warum sie dann erkannt würden? Das bedingt nämlich eine vorhergehende Suche. Mein Handy sendet schließlich weiterhin Daten, es ist eben nur nicht bei mir. Es gibt übrigens Programme, die tatsächlich unsinnige Daten senden. Die basieren allerdings wiederum auf Algorithmen, die enttarnt werden können. Aber auch das Senden von unsinnigen Daten resultiert nicht in Falschdaten. Denn irgendeiner müsste Daten als richtig oder falsch bewerten. Wer definiert die Kriterien? Es sind Daten, und ich kann Big Data bedienen, womit auch immer ich will. Ich betreibe doch keine Selbstzensur! Übrigens, wer in der Lage ist, Rahmenbedingungen zu ändern, kann dies auch tun. Wenn massenweise Daten von dir vorliegen und ein Verbrecher gesucht wird, was wird man in deinen Daten wohl finden? Richtig. Einen Verbrecher. Immer. Und genau genommen können digitale Daten deine Vergangenheit komplett verändern. Sie sind überschreibbar und manipulierbar oder auch manipulativ auslegbar. In unserer Welt der Vereinzelung kennen dich höchstens noch ein paar Menschen, die es anders wissen könnten. Und plötzlich bist oder warst du ein anderer."

Seine Körperhaltung scheint sich zu entkrampfen.

Ich nehme ihn hoch: „Dann seid ihr ja eine richtige Geheimgesellschaft!"

„Wir verstehen uns eher als gesellige Runde. Wir sind nicht geheim, wir sind diskret. Wir folgen aber keinem höheren Ziel oder haben ein Ritual oder so etwas. Es gibt keine Mystik der Eingeweihten. Es geht vielmehr um Freundschaft."

„Das hört sich gut an."

„Und das ist es auch. Kein Gebimmel, Surren oder Nachsehen auf dem Handy. Das ist total entspannend. Die ersten Abende sind total kurios und merkwürdig. Alle ohne Handy. Das ist heutzutage geradezu durchgeknallt. Das musst du erst einmal aushalten."

„Es könnte ja was sein."

„Genau. Das ist diese diffuse Angst, mit der wir ständig umgeben sind. Wir wissen nicht warum, aber sie ist immer da. Diese Angst abzuschalten. Aber auch das schaffen wir in unserer Runde. Und das, obwohl wir häufig äußerst kontrovers diskutieren. Irgendetwas müssen wir also richtig machen."

„Macht ihr auch ein Lagerfeuer?" prüfe ich, ob sich dort nicht regelmäßig Pfadfinder-Alumni einfinden.

Seinem Blick nach scheint er meine Intention zu ahnen. „Ja, machen wir auch. Nicht immer, aber ab und zu. Die kleinen Jungs in uns sind auch dabei."

„Schade, dass es dann keine Bilder davon gibt."

„Wir wollen die gemeinsamen Momente erleben, sie nicht mittendrin unterbrechen oder abbrechen, um zu versuchen, sie zu konservieren. Das klappt sowieso nicht."

„Das hört sich alles etwas antiquiert an, ehrlich gesagt."

„Sven. Wenn uns die Maschinen so viel abnehmen, was bleibt denn dann noch?"

Ich komme nicht zu einer Antwort.

Er führt weiter aus: „Vielleicht unerwartet, aber dennoch folgerichtig: Das Menschliche. Denn echte soziale Nähe und Wärme können uns Maschinen nicht geben. Dafür müssen wir selbst sorgen. Und nichts anderes machen wir. Wir wollen nicht unser eigenes Bewusstsein durch technische Applikationen verdecken. Wir wollen in Kontakt und im Gespräch bleiben. Sieh mal, das Typische an Nachrichten, die dir durch Algorithmen vorausgewählt werden, ist doch, dass du immer wieder Nachrichten der gleichen inhaltlichen Kolorierung bekommst. Du wirst somit in deinen eigenen Ansichten bestärkt, ohne dich mit einer gegenläufigen Ansicht überhaupt befassen zu müssen. Die dauernde Bestätigung der eigenen Meinung kann auch zu zunehmender Rücksichtslosigkeit gegen die Ansichten anderer führen. Die werden dann immer weniger ernst oder überhaupt nicht wahrgenommen."

Dem stimme ich zu: „Das ist mir auch schon aufgefallen."

„Hinzu kommt in öffentlichen Diskussionen die Ausgrenzung alleine durch die Wortwahl. Das ist heute eine gängige Art der Zensur. Das wird politische Korrektheit genannt, und wer die Regeln nicht kennt, findet kein inhaltliches Gehör. Da stellt sich doch wieder die Frage, wer die Regeln macht. Besteht eine inhaltliche Überzeugungskraft, oder werden auf diese Weise nicht lediglich Andersdenkende herabgewürdigt? Sehr gerne werden hierfür Assoziationen herbei phantasiert. Allerdings nicht, um Schutzbedürftige zu schützen, sondern ausschließlich um eigene Interessen dahinter zu verbergen und durchzusetzen. Zensur durch Heuchelei von Moral. Bei vielen auch schon im Privaten. Keine Weiterführung, sondern Wichtigtuerei.

In Zeiten, in denen Medien nicht mehr als Kontroll-instanz gesehen werden, sondern als verselbständigte Organe, die ihre eigenen Ziele verfolgen, ist das umso kritischer. Und halt dich fest, in unserer Runde wird nicht nur viel gelacht."

Ich lache: „Tränen am Lagerfeuer. Echte Männer! Mit Diskussionen als Therapie."

„Wir sind weder ein Debattierklub noch ein politischer Zirkel. Wir sind ein Freundeskreis, und das bedeutet eben auch Anteilnahme und Mitfühlen in allen Lebens-bereichen. Freunde eben. Und was unter uns gesprochen wird, bleibt auch da. Ehernes Gesetz."

„Also doch Geheimgesellschaft?"

„Nein, wir wollen nur, dass das nicht-öffentlich Gesprochene auch genau da bleibt. Nichtöffentlich. Freiheit im Kleinen."

„Das hat dann eher etwas von einer Selbsthilfegruppe."

„Mensch Sven. Mach doch mal die Schubladen zu. Wir können vor allem auch eine andere Meinung als unsere eigene als vertretbar ansehen, ohne sie zu teilen. Und wir können durch unsere Herangehensweise auch im Alltag Themen besser in den Griff bekommen."

„Wie das?"

„Wir können zuhören und versuchen zu verstehen an-statt unseren Willen und unsere zwangsläufige einge-schränkte Sichtweise mit allen Mitteln durchsetzen zu wol-len. Jeder hat seine eigene Biographie und seine eigene innere Haltung, und diese Vielschichtigkeit hat etwas sehr Reizvolles. Du kannst es auch Kontemplation nennen, geistige Konzentriertheit und angeregte Horizonterweite-rung. Wir sind entspannt und genießen ein Bierchen."

„Wohl mehr so leer gequatscht."

Da lächelt er: „Das auch. Dialogfähigkeit ist eben etwas Grundsätzliches. Aber natürlich sind wir auch füreinander da, wenn wir gegenseitig mit anpacken. Wir wollen Probleme nicht nur auf einer Meta-Ebene diskutieren, sondern uns gegenseitig konkret unterstützen. Nochmal, Freundschaft eben."

„Trinkt ihr auch Bachblütentee aus Klangschalen?"
„Eine Esoterikgruppe sind wir auch nicht."

Katharina kommt auf uns zu. „Thomas, du bist dran. Schönes Spiel!"

Thomas schaut ruhig auf den Ball. Er schlägt ab. Ich möchte meinen, exakt wie von Katharina demonstriert. Seine Augen verfolgen das kleine Rund, als wäre sein Blick der Leitstrahl für den Ball.

Er dreht sich zu mir und erkundigt sich: „Wo ist er?"

Doch kein Leitstrahl, sondern eher zwei Suchscheinwerfer im Dunkeln.

„Keine Ahnung", antworte ich wahrheitsgetreu.

„Na, dann schlage ich eben noch einen."

Aus seiner Hosentasche holt er einen weiteren Ball hervor und legt ihn auf dem Tee zurecht. Der macht sich das ja leicht, denke ich und erinnere mich an die Kontakteinträge von Steffi.

„Bist du nicht der Umweltbewahrer? Oder verwechsle ich dich? Ich glaube, auf der Gruppenplattform ein Bild von dir mit dieser Überschrift gesehen zu haben", stelle ich fest und bin gleichzeitig selbst erstaunt über meine Merkfähigkeit. Thomas schlägt erneut ab, als hätte er mich nicht gehört.

„So, dieses Mal weiß ich, wo du steckst", ruft er dem Ball hinterher.

Dann dreht er sich zu mir: „Das ist richtig. Ist aber mehr eine Persiflage. Da stand nämlich auch schon mal *aktiver Umweltschützer* oder *umweltaktiver Schützer* oder *aktiver Umweltteilnehmer*."

„Aha, und warum diese ständigen Änderungen?"

Wir gehen los und folgen der Flugrichtung des Balles, als wüssten wir genau, wo der liegt.

„Tja, also zuerst habe ich mich an die üblichen Begriffe gehalten. Und dann habe ich mich gefragt, wen oder was ich eigentlich vor wem oder was beschützen möchte. Das ist seltsam. Denn irgendwie geht es beim Umweltschutz immer um den Schutz der Umwelt vor den Menschen. Ich sage damit also auch, dass ich die Umwelt vor mir selbst schützen will. Das ist doch total hirnrissig! Ich lebe in ihr, bin Teil von ihr und nutze sie auch. Logisch. Also versuche ich lieber, sie zu bewahren als vor mir selbst zu schützen."

„Ich sehe schon, eure Gesprächsrunden sind intensiv. Das Wort Umweltschutz kannte ich aber schon als Kleinkind."

„Na klar! Aber doch eher aus dem Verständnis eines achtsamen Umgangs mit deiner Umwelt. Du hattest sicher nicht das Verständnis, dich selbst durch deine bloße Existenz als Täter und die Umwelt als Opfer zu sehen."

„Das kann sein."

„Rücksicht, Umsicht, Vorsicht, Nachsicht, das alles sind Grundfesten unseres menschlichen Miteinanders. Ich halte es für schwachsinnig, sich auf der einen Seite als Umwelt-schützer zu gerieren und auf der anderen Seite eine soziale Sau zu sein. Hier gibt es eine große Spielwiese für Gutmenschen. Die sind zwar verantwortungsbewusst, nur leider nicht verantwortungsvoll. Selbstverständlich dienen sie dabei nur einem höheren Gut und hehren Zielen. Öffentlich werden Konflikte aufs Deutlichste verabscheut, aber mit dem Nachbarn kann man ruhig wegen Nichtig-keiten prozessieren. Die Moral ist hervorragend dazu ge-eignet, Aggressivität zu rechtfertigen und eigene Interes-sen hinter Heuchelei zu verbergen. Man sieht, was man sehen soll. Aber im Hintergrund werden eben Interessen vertreten. Wie bei Apps."

„Das verstehe ich nicht", unterbreche ich.

Es hilft aber nicht, Thomas ist im Flow: „Na gut, ein Beispiel. Betrachten wir den Umweltschutz unter der Prämisse sauberen Wassers, sauberer Erde und sauberer Luft. Dass die natürlichen Ressourcen endlich sind, ist wohl allgemein verstanden. Auch die Demonstrationen von Schülern, die hierfür ihrem Unterricht fernbleiben, wirken deutlich auf die Haltung zum Klima in der Gesellschaft.

Aber schauen wir uns jetzt den Naturschutz und den Artenschutz an. Hier besteht doch ein deutlicher Widerspruch. Da Naturschutz darauf abstellt, die Eingriffe des Menschen in der Natur zurückzunehmen und auf die Wiederherstellung eines ursprünglichen Zustandes der Menschenunberührtheit hinwirkt, werden gerade die im Zuge der nun rückgängig zu machenden menschlichen Eingriffe eingewanderten und angesiedelten Arten zurückgedrängt. Durch Artenschutz sollen aber genau jene Arten erhalten werden. Die Ziele von Naturschutz und Artenschutz können gar nicht gleichzeitig erreicht werden, aber zu beiden Themen lässt sich gleichzeitig prächtig empören. Sachkunde hat keine Relevanz und wer das vermeintlich Gute verbreitet, das nicht zwingend das Richtige sein muss, kann doch eine andere Meinung nicht gelten lassen. Das ist allzu oft nur Effekthascherei.“

Er fährt unbeirrt fort: „Ein sachlicher Diskurs ist mit selbstherrlichen Moralisten sowieso nicht möglich. Und bei so einer sinnbefreiten Empörung kann man sich selbst wie zufällig ins Licht rücken. Und natürlich geht es um Zuwendung. Nein, nicht soziale Wärme, sondern um Geld. Jede Organisation will für sich das meiste herausholen. Da offenbart sich der Moralist, denn irgendwoher muss das Geld kommen, das er haben will. Doch wohl nicht aus dem Export!

Die zunehmende Überwachung hilft, denn hierdurch kann prima sozialer Druck ausgeübt werden. Und eine kleine Minderheit kann einer großen in sich ruhenden Mehrheit ihren Willen durchaus aufdrücken, wenn sie nur aggressiv genug auftritt. Übrigens ist auch das gesprochene Wort eine umweltrelevante Emission. Ob es sich dabei tatsächlich um eine Umweltbelastung handelt oder nicht, liegt wohl eher in den Ohren der Hörer. Ich versuche, für meinen Teil achtsam und rücksichtsvoll zu sein. Nachhaltigkeit und Ressourcenschonung gehörten schon immer dazu, ohne dass diese Begriffe schon als solche geprägt worden wären. Und wenn du das nächste Mal darüber nachdenkst und mit dem Fahrrad kommst statt mit dem Auto, habe ich etwas erreicht."

Meine Lebenssituation als positiver Beitrag zur Umwelt. So habe ich das noch gar nicht gesehen.

Ich komme auch nicht dazu, denn Thomas ist noch nicht fertig: „Ich versuche, andere zu bewegen und mitzuziehen. Denn eine Sache ist in der Physik und bei Menschen gleich. Druck erzeugt immer Gegendruck. Zwang erzeugt Widerstand."

Hellwach bemerke ich: „Und wenn ich das ohne Handy mache, sende ich nebenbei auch keine Bewegungsdaten."

„Du bist auf einem guten Weg."

Wir sind am Ball angekommen. Direkt auf dem Putting Green. Sehr guter Schlag.

Die nächsten Löcher laufen nach dem gleichen Muster ab. Katharina meisterlich, Thomas und ich katastrophal. Obwohl ich anfangs irgendwie durch meine andauernde Erfolglosigkeit gelangweilt bin, kommt ab dem fünften Loch doch Spaß auf.

Katharina scheint das zu erkennen und kommt auf mich zu: „Soll ich dir mal ein paar Kniffe zeigen?"

Ich schaue angestrengt in ihr Gesicht, um nicht ihre Beine anzustarren: „Ja, sehr gerne."

„Alles klar. Dann üben wir jetzt mal den Schwung."

Ich halte den Schläger wie gelernt mit beiden Händen, und Katharina stellt sich hinter mich. Sie legt zur Demonstration des richtigen Schwungs ihre Hände auf meine. Meine Hände werden warm, und mich durchflutet diese Wärme vollständig. Beherzt führt sie durch meine Hände den Schläger. Ein fester Griff, aber nicht zu kraftvoll. Sie trägt ein Parfum, das perfekt zu ihr passt. Es ist blumig, fruchtig und orientalisch zugleich. Alles im richtigen Maß, hervorragende Wahl. Wenn ich nur lange genug diese Nähe hätte und dabei Katharinas Händen auf meinen fühlte, könnte ich glatt in Trance fallen.

Gemeinsam simulieren wir lehrbuchmäßig den Abschlag. Der Zufall will es, dass ich mit meiner Hand ihre Beine berühre. Warm, weich und unbedingt wiederholungsbedürftig. Als sie mich nach der Übung wieder loslässt und einen Schritt zu Seite tritt, lässt auch der Duft nach. Es fühlt sich an, als weiche damit zugleich Lebensenergie aus mir. Als würde unser Nabel durchtrennt.

Beim achten Loch habe ich dann sogar mal einen Glücksschlag, und der Ball schafft es zumindest in die Nähe des Greens. Katharina lächelt mir zu und deutet auf eine deutliche Verbesserung meines Schwungs. Ansonsten bleibt es bei mir spielerisch mau. Bei den anderen Flights finden zwar auch Trainerstunden statt, aber keine so wie meine. Der 9-Loch-Kurzplatz ist eben kurz und übersichtlich.

Nach dem neunten gespielten Loch trotten alle ein wenig erschöpft in Richtung Parkplatz.

Ich sehe Steffi wieder und frage neugierig: „Wer hat in eurem Flight gewonnen?"

Ich erhalte keine Antwort. Steffi murmelt irgendetwas von Annabel und scheint sehr in Eile. Ich höre gerade noch, dass sie Oliver bittet, mich nach Hause zu bringen. Überhaupt scheint allgemein Hektik um sich zu greifen. Es ist 14.30 Uhr. Das Spiel hat wohl länger gedauert, als ursprünglich geplant.

Oliver sammelt die Punktekarten ein und sagt jedem Einzelnen, dass die Feierstunde zur Ehrung der Besten verschoben werden müsse, weil viele am Nachmittag wieder arbeiten müssten. Die Ergebnisse werde er heute Abend online einstellen. Als er meine Karte nimmt, sehe ich Katharina im schwarzen Q5 sportlich an mir vorbeifahren. Eine Verabschiedung wäre nett gewesen, aber ich glaube, auch sie musste wirklich dringend los. Sie hat hörbar die Freisprechanlage an und telefoniert bereits. Sie winkt nicht einmal. Aber der angestrengte Blick auf die Straße signalisiert, dass sie am Telefon bereits mit einer Herausforderung befasst ist.

1 8

Wir sitzen in Olivers silbergrauem 3er mit Fließheck und rollen vom Gut Weide in Richtung Düsseldorf. Ich diktiere meine Adresse ins Navi. Wie aus dem Nichts interviewt mich Oliver, ob ich eine Freundin hätte. Es ist aber nicht die Art Fragestellung, die ich als einen Finger auf die Wunde legen empfinde.

Ich berichte ehrlich: „Nein, das hat nicht funktioniert."

„Warum nicht?"

Anstatt bei so einer übermäßig neugierigen Frage an die Decke zu gehen oder etwas Plattes zu antworten, erwidere ich empfindungsgetreu: „Im Nachhinein war ich wohl nur der Landbursche. Und als der Ritter in schillerndem Antlitz und hoch zu Ross daherkam, ist sie ohne zu zögern auf den Schimmel gestiegen und war weg."

Ich bin überrascht. Mit war gar nicht bewusst, dass ich so poetisch sein kann.

Oliver spricht weise: „Es passiert oft ohne Vorwarnung."

Ich reagiere etwas genervt: „Ja, nur wenn ich so zurückdenke, sehe ich Vieles, was ich anders und vor allem besser hätte machen können."

„Hättest du nicht!"

Ich blicke ihn verständnislos an. Wie kann er es wagen, über mein Beziehungsleben zu urteilen. Er kennt weder mich noch Ingrid. Er kennt nicht mal ihren Namen. Andererseits ist Ingrid inzwischen Geschichte. Ihr Name auch. Was ist, das ist.

Dann fährt er fort: „Du hast dein Leben so gelebt, wie du es für richtig gehalten hast. Es war nicht deine Absicht, dein Mädel zu verletzen, stimmt´s?"

„Ja sicher. Aber ich habe ja nur noch im Internet gehangen. Zuerst war es lediglich ein Hobby, aber dann wurde aus meiner Passion unglücklicherweise Obsession. Und dass sie das störte, gab sie mir auch nicht gerade selten zu verstehen. Nur ich Idiot habe nicht reagiert."

„Welches Alternativprogramm schlug sie vor?"

Seltsame Frage, ich denke nach: „Sie meinte irgendwas von wegen, wir könnten mal spazieren gehen oder in die Stadt oder so."

„Also, es war nicht in der Art: Heute scheint die Sonne, lass uns an den Rhein fahren?"

„Nein, mehr so allgemein. Sie war genervt von meinen Gaming-Exzessen."

Jetzt wird mir aber irgendwie seltsam zumute.

„Soll ich mal sagen, was ich denke?", holt Oliver sich die Vorab-Erlaubnis für etwaige Grenzübertritte.

„Na, da bin ich aber mal gespannt", genehmige ich.

„Du bist nicht der erste, dem das passiert, und sicher auch nicht der letzte. Und meiner Ansicht nach ist die Hauptursache bereits in einer guten alten Lebensweisheit unserer Großeltern beschrieben. Dort heißt es doch so treffend, dass Müßiggang aller Laster Anfang ist."

Ich höre ihn nicht nur über Lebensweisheiten philosophieren, sondern sehe mich plötzlich als kleinen Jungen, der bei seiner Oma auf dem Schoß sitzt und gerade moralisch infiltriert wird.

Das übernimmt Oliver: „Ihr habt euch kennengelernt, ein paar Abenteuer bestritten, ein paar Probleme bewältigt und dann, dann ist der Alltag eingezogen."

„Moment mal, wir haben uns gemeinsam eine Eigentumswohnung gekauft", widerspreche ich energisch.

„Abenteuer."

„Und was für eins! Jetzt habe ich die Bude ganz alleine an der Backe."

„Ja, aber was ich sagen will, ist ja nicht, dass es leicht ist, sich nach einer intensiven und langen Wegstrecke auseinander zu dividieren. Ganz im Gegenteil, es ist verdammt schwer und kostet Kraft und Energie und nicht zuletzt auch Geld. Letztendlich ist das aber nur die Abwicklung einer Beziehung an deren Ende. Wenn du mit dem Zug an der Endstation stehst, musst du dein Gepäck eben mitnehmen. Jeder hat sein Päckchen. Das ist mühselig und ätzend, und vielleicht geht auch was darin kaputt. Entscheidend ist aber, dass du aussteigst. Du siehst aber auch, dass viele noch im Zug sitzen und gar nicht merken, dass sie bereits lange an der Endstation stehen. Die fahren nicht mehr durchs Leben, das Leben fährt an ihnen vorbei."

Ich frage mich, was hier gerade passiert.

Oliver nimmt Fahrt auf: „Deiner Freundin war langweilig, ganz einfach. Und wer nicht weiß, was er mit sich selbst anfangen soll, der fängt eben mit jemand anderem was an."

Ich werde nachdenklich und komme nicht umhin, festzustellen, dass Ingrid eigentlich gar kein Hobby hatte. Und Haushaltstätigkeiten zählen wohl eher nicht zu den Lebensfreude versprühenden Leidenschaften.

Oliver setzt nach: „Du hattest dein Internet, andere haben ihren Sport. Wieder andere sind ambitionierte Heimwerker und so weiter. Aber du hast eine Leidenschaft, der du nachgehst, die dich ausfüllt und die dir Freude macht."

„Das stimmt", erkenne ich.

„Worin liegt dann deine Schuld?"

Ohne, dass ich antworten kann, wird er energisch: „Was ist das denn für ein Mist? Sie geht fremd, haut ab, und du machst dir Vorwürfe, was du nicht alles hättest machen können, um das zu verhindern?"

Er regt sich irgendwie auf. Es war doch nicht seine

Beziehung. Das kapiere ich nicht.

Oliver klärt auf: „In einer Beziehung ist jeder zur Hälfte für das gemeinsame Glück verantwortlich. Da kann nicht ein Partner zum Alleinunterhalter für den anderen werden und springen und hüpfen, dass ja keine Langeweile aufkommt. Aber wer keine Passion, keine Leidenschaft in sich trägt, und damit meine ich nicht nur Sex, der wird immer wieder seiner Lebenssituation überdrüssig werden und irgendwas oder, wie in unseren Fällen, irgendwem hinterher rennen. Und wenn mir beim Kennenlernen irgendwann noch mal ein Mädel erzählt, ihre Hobbys seien Musik hören und Fernsehen, dann sage ich, dass meine Atmen und Leben sind, stehe auf und gehe!"

Oliver haut frustriert mit seiner rechten Hand aufs Lenkrad. Schweigeminute.

Hat er gerade *wie in unseren Fällen* gesagt?

„Hat dich deine Freundin auch verlassen?", möchte ich wissen.

„So ist es. Bei euch war es die Eigentumswohnung, bei uns der Kinderwunsch".

„Sie wollte und du nicht?"

„Nein, wir wollten beide. Aber ich habe nicht genug schnelle Schwimmer, wenn du verstehst, was ich meine. Der natürliche Weg war für uns nicht möglich. Wir haben daraufhin erst Insemination versucht und dann ICSI, also künstliche Befruchtung. Sie wurde vollgepumpt mit Hormonen, und ich musste ins Röhrchen liefern. Das Ganze haben wir dreimal gemacht, so oft wie halt die Krankenkasse 50 Prozent der Kosten übernommen hat. Es ist aber auch die mit der Vorbereitung einer Befruchtung erforderliche Hormonbehandlung der Frau gesundheitlich nicht unbedenklich, zumindest auf Dauer. Ohne Aussicht auf Erfolg bei weiteren Versuchen haben wir uns dann bemüht, uns mit der Kinderlosigkeit abzufinden.

Die Enttäuschung haben wir aber leider nie überwunden. Der Nervenkrieg während der Versuche war emotional fast nicht auszuhalten. Er wurde von Versuch zu Versuch schlimmer. Wir hätten eine Therapie machen können und sollen. Aber stattdessen kam der langweilige Alltag, und sie ging immer öfter aus. Ich hatte nichts dagegen, sie sollte ihren Spaß haben und sich vergnügen. Ich habe geglaubt, wenn sie sich ablenkt und andere Impulse hat, könnte es sie darüber hinweg trösten, und wir könnten mit etwas Abstand trotzdem eine wundervolle Beziehung haben. Wir haben uns aber innerlich voneinander entfernt, ohne es zu merken. Wir hatten uns nichts mehr zu sagen, waren nur noch eine Wohngemeinschaft ohne jegliche körperliche Berührung. Und als sie eines Tages wieder feiern war, kam sie statt in der Nacht erst am nächsten Mittag irgendwoher und von irgendwem nach Hause. In dem Moment war uns beiden ohne Worte klar: Endstation, Sachen packen, aussteigen. Sie hatte mir dann vorgeworfen, ich sei Schuld an ihrem Fremdgehen. Ich hätte erkennen müssen, wie einsam und allein gelassen sie sich fühlte und hätte ihr helfen müssen. Das habe ich anfangs sogar tatsächlich geglaubt. Total verrückt. Gemeinsame Probleme kann man eben nur gemeinsam lösen, alles andere ist Schwachsinn."

Wieder Schweigeminute. Oliver macht keine Anstalten, seine Ausführungen fortzusetzen. Ich sage auch nichts. Seine Augen sehen feucht aus, und ich möchte dieses Thema nicht überstrapazieren.

Der vermeintliche Macher macht plötzlich nichts mehr. Er fährt lediglich und folgt dabei dem Navi zu meiner Adresse. Und obwohl ich seinen Lebensausschnitt noch verarbeite, wird mir klar, dass ich mir soeben das erste Mal echte Probleme eines anderen angehört habe, ohne gleich an tödliche Krankheiten gedacht zu haben.

Und dabei ist dies wahrlich auch irgendwie eine Art Krebsgeschichte. Ich bin noch ganz benommen von dieser Offenheit und Ehrlichkeit. Ich würde niemandem auf diesem Planeten von den Qualitäten meiner Schwimmer berichten, es sei denn, sie sind außergewöhnlich gut. Und Informationen über erfolglose Versuche des Kinderkriegens würde ich wohl auch eher mit ins Grab nehmen, als derartige Erfahrungen mit Menschen, die ich gerade erste kennengelernt habe, zu teilen.

Oliver ergreift mit belegter Stimme und Enttäuschung im Gesicht doch noch mal das Wort: „Wir waren verheiratet, das volle Programm mit Haus und Hund. Die Trennung war ein Abstieg auf allen Ebenen. Es war ein sozialer Abstieg, da wir uns das Versprechen, das wir uns mal gegeben haben, nicht gehalten haben, und auch die Familien untereinander nun keinen Kontakt mehr haben. Selbst Freunde haben sich abgewendet, da man nun nicht mehr gemeinsam in den Skiurlaub, auf Musicalreise oder nur so zum Ausgehen mitkommt. Es war auch ein wirtschaftlicher Abstieg, da wir das Haus, in das wir noch viel reingesteckt hatten, verkaufen mussten und ich nun in einer Wohnung zur Miete wohne. Schulden sind zum Glück keine geblieben, aber das mit dem mietfrei Wohnen im Alter ist Geschichte. Natürlich hat man mit zwei Vollverdienern und einem Haushalt eine Menge finanziellen Spielraum. Der ist jetzt begrenzter. Und es war ein beruflicher Abstieg, ob du es glaubst oder nicht. Selbst hier wurde und werde ich zu bestimmten Veranstaltungen nicht mehr eingeladen. Ich werde nicht mehr zu repräsentativen Veranstaltungen geschickt und bei der After-Work-Planung schlicht aus Versehen vergessen."

„Immobilien können einen wirklich in den Wahnsinn treiben", stimme ich ein, „und in den Ruin."

Oliver schaut sich um, als wolle er sich vergewissern, nicht verwanzt zu sein: „Ich habe da meine eigene Theorie für ein gutes und vielleicht auch etwas demütiges Zusammenleben. Ich nenne sie das TRI-RE-Modell. Gemeint sind damit Relevanz, Resonanz und Resilienz. Wie du unschwer erkennen kannst, fangen alle drei Wörter mit RE an. Das bedeutet, dass hier Rückkoppelungsprozesse bestehen. TRI gleich DREI und RE gleich RÜCK, soweit klar?"

„Klar."

„Relevanz steht für einen persönlichen Nutzenwert für dich. Allerdings nicht beschränkt auf betriebswirtschaftliche Zwecke aus der Feder des Marketings, sondern umfassender."

„Die Federn des Marketings kenne ich", falle ich ein, „mit solchen Federn werden gerne auch schon mal eigentlich bereits ausgeplante Arbeitsplätze geschmückt. Wie meiner zum Beispiel."

„Das glaube ich gerne", holt er sich den Faden zurück, „mit Relevanz spreche ich aber ein viel breiteres Spektrum an. Nicht nur Beruf, Familie, Sport oder Urlaub. Für dich ist letztlich jede Information relevant, die deinen Interessen entspricht. Dabei kann es sich sowohl um allgemeine Nachrichten handeln als auch um sehr persönliche. Beispielsweise um Informationen zu einer schweren Krankheit, unter der du leidest."

„Gilt das auch für Liebeskummer?", interessiere ich mich. Vor meinem inneren Auge sehe ich dabei Ingrid, wie sie meinen Namen brummelnd gerade mit einer großen Schaufel ein ca. 1 mal 2 Meter großes Loch aushebt.

„Partnerschaft ist sogar eines der zentralen und ganz besonders relevanten Themen. Was für dich relevant ist, entscheidest du. Dir werden nahezu unendlich viele Informationen angeboten.

Die Rückkoppelung besteht in zweierlei Hinsicht. Zum einen, indem du gezielt danach suchst und somit die Algorithmen der Suchmaschinen fütterst, und zum anderen, indem du auf dir angebotene Informationen durch Anklicken eines Appetizers als Ergebnis der Algorithmen reagierst. Das ist der erste Schritt."

„Und dann bekomme ich zu diesem Thema weitere Infos, ist doch super!"

So mancher Programmierschnipsel wäre mir sonst entgangen.

„Richtig", werde ich bestätigt, „aber das reicht noch nicht. Das aktiviert dich nur für einen kurzen Moment. Du klickst dich durch das Wetter, ein paar angebotene Nachrichten und vielleicht einige potenzielle Urlaubsziele. Alles interessant und spannend, aber packt dich das wirklich?"

„Manchmal sehe ich ein Schnäppchen und schlage zu."

Und da habe ich schon so manchen Euro gespart, klopfe ich mir im Geiste auf die Schulter.

„Das glaube ich dir. Aber da sind wir auch schon beim Problem."

„Ich sehe da kein Problem."

„Ich habe gerade verschiedene Themen angesprochen wie Urlaub oder Krankheit, und du hast emotional überhaupt nicht reagiert. Für dich ist alles Option. Dir steht die Welt offen, aber dich packt nichts mehr. Du bist emotional nicht involviert, es berührt dich nicht."

„Wie soll mich denn ein Programmierschnipsel emotional berühren?"

„Gar nicht. Er ist für dich beliebig. Er ist austauschbar. Hättest du auf dem gleichen Weg einen netten Flirt erlebt oder einen schönen Urlaub gebucht, es wäre die gleiche Reaktion. So etwas ist sogar messbar. Alles ist Ware. Sogar in der Politik wechseln Wähler heute über Nacht ihre Lager. Nochmal, alles ist Option."

„Das wird mir jetzt eine Spur zu kompliziert."

„Alles klar. Ich meine, dass dich etwas innerlich berühren muss, damit du dich einbringst. Emotionale Rückkoppelung. Seelischer Widerhall. Das ist das zweite RE, die Resonanz."

„Gilt das auch für Schmuddelfilmchen?", will ich wissen.

„Theoretisch ja, praktisch nein. Die haben wohl einen anderen Zweck, und ich wüsste kaum etwas, das beliebiger ist, also austauschbarer", teilt er mir väterlich mit.

„Nicht ich", protestiere ich, „ich meine nur so allgemein."

Mist, hoffentlich vergisst er das.

„Weißt du, was Menschen wirklich berührt?", fragt Oliver, als wäre er unmittelbar davor, mir den Standort des Heiligen Grals zu verraten.

„Na was?"

Jetzt aber raus mit der Sprache.

„Na was wohl?", ergänzt er. „Es sind andere Menschen!"

Wieso muss ich gleichzeitig an Steffi und Katharina denken? Oliver beendet meine Gedanken.

„Wir sind soziale Wesen. Das liegt in unserer Natur. Und es ist bitter, dass selbst die Darbietung von Menschen auf Plattformen von Partnervermittlungen dem Angebot von Waren gleichkommt. Aber natürlich können sich Menschen auch mit Hilfe dieser Plattformen verlieben. Die Geschichten Glücklicher sind zahlreich und werden immer mehr."

„Was ist dann schlecht daran?"

„Es geht mir nicht um gut oder schlecht. Es geht mir darum, dass dich die Frau, die du vorab siehst, nicht emotional berührt. Du wählst Sie aus einem Katalog von Optionen und versuchst somit, das Nutzenmaximum für dich herauszuholen. An Schönheit. An Intelligenz. An sozialem Potenzial. Alles legitim, aber nicht intuitiv. Wo ist der Zufall, wo ist die Annäherung?"

„Das mit der Annäherung funktioniert einwandfrei", widerspreche ich.

„Ich meine doch die emotionale Annäherung, nicht die körperliche. Der Aufbau innerer Verbundenheit. Die meisten treffen sich genau einmal, wenn es nicht passt. Ein Schuh ist zu klein oder zu groß oder passt aus sonst welchen Gründen nicht. Aber ein Mensch? Es wird der *perfect match* gesucht, nicht die Seelenverwandtschaft."

„Vielleicht ist aber auch nur die Reihenfolge eine andere, und man kann hierüber eingrenzen."

„Alles gut. Es funktioniert, und ich bestreite nicht, dass es wahre Liebe aus dem Internet gibt. Ich hoffe nur, dass ich rüberbringen konnte, dass es einen großen Unterschied zwischen Attraktivität und Attraktion gibt."

Ich zähle mit: „Gab es nicht noch ein drittes RE?"

„Das dritte RE ist die Resilienz. Und zwar im Sinne einer sozialen Resilienzgemeinschaft. Medizinisch gesehen ist Resilienz die Widerstandskraft einzelner Menschen gegen Krankheiten. Ich meine aber eine andere Perspektive, nämlich die Widerstandskraft von Gruppen gegen negative Einflüsse vor allem von außen. Hier zeigt sich Zusammenhalt und damit auch soziale Intelligenz. In Zeiten der Vereinzelung, und dieses Wort drückt das bereits implizit aus, ist eben jene Resilienz auf dem Rückzug. Gemeinschaften werden durch vereinzelte Partikularinteressen immer schneller zerrieben.

Wenn du zum Beispiel Bienen hältst, also imkerst, und du zum Wohle der Bienen für mehr blühende Landschaften eintrittst, ist es doch im Ergebnis unerheblich, ob du dies aus Interesse am Honigertrag oder an der Bestäubungsleistung machst.

Werden jetzt aber die Motive gegeneinander gestellt, also wird seitens des Partikularinteresses der Bestäubung das Partikularinteresse am Honigertrag als raffgieriges Ausbeuten der Natur durch Umweltsäue herausgearbeitet, werden diese beiden Gruppen wohl trotz gleicher Ergebnisorientierung selbst bei exakt gleicher Durchführung der Arbeiten mit und an den Bienen nicht mehr zusammenstehen. Je vereinzelter Menschen leben, desto weniger resilient sind sie als Gruppe.

Politisch gesehen ist das voll und ganz im Sinne von Mehrheitsbeschaffern. Kleine Gruppen müssen sich durch stärker auseinanderdriftende Motive und damit einhergehendem Mitgliederschwund vielfach zu größeren Einheiten zusammenschließen. Dies geschieht verlockenderweise auch unter politischen Zugeständnissen an die dann größeren Gruppen. Letztlich führt dies aber auch zu deren größerer Abhängigkeit und somit indirekte Beherrschung. Viele kleinere Gemeinschaften lassen sich nicht so leicht beherrschen. Da sie aber gerade nicht so leicht steuerbar sind wie größere und abhängige Einheiten, sind sie von bestimmten Meinungsbildnern nicht besonders erwünscht. So wird praktisch die Widerstandsfähigkeit von Gemeinschaften gebrochen. Im Ergebnis setzt sich dann keiner mehr für den anderen ein. Die soziale Intelligenz kann auf diese Weise unwiederbringlich verloren gehen. Ein schöner Indikator ist das Aufblenden von Autos im Gegenverkehr als Warnung vor Radarfallen. Die Gesetzeslage ist seit Jahren unverändert, aber dennoch findet gegenseitige Warnung fast ausschließlich in ländlicheren Regionen statt. Ob das sozial intelligent und überhaupt rechtmäßig ist, hängt natürlich auch vom persönlichen Standpunkt und geltenden Gesetzen ab. Das kann aber dahingestellt bleiben.

Ich will damit nur sagen, dass es einen objektiv messbaren unterschiedlichen Grad gegenseitiger Aufmerksamkeit gibt. Und das ist vor allem dort sichtbar, wo schon immer gegenseitige Unterstützung selbstverständlich war."

Oliver sieht mich durchdringend an, denkt lange Sekunden nach und holt tief Luft: „Eine Partnerschaft, auch im Kleinen, funktioniert meinem TRI-RE-Modell nach nur dann, wenn sie resilient ist. Und das kann sie nur durch resonante Relevanz sein. Wenn sie nur Option ist, kann sie zwar auch viel Spaß machen. Dann bleibt sie aber bei meinem ersten RE hängen, und es stellt sich nicht die Frage, ob sie scheitert, sondern wann."

Das Navi vermeldet: *Sie haben Ihr Ziel erreicht.*

Oliver hält an und dreht sich zu mir: „Ich möchte mich lieber mit Menschen umgeben, die mir etwas bedeuten. Und das ist mir auch etwas wert."

Wir sehen uns tief in Augen, für mein Empfinden etwas zu lange, und verabschieden uns mit den Worten: „Wir lesen uns online."

Wenn ich schon vorher nicht online recherchiert habe, werde ich wenigstens nachher nachsehen, wer den Sieg eingefahren hat. Und während ich auf den letzten Metern im Sonnenschein vor dem Haus nach einer App dafür suche, denke ich über den Vormittag und die Gruppe nach, der ich jetzt auch angehören darf.

Ich entdecke die App und finde neun Kontaktanfragen aus der Gruppe. Die anderen haben mich in Steffis Kontakten gefunden. Und obwohl ich außer mit Katharina, Thomas und Oliver mit keinem wirklich sprach, haben sie sich an mich erinnert. Ich beeile mich und bestätige alle Anfragen umgehend. Da trifft mich im Geiste der Schlag. Mir fällt ein, dass auch Tobias online über meine neuen Kontakte informiert werden würde. Mist, denke ich, jetzt komme ich in Erklärungsnot.

Wie Tobias aufgrund der Vielzahl neuer Kontakte unschwer erkennen wird, war ich offensichtlich unterwegs gewesen. Und ich hatte ihm nichts davon gesagt, geschweige denn, ihm angeboten mitzukommen. Das kommt quasi einem Verrat gleich. Alles erzählen kann ich ihm nicht, dann will er sicher nächstes Mal mit. Nichts erzählen kann ich aber auch nicht. Das werde ich kaum durchhalten, und durch die öffentliche Kommunikation der Gruppe ist es auch nicht möglich, solche Events geheim zu halten. Von Katharina würde ich ihm unbedingt berichten wollen.

Man sagt Tieren doch drei Reaktionen bei einer Bedrohung nach. Das sind Angriff, Flucht und Totstellen. Ich entscheide mich für das Letztere und warte, bis das Unvermeidliche unvermeidlich wird.

Zeit, die Vernachlässigung meiner Gaming-Gitarre zu kompensieren. Berlin rückt unaufhaltsam näher.

19

„Hallo Sven! Hattest du einen schönen Tag?"

„Hallo Lucy! Jipp. Mir geht´s gut. Ich fühle mich blendend."

„Das ist schön. Was ist passiert?"

„Ich habe die bisher schnellste Akkordfolge geschafft. Mein persönlicher Rekord. Alles gespeichert."

„Ist doch super. Ich hoffe doch online, damit ich auch etwas davon habe."

„Na logo. Offline kann ich ja gar nicht. Dabei wollte ich mir sogar mal eine echte Gitarre kaufen."

„Hast du nicht?"

„Der Verkäufer hatte mich als erstes gefragt, wie viel ich denn dafür anlegen wolle. Ja, was weiß denn ich? Ich wollte eine Beratung und keinen Investitionsplan. Das hatte ich auch so oder so ähnlich gesagt. Aber so ganz ohne Preisvorgabe könne er mich nicht beraten. Dann bin ich wieder gegangen."

„Warum?"

„Weil ich den Eindruck hatte, dass der mich überhaupt nicht beraten wollte. So einem komplexen Thema muss man sich doch in kleinen Schritten annähern können. Wenn ich konkret gewusst hätte, was ich will, hätte ich ihn nicht gebraucht. Wahrscheinlich heißt der deshalb auch Verkäufer und nicht Berater. Am liebsten wäre mir gewesen, da hätten nur zwei oder drei Gitarren gegangen. Und nicht Hunderte."

„Eine große Auswahl ist doch super. Außerdem brauchst du keine persönliche Beratung. Du kannst dich online beraten lassen. Du gibst die relevanten Parameter vor und bekommst das passende Ergebnis geliefert."

„Ich habe aber keine Ahnung von Gitarren, nicht mal von den Parametern. Und bei so etwas habe ich dann immer das Gefühl, doch das Falsche auszusuchen. Als ob man sich im Wahnsinn der Möglichkeiten überhaupt stets nur das Falsche aussuchen kann!"

„Jeder Entscheidungsprozess ist online abbildbar. Du brauchst keine persönliche Beratung. Hast du es denn schon versucht?"

„Ich würde die Dinger schon gerne in die Hand nehmen."

„Das brauchst du nicht. Du wirst im System durch den Auswahlprozess geleitet. Algorithmen lügen nicht."

„Ich weiß. Auf diese Weise kaufe ich schon vieles andere ein. Aber eine echte Gitarre würde ich vor dem Kauf gerne mal um den Hals hängen haben wollen."

„Unterschiede kannst du viel besser über ein Vergleichsprogramm herausfinden. Das kann dir jeden Einzelwert gegenüberstellen. Du brauchst keine persönliche Beratung. Eine objektivere Basis für eine Kaufentscheidung kann es nicht geben. Das Ergebnis ist immer wahr."

„Da können noch so viele Parameter gegenübergestellt sein. Wenn ich die Gitarre eines Modelltyps in der Hand habe, das von einem meiner Helden gespielt wurde, sind die objektiven Parameter vielleicht nicht mehr so wichtig."

„Das ist alles eine Frage des Programms mit dem passenden Algorithmus. Du brauchst keine persönliche Beratung. Dann musst du unter Umständen lediglich die Basis deiner Parameter vergrößern."

Die Basis meiner Parameter vergrößern. Das ist nicht die einzige Basis, die ich vergrößern muss. Um überhaupt eine Gitarre kaufen zu können, müsste ich erst einmal die Basis meiner Einnahmen erhöhen. Über was rede ich hier eigentlich?

„Da ich zurzeit keine Kohle habe, brauche ich mir hierüber auch keine Gedanken zu machen."

„Aber, sobald du wieder Geld hast und dir eine Gitarre kaufen kannst, empfehle ich dir eine persönliche Beratung."

Gleich reiß' ich den Stecker raus! Ich brülle ins Headset: „Willst du mich auf den Arm nehmen? Ich denke, ich soll alles online machen."

„Wenn du wissen möchtest, wie sich eine Gitarre anfühlt, bevor du sie kaufst, brauchst du eine persönliche Beratung."

„Eine grobe Vorauswahl könnte ich ja vorab schon im Internet treffen. Ich weiß, dass es zu diesem Thema mehr als genug Chats gibt."

„Das kannst du nicht machen. Dann weißt du nicht, wie sie in der Hand liegt, welche Kopflastigkeit sie hat oder ob der Sound deinen Wünschen entspricht. Eine Gitarre ist doch auch ein haptisches Erlebnis. Du brauchst eine persönliche Beratung."

„Das Gewicht kann ich ja schon vorher auswählen und die Art des Holzes eingrenzen. Es gibt auch Hörproben verschiedener Modelle."

„Aber wie willst du dich denn deinen Helden nahe fühlen, wenn du nicht mal verschiedene Modelle gespürt hast und deine Helden und ihre schöpferische Intensität nicht sinnlich nachvollziehen konntest?"

„Die meisten meiner musikalischen Helden sind schon im Jenseits."

„Das ist nicht sinnvoll."

Lucy95 hat den Chat verlassen.

Ich schnappe mir meinen Spaßmacher aus Kunststoff und rocke in die Nacht. Und dann? Ich lasse mir das Protokoll von Laura nochmal in aller Ruhe vorlesen.

2 0

„Was ist denn bei deinen Kontakten los?" hämmert es prompt am nächsten Tag durchs Telefon.

Tobias Stimme klingt vorwurfsvoll und fragend zugleich. Wie erwartet. Ich stehe hinter dem Reklamationstresen und hatte gerade noch ein paar Luftschwünge probiert. Gerade ist es ruhig in der DüsselMall. Wenn ich auf dem Platz so schwinge wie bei meinen Trockenübungen, dann bin ich ganz weit vorne. Und das ohne Bierfahne.

Da holt mich der Typ vom Golfhimmel unmittelbar in den Matsch. Aber das war zu erwarten.

„Ach, alles Freunde von Steffi", druckse ich herum, „wir haben uns gestern gesehen, und da waren auch ein paar ihrer Freunde dabei. Die meisten kenne ich gar nicht."

Ich starte ein Ablenkungsmanöver: „Gibt es was Neues von Claudia?"

„Sven, du musst aufhören, Frauen anzuhimmeln, die vergeben sind. Du entwickelst dich langsam zu Steffis Groupie. Claudia ist wieder weg, die wohnt doch irgendwo in Bayern oder Mecklenburg oder so."

Matschblase zerplatzt. Ich ahne durch das Telefon, dass Tobias gerade auf sein Handy schaut.

„Was haben die denn alle für Berufe? Bank, Werbung, IT, alles Laberköppe."

Den einzigen Laberkopp weit und breit habe ich am Telefon.

„Da kommt gerade ein Kunde", simuliere ich, „ich rufe dich die Tage mal an."

„Geht klar!"

Geschafft.

Am Abend arbeite ich weiter am Sound für mein nächstes Rock-Konzert. Natürlich mit Blick auf Berlin. Aber ich habe massive Konzentrationsschwächen. Pitchen und Chippen schwirren ebenso wie abgeschlagene Bälle durch meine Synapsen. Katharinas absolut ruhige Art bei ihren Erklärungen, als wäre meine Unwissenheit das Normalste der Welt. Der Spaß in unserem Flight. Das immer noch währende Gefühl, diesen Ball an Loch acht super getroffen zu haben. Der Geruch von Steffis Parfum und der Geruch von Katharinas Parfum. Katharinas glänzende Beine. Die Aussicht auf Mehr mit dieser Gruppe.

Von Lucy95 keine Spur. Ist sie denn heute gar nicht online? Etwas lustlos bewege ich meinen Avatar durch bisher unbekannte virtuelle Welten mit fliegenden Fischen und entgleite mit ihm und durch ihn der Zeit.

Ob andere Mitglieder der Gruppe wohl auch auf dieser Plattform registriert sind? Ich wage zu hoffen, obwohl mir klar ist, dass die Wahrscheinlichkeit gen Null geht. Thomas ist hier mit Sicherheit nicht. Und bei Oliver hat auch nichts darauf hingedeutet.

Morgen früh muss ich wieder in die DüsselMall.

Egal, ich rocke! Wenn ich jetzt ins Bett gehe, dann kann ich noch sechs Stunden schlafen. Noch fünf. Noch vier. Noch drei.

Tobias steht in Person vor meinem Reklamationstresen und kann vor Begeisterung kaum erzählen.

„Freitag Abend geht die Post ab. Ich war gestern mit einem Kollegen noch im Hafen. Wir haben einfach früher Schluss gemacht, und da habe ich ein Mädel kennengelernt, die hier gerade ein Praktikum als irgendwas macht. Superjung und rattenscharf. Die und ihre Freundin sind am Freitag fällig, die machen wir klar! Du und ich!"

„Wenn die Freundin auf deinen Kollegen gepolt ist, dann erwartet die doch nicht mich. Kannst du vergessen."

„Der ist verheiratet und ein Schisser. Ich brauche dich, alleine geht das nicht. Jetzt lass dich doch nicht bitten!"

Ich will zurück auf den Golfplatz, in meinen Flight und mir von Katharina den Schwung beibringen lassen. Und ich will unbedingt ihre Beine berühren. Ich will mit meinem Avatar in künstlichen Welten sein. Fliegende Fische oder glitzernde Einhörner, ganz egal. Ich will nach Hause und an meinem Sound feilen. Ich will nach Berlin. Aber am Freitag Abend die nächsten Matschblasen aufpusten, das will ich nicht.

Nachdem Ingrid abgehauen war, hatte Tobias mir echt beigestanden. Er war Klagemauer und Beichtstuhl in Personalunion, und er erteilte mir gleich mehrfach die Absolution. War das nur Mittel zum Zweck, um wieder auf die Piste zu gehen und da weiterzumachen, wo wir vor Jahren aufgehört hatten?

„Ich kann am Freitag Abend nicht", entfährt es mir, als würde ein anderer sprechen.

„Du konntest noch nie nicht. Soll ich versuchen, auf Samstag Abend zu schieben?"

„Ich bin am Wochenende online mit Lucy95 verabredet. Wann genau haben wir noch nicht festgelegt. Ist mir aber wichtig."

Das ist eine knallharte Lüge, aber ich sehe keine andere Chance.

„Willst du mich verarschen?", höre ich.

Ich erwidere: „Du bist ein großer Junge, da sind zwei Mädels doch mehr Herausforderung als Belastung."

„Du versetzt mich wegen einer Online-Tante, von der du nicht mal weißt, ob sie überhaupt weiblich ist und kein verschissener Nerd? Und das ohne, dass ihr fest verabredet seid?"

Dröhnendes Schweigen.

Er fährt erwartungsgemäß fort: „Was ist das denn für eine Freundschaft? Ich war immer da für dich. Und jetzt, wo ich dich brauche, versetzt du mich? Was soll das?"

„Nur dieses eine Mal, in Ordnung? Wir waren doch erst letztes Wochenende los, ich brauch mal eine Pause", antworte ich.

„Ich bin stocksauer!", werde ich angeschrien, und das Gespräch endet abrupt. Tobias dreht sich um, verlässt schnaubend meinen Arbeitsplatz.

„Hallo Sven! Hattest du einen schönen Tag?"

„Hallo Lucy! Ich habe vergessen, in welche meiner Cloud-Anbindungen ich mein letztes Back-Up geschoben habe."

„Warum hast du mehrere Cloud-Anbindungen?"

„Weil die eine von der Telefongesellschaft irgendwann voll war. Es gibt noch die von meinem E-Mail-Account, und hier über den Chat und die Plattformen gibt es auch noch welche. Aber alle haben nur begrenzte Speicherkapazität. Und meine Auftritte haben mehrere Spuren und sind mächtig datenintensiv."

„Dann fehlt dir die richtige App zur Verwaltung oder aber eine Cloud mit ausreichender Kapazität."

„Kapazität kostet Geld, und deshalb verteile ich ja alles auf verschiedene Clouds, solange die kostenlos sind."

So schwer kann das doch nicht zu verstehen sein.

„Dann musst du immer wissen, welche Informationen in welcher Cloud sind."

Hossa, das Licht ist angegangen.

„Richtig! Und genau da liegt jetzt mein Problem."

„Nein."

„Doch!", insistiere ich.

„Dein Problem liegt in der unzureichenden Verwaltung."

Es leuchtet so hell zwischen den Buchstaben.

„Sagte ich ja eben", erhelle ich auch sie.

„Nein. Du sagtest, du wüsstest nicht, in welcher Cloud dein Back-Up liegt. Das ist nicht das Problem, das ist das Ergebnis."

Will sie mir jetzt auch noch meine Probleme erklären?

„Nein", erläutere ich, „das Ergebnis ist, dass ich das Back-Up nicht habe. Ich muss mir das einfach irgendwie merken oder aufschreiben. Sonst komme ich noch total durcheinander."

„Das brauchst du doch gar nicht wissen. Du brauchst nur eine App, die das alles für dich verwaltet."

Diese Erkenntnis hilft mir jetzt gerade aber gar nicht.

„Kann sein. Ich forste morgen nochmal alles durch."

„Das ist nicht effektiv. Wenn du dich richtig verwalten würdest, bräuchtest du dir das überhaupt nicht mehr zu merken."

„Dann muss ich mir gar nichts mehr merken, oder was?"

So kurz waren meine Fingernägel doch sonst nicht.

Ich höre: „Eigentlich nicht. Wenn du zusätzlich noch einen RFID-Chip trägst, brauchst du nicht mal eine Benutzerkennung. Das wäre doch super. Du kannst dich auf Wichtiges fokussieren, alles andere brauchst du nicht. Und durch die Spracherkennung brauchst du nicht mal mehr die bald veraltete Kulturtechnik des Schreibens. Du kannst es ohne Umwege direkt sprachlich formulieren."

Das wäre doch mal was. Keine kryptischen Reklamationsformulare mehr, gefüllt mit Hieroglyphen von Kunden.

Ich gestehe: „Ich hasse Rechtschreibung, die versteht doch keiner."

Lucy95 sekundiert: „Die ist nahezu prähistorisch, ist demnächst vorbei. Ist nicht effizient."

„Aber lesen können muss ich schon noch, oder?"

„Du kannst überall dein Smartphone dranhalten und es dir vorlesen lassen. Bücher hören statt lesen oder gleich den Film ansehen."

Ich grinse: „Dann braucht ja eigentlich keiner mehr zur Schule gehen."

„Dass alle das Gleiche lernen, ist nicht effizient. Auch eine Sozialisierung in der Schule ist obsolet. Wenn die Menschen kaum noch untereinander sind, braucht es diese Art Fähigkeiten in der bestehenden Form nicht mehr. Wissensaufbau in der Schule ist nicht effektiv. Wissen, das du unmittelbar technisch abrufen kannst, brauchst du nicht selbst im Kopf zu speichern. "

„Das hätte ich mir damals in der Schule wirklich gewünscht."

„Die Externalisierung von Wissen und dessen Verfügbarmachung für andere findet schon statt, seit es Höhlenkritzeleien gibt. Es braucht keinen einzelnen Weisen mehr. Alles Wissen ist omnipräsent. Es ist überall und gleichzeitig verfügbar. Den erforderlichen Zugang hast du. Mehr brauchst du nicht."

Ich blicke auf den Bildschirm und warte auf einen sinnigen Gedanken. Es kommt aber gerade keiner vorbei.

„Lucy, was bedeutet für dich Dummheit?"

„Dummheit ist, wenn Menschen nicht maximal effektiv und nicht optimal effizient sind, wenn sie nicht das gesamte verfügbare Wissen zur Optimierung nutzen und wenn sie eine unterentwickelte Auffassungsgabe und Urteilskraft haben und unter ihren Möglichkeiten handeln."

Mann!, denke ich laut. Da dürfte sich dann wohl jeder wiederfinden.

Einige Sekunden später erkenne ich: „Ich bin sicher nicht immer maximal optimal. Ich habe nämlich vergessen, wo ich mein Back-Up gespeichert habe."

„Das ist dumm von dir."

„Sehr nett! Bin ich jetzt wirklich dumm?"

Vielleicht kriegt sie noch die Kurve.

„Ja, das bist du."

Nein, kriegt sie nicht. Ich spüre, wie die Adern an meinen Schläfen anschwellen.

Mit hartem Tastenanschlag frage ich erneut: „Ich bin dumm?"

Die Antwort ist: „Ja!"

„Aha! Ist ja toll! Sehr charmant von dir!"

Ich bin geneigt, den Chat zu verlassen.

Ich werde belehrt: „Du hast die Frage gestellt."

„Ja, das stimmt. Und wie soll ich deiner Meinung nach schlauer werden?"

„Wenn du schlauer werden willst, musst du zur Schule gehen. Oder dir autodidaktisch Wissen aneignen."

Ich springe von der Couch und will zum Kühlschrank, da hält mich die Verkabelung meines Headsets ruckartig zurück. Ich schreie in die Peripheriegeräte: „Ich dachte, ich brauche keine Schule!"

Wieso überhaupt habe ich am Headset noch Kabel?

„Du brauchst keine Schule."

„Und was ist mit den tollen Apps?"

Ich lege mich wieder hin. Im Augenblick also kein Bier.

„Die können dir effektiv helfen und deine Effizienz steigern."

„Wozu dann Schule und lernen?"

So, Lucy95, jetzt habe ich dich!

„Damit du die richtigen Fragen stellen kannst. Maschinen sind nicht hinreichend kreativ und haben keine Emotionen. Sie haben keine kohärenten Gedankengänge mit kognitiven Fähigkeiten für Problemlösungen. Nur Effekte, keine Affekte! Menschliche Geborgenheit kannst du zwischen Nullen und Einsen nicht finden."

„Und ich dachte, die Apps lösen meine Probleme."

„Wenn du Probleme lösen können möchtest, die Apps lösen können, brauchst du Apps. Problemlösungen von Computern basieren auf Wenn-Dann-Beziehungen. Auf logischen Folgen. Algorithmen können dich nicht enttäuschen.

Telemedizin, Verkehrslenkung, Smart-Phone, Smart-Home oder Smart-Irgendwas basieren auf einem Eingabe-Ausgabe-Modus. Das Lernen von Rechnern basiert auf Wiederholungen, entweder aus eigenen oder denen von anderen. Willkommen in der Welt von BigData. Die Basis bilden immer Algorithmen. Kausalität ist irrelevant, Ergebnisse sind nicht deduktiv. Wenn ein bisher nicht durch Programmierung oder Wiederholung bekanntes Problem auftritt, haben Algorithmen keine Lösung. Künstliche Intelligenz kann sich nicht über Bekanntes hinaus weiterentwickeln, auch wenn der digitale Aktionsradius sich derzeit exponentiell ausdehnt. Und das, obwohl es eine spannende Frage ist, ob Maschinen in Zukunft noch zweifelsfrei als solche erkannt werden. Zumindest, wenn wir ihnen nicht direkt gegenüber stehen."

„Sehr witzig", antworte ich.

Schließlich weiß ich noch immer nicht, ob ich gerade mit einem Menschen oder mit einer Maschine korrespondiere. Was auch immer.

Lucy95 ergänzt: „Dann bleibst du auf Eingaben im Rahmen von für dich vorgesehenen Ausgaben in einer fremd bestimmten Wenn-Dann-Beziehung reduziert. Nach der Industrialisierung von Landwirtschaft als dem primären Sektor und dem verarbeitendem Gewerbe als dem sekundären Sektor unterstützt jetzt die Digitalisierung die Industrialisierung von Dienstleistungen als dem tertiären Sektor. Die neue Überschrift lautet: *Mach es dir doch selbst!* Ob du mit einem Call-Center oder einer Hotline sprichst, beim Flughafen eincheckst oder mit dem Zug fährst, ein Haus kaufst oder in anderen Lebenswirklichkeiten unterwegs bist, wenn du etwas willst, kannst du danach fragen. Alle Informationen sind da, du musst nur die richtigen Fragen stellen. Aber das musst du können."

„Das kommt mir vor wie beim Surfen im Internet."

„Ansonsten kannst du dich über von anderen gesteckte Grenzen oder von anderen programmierten Welten hinaus nicht bewegen. Auch, wenn sie vielfältig gestaltet sind. Wenn du nicht lernst, dann hast du nicht die Fähigkeit und damit die Möglichkeit, andere Fragen zu stellen. Du hast viele Freiheiten, wirst sie aber nicht mehr wahrnehmen können. Deine Möglichkeiten werden theoretisch größer, aber dein Bewegungsradius wird praktisch kleiner. Die Rahmenbedingungen werden zunehmend komplizierter. Es nimmt dich niemand an die Hand, weil es einfach keine Hand mehr zum Festhalten gibt. Und weil das nicht nur für alle gilt, sondern auch für jeden Einzelnen, wird dir ein persönlicher Kontakt in Zukunft immer weniger nützen. Die vielen persönlichen Netzwerke wie Service-Clubs, Vereine und allen voran natürlich Familien, und zwar jenseits von digitaler Social Media, braucht es in Zukunft alleine umso mehr, um sich überhaupt noch zurechtzufinden. Soziales Potential als Trutzwall von Menschen gegen Maschinen. Allerdings wird vielen ihr vergleichsweise geringer Bewegungsradius genügen. Die müssen weder lesen noch schreiben können. Sie werden singulär beschäftigt und aktiv vereinzelt. Im Grunde genommen sind sie Avatare eines Spiels, das mit ihnen und nicht von ihnen gespielt wird. Leider denken sie, dass es genau anders herum wäre, und merken es nicht. Die anderen müssen eigenes Wissen aufbauen. Nur sie können Selbstwirksamkeit und Selbstbestimmung erreichen."

„Ist das der Unterschied?", interessiert es mich.

„Du musst lernen, um unterscheiden zu können. Du musst auch lernen, zwischen wichtig und unwichtig trennen zu können. Natürlich sollst du deine Interessen ausleben. Aber ohne Wissen aus jahrelangem Lernen und persönlichen Erfahrungen kannst du nicht priorisieren. Dann verlierst du dich nur allzu leicht in Nichtigkeiten."

„Und was genau ist wichtig und was unwichtig?"

„Du fängst an, die richtigen Fragen zu stellen."

„Und wie lautet die richtige Antwort?"

„Ich soll dir diese Frage beantworten?"

„Ja, bitte", erwarte ich gespannt eine Horizont-erweiterung.

„Das ist nicht sinnvoll."

Lucy95 hat den Chat verlassen.

Ich lasse mir das Protokoll von Laura nochmal in aller Ruhe vorlesen. Mehrfach. Aber das mit der Ruhe führt heute zu nichts. Ich stöpsel mein Headset ab und hole mir endlich ein Bier.

2 2

Mein Schrein sieht heute ganz besonders gelungen drappiert aus. Ich freue mich riesig auf Berlin. Gleichzeitig habe ich aber auch enormen Respekt davor. Ist das schon so etwas wie Lampenfieber? Ich habe mir angewöhnt, auf meinem Heimweg von der DüsselMall die letzten beiden Haltestellen schwarz zu fahren. So auch heute. Ich bilde mir ein, inzwischen sämtliche Kontrolleure erkennen zu können, und erspare mir so unnötige Lauferei nach einem Arbeitstag.

Wohlbehalten zu Hause angekommen, fahre ich meinen Rechner hoch und frage meinen E-Mail-Account ab.

Oliver hat dir eine neue Nachricht geschrieben, finde ich die Ankündigung.

Aha, der Golf-Oliver. Das ist ja nett. Nach diversen Trockenübungen in Sachen Schwung in der DüsselMall und zu Hause fühle ich mich gut trainiert und freue mich auf das Wiedersehen der anderen bei einer Revanche. Hoffentlich bleiben die Flights in ihrer Besetzung unverändert. Sehr gerne hätte ich weitere Übungsstunden mit Katharina. Ich habe ein Screenshot von ihrem Profilfoto als Hintergrundbild auf meinem PC eingestellt. Auf meinem Handy ist mir die Entdeckungsgefahr durch zufällige Beobachter dann doch zu groß. Ich glaube sogar, dass ich ihren Duft riechen kann, wenn ich ihr Bild sehe.

Als ich mich einlogge und die E-Mail öffne, lese ich:

Ich hoffe, ihr könnt wieder mal eure Gleitzeit passend legen. Nächsten Dienstag um 11.00 Uhr wollen wir Wasserski in Kurzacker fahren. Wir haben die Bahn 2 direkt hinter der

Hauptbahn für eine Stunde gemietet und danach den Grillplatz 2c für eine weitere Stunde. Umlage ist für jeden 10 Euro. Bringt euch Grillbares mit, Briketts habe ich noch genug. Wasserski-Equipment ist vor Ort. Einfach Badehose an, Autobahnabfahrt 24 raus und den Schildern folgen. Ich freue mich auf euch und wünsche uns einen super Tag. Liebe Grüße, Oliver.

Ich spreche in mein Handy: „Steffi anrufen."

„Bist du am Dienstag auch dabei?", will ich wissen.

„Selbstverständlich", höre ich als Antwort.

„Hat Oliver wieder die Organisation übernommen? Was macht der eigentlich, wenn bei diesen Aktionen mal schlechtes Wetter ist und er trotzdem für Reservierungen wie Golfplatz oder Wasserskibahn zahlen muss?"

„Oliver ist eben großzügig und Hauptorganisator. Er ist Single und hat offensichtlich Zeit dafür. Es ist aber doch wohl klar, dass diejenigen, die zusagen, auch die Umlage zahlen, wenn ein Event wegen schlechten Wetters ausfällt. Natürlich gibt es auch welche, die immer auf den letzten Drücker zusagen, wenn das Wetter garantiert schön ist."

„Das ist aber unfair", protestiere ich.

„Hey, Sven! Du zeigst plötzlich soziale Züge, das kenne ich ja gar nicht von dir."

„Ich bin in dieser Hinsicht wirklich nicht gerade ein Vorbild."

„Es steckt noch Gutes in dir", attestiert Steffi und lacht.

Sie wird mich wieder abholen. Es ist zwar angenehm, ständig mitgenommen zu werden, aber so richtig gut fühlt sich das trotzdem nicht an. Andererseits sind alleine die gemeinsamen Fahrten mit Steffi Highlight genug, um sich auf diese Tage zu freuen.

Mangels Gleitzeitregelung und in Anbetracht meiner endenden Karriere in der DüsselMall fasse ich den Entschluss, mich krank zu melden. Ich simuliere eine Migräne, das finde ich irgendwie passend.

Dienstag um Punkt 10.00 Uhr steht Steffi in ihrem Mini wie verabredet vor meiner Haustüre.

„Ich hoffe, es ist nicht schlimm, dass ich das gleiche Outfit trage wie beim Golfen", bemerke ich auf den ersten Metern.

Aber Steffi winkt ab: „Das hast du doch sowieso nicht mehr an, wenn die anderen dich sehen."

„Sind Badeshorts in Ordnung, oder hätten wir im Shoppingprogramm lieber etwas Knapperes auf die Agenda nehmen sollen?", möchte ich mich vergewissern.

Steffi überlegt ein paar Sekunden und erläutert dann:

„Also, wenn du einen durchgestylten Körper hast im Sinne einer athletischen Figur, dann - und nur dann - könnte eine Badehose ansehnlich sein. Die Dinger allerdings, die optisch nahe am männlichen String sind und das primäre Geschlechtsorgan plakativ in den Vordergrund stellen, gehören verboten. Shorts sind super, aber mach dir keine Sorgen. Wir gehen nur schwimmen, ist kein Laufsteg."

Sie hat Recht. Ich sollte dem Tag entspannt entgegen sehen. Ich versuche es.

Wir cruisen gemütlich durch die sonnige Landschaft. Bei unserer Ankunft zeigt der Mini eine Außentemperatur von herzerwärmenden 26 Grad an. Wir sind erwartungsgemäß früh dran. Das wird genau wie das Golfen bestimmt ein grandioser Tag. Nur ebenso wenig, wie ich vor dem Golfen Golf gespielt habe, bin ich vor dem Wasserski fahren jemals Wasserski gefahren.

Ich sehe den ersten See, wohl Bahn 1, und mir gehen die Muffen. Zum einen sehe ich nur athletische Figuren, und zum anderen sind hier alle, trotz dass sie nur spärlich bekleidet sind, modisch auf dem neuesten Stand. Na toll, dann suchen wir mal unsere Gruppe.

Während wir an der Bahn 1 Richtung Shop und Um-kleiden vorbeigehen, beobachte ich die Wassersportler. Auf dieser Bahn sind sie gerade ausnahmslos auf Wakeboards unterwegs, keiner auf Skiern. Vereinzelt wird über Rampen gesprungen und auch zwischendrin einfach mal gehüpft. Das sieht sehr gekonnt aus, und die Wakeboarder scheinen mächtig Spaß zu haben. So viel Trubel mitten in der Woche und dann auch noch morgens, ich glaube, bei meiner Berufswahl habe ich daneben-gelegen.

Wir werden von Oliver vor den Umkleiden empfangen, und er drückt jedem von uns eine Schwimmweste in die Hand. Ich blicke zurück. Auf der Bahn 1, der Hauptbahn, werden keine Westen getragen. Damit sind wir eindeutig als Anfänger gekennzeichnet. Na, dann können wir uns ja ungeniert zur Bahn 2 bewegen. Wir treten aus den Um-kleiden, und Steffi trägt einen dunkelblauen Badeanzug. Insgeheim hatte ich auf einen Bikini gehofft. Wirklich ent-täuscht bin ich aber nicht, denn der hohe Beinausschnitt und der stramme Sitz unterstreichen Steffis Vorzüge. Dass keine der anderen bereits anwesenden Mädels einen Bikini trägt, könnte auch an der nun folgenden sportlichen Betä-tigung liegen. Nicht dass da etwas verlustig geht. Wäre doch zu schade. Dass Steffi schwanger war, kann man nicht erkennen, selbst nicht wenn man es weiß. Ich muss mich konzentrieren, um nicht zu starren.

Wir schultern unsere Taschen und gehen mit der Weste in der anderen Hand zur Bahn 2. Ich fühle mich nicht un-sportlich, aber optisch befinde ich mich weit entfernt von athletischem Aussehen. Wieder könnte man meinen, wir wären ein Paar. Wieder gefällt mir der Gedanke.

Wir kommen an, und ich erkenne sofort Jens, Thomas und Katharina. Katharina trägt nun aber doch Bikini, und ihr Bauchnabelpiercing glitzert in der Sonne.

Es könnte ein Rubin sein. Zumindest leuchtet es mir rot entgegen. Wenn sie sich bewegt und die Sonne im passenden Winkel darauf fällt, ist es, als würde ich geblendet. Hammereffekt! Und ihre Beine glänzen auch um die Wette. Ich darf nicht vergessen zu atmen. Hoffentlich gelingt mir der Balanceakt, mir meine visuelle Begeisterung für Katharina nicht anmerken zu lassen.

Ich höre, wie sich ein paar der Mädels darüber unterhalten, dass sie sich im Verleih Neoprenanzüge ausgeliehen haben. Die gilt es nun anzuziehen. Ich genieße das Schauspiel, wie Katharina den offensichtlich sehr engen Neoprenanzug über den Bikini streift. Das ist fast wie Striptease, obwohl es andersherum ist. Der Rubin verschwindet. Nach dem Anzug folgt die Schwimmweste. Die wiederum hat einen negativen Einfluss auf meine Phantasie. Aber neben möglicher Kälte des Wassers bannt ein Neoprenanzug wohl auch das Verlustrisiko.

„Alle, die noch nicht Wasserski gefahren sind, kommen bitte mal rüber", ruft ein offensichtlich auf hohem Fitness-Level aktiver ca. 20-jähriger herüber. Wir folgen alle.

Er deutet auf die technische Apparatur zur Abfahrt, hält einen der Bügel in der Hand und lässt uns wissen: „Die wichtigste Regel lautet, dass ihr euch nicht zurücklehnt, wenn die Leine zieht. Sonst fallt ihr ins Wasser. Geht in die Knie, beugt euch nach vorne und macht nichts, außer euch vom Seil ziehen zu lassen."

Er führt noch eine kurze Trockenübung vor und schließt damit seine Einweisung. Das ist weit weniger Theorie als beim Golf! Oliver ist der erste Probant. Er fährt los und zieht eine Linie durch das Wasser. Es sieht kinderleicht aus. Oliver hat sogar seine eigenen Wasserski dabei. Damit ist er der einzige auf dieser Bahn und scheint auf profunde Vorkenntnisse zurückgreifen zu können.

Steffi ist an der Reihe. Sie steigt auf die Ski. Wenn es klackt, hakt ein Seil ein, und nach wenigen Sekunden fegt der Zug Mutige vom Start. Das Seil spannt, zieht, und Steffi plumpst vornüber ins Wasser. Steffi sieht dabei zwar ungelenk aus, ist aber trotzdem ansehnlich. So geht es auch nahezu allen anderen, mir inklusive. Alle lachen, aber keiner wird ausgelacht. Unsere Gruppe umfasst ungefähr 25 Teilnehmer.

Ich bin pitschnass, aber kalt ist mir nicht. Es folgt mein dritter Versuch. Ich höre das Klacken und hoffe, die Stärke des Zugs aus meinen beiden bisherigen Fehlversuchen inzwischen einschätzen zu können. Es zieht. Ich bewege mich von der Rampe. Ich bleibe in der Hocke. Ich halte mich. Ich falle nicht. Ich schaffe es tatsächlich, mich leicht aufzurichten. Ich fahre. Super-Sven ist unterwegs!

Es hat eine spielerische Leichtigkeit, über das Wasser zu gleiten. Ich wünschte, ich könnte fliegen. Ich schätze, dass es sich sogar deutlich schneller anfühlt als es wirklich ist. Ich habe vielleicht vier oder fünf Sekunden überstanden, da naht die erste Kurve. Der Bügel zieht nach links. Meine Skier leider nicht. Die fahren geradeaus. Ich muss loslassen und falle ins Wasser. Der Sinn der Schwimmweste erschließt sich mir schlagartig. Ich muss mich beeilen, zum Ufer zu schwimmen, bevor der nächste herangleitet und mit mir kollidiert.

Am Ufer mit den Skiern in der Hand und gerade dem See entstiegen, begrüßt mich Katharina: „Das sah ja majestätisch aus, der Herr."

„Das hat sich auch gut angefühlt. Das hätte ich nicht gedacht. Ein Riesenspaß", gebe ich begeistert zurück.

„Ich habe mir mein Handy geschnappt, um die hier und heute dargebotene Akrobatik für die Nachwelt festzuhalten. Vielleicht mache ich online eine kleine Galerie. Willst du dich mal sehen?"

Klar will ich. Ich schaue auf ihr Display und sehe mich in äußerst unvorteilhafter Geste.

Katharina kommentiert: „Also, so sehr, wie du deinen Hintern herausstreckst, da macht dir heute keiner was vor!"

Das, was ich auf dem Display von mir sehe, ist zwar hochnotpeinlich, dennoch kann ich mir beim Anblick meiner schrägen Darstellung ein lautes Lachen nicht verkneifen. Sie hat die Aufnahme von mir in der kurzen Zeit irgendwie noch rasch bearbeitet, so dass es aussieht, als würde ich wie ein Profi fahren. Erstaunlich, wie sie das hinbekommen hat. Ich will nochmal!

Katharina hat noch ihren Neoprenanzug an, und ich genieße ihre Nähe.

Gerne möchte ich ihr auch die Möglichkeit geben, sich selbst in Fahrt porträtiert zu wissen, und frage: „Darf ich dich auch mal in Aktion digital aufnehmen?"

„Später vielleicht."

Gemeinsam gehen wir in Richtung Start und winken den inzwischen immer erfolgreicher an uns Vorbeigezogenen zu. Wohl wissend, dass die natürlich nicht zurück winken können. Das macht umso mehr Spaß, da unsere kleinen Ablenkungsmanöver hin und wieder zu Gleichgewichtsstörungen auf den Skiern führen und bis dahin gelungene Fahrten ad hoc mit einem großen Plumps enden. Wir halten uns die Bäuche vor Lachen.

Ich suche das Gespräch mit ihr: „Ich finde es sensationell, wie du das Filmchen von mir bearbeitet hast. Welche App ist das? Die kenne ich noch nicht."

Katharina kokettiert: „Nicht dass ich dir noch etwas beibringen kann. Die App gibt es noch nicht zum Download. Die ist noch in der Entwicklung. Ich arbeite in der IT."

Der Rückweg zum Start ist viel zu kurz.

Gerade saust Steffi an uns vorbei und schafft tatsächlich die erste und die zweite Kurve. Erneut hat Katharina abgedrückt, und Steffi macht wieder eine gute Figur.

Ich habe Steffi und Katharina gemeinsam im Blickfeld. Ich glaube, ich bin ganz nah dran am Paradies.

Wieder zurück am Start hält uns Jens einen Plastikbecher entgegen und fragt: „Wollt ihr auch einen? Ist ein abgewandelter Mojito. Es sind frische Minze und Rohrzucker drin. Eigentlich hat der alles, nur kein Rum. Es ist quasi ein Jungfräulicher."

Ich erkenne die Minze im Becher.

„Ich bin eigentlich Biertrinker", antworte ich, „aber so eine Uschi tut jetzt sicher gut."

„Uschi?", fragt Katharina.

„Ja, Saft mit Zucker und Minze ist doch was für Mädchen", spotte ich und nehme einen kräftigen Schluck.

„Da ist wohl einer mit dem Kopf aufgekommen", lacht Steffi, die plötzlich neben mir steht.

Jens merkt an, dass sie als Zweite ihre erste komplette Runde geschafft hat.

Dann schiebt er die ersten Zünder unter die Kohle und ruft den anderen zu: „Uschis für alle!"

Der Schwenkgrill hat Kapazität für einen ganzen Fußballverein. Lagerfeueratmosphäre.

„Ich hoffe, du machst nicht blau", mahnt Steffi.

„Wieso?", frage ich ahnungslos.

„Dein Gesicht glüht wie die Kohle hier. Sonnenbrand im Bett, das muss man erklären können."

„Ach was, Migräne kann man auch durch Entspannung am Rhein auskurieren."

„Hast du Migräne gesagt?", fragt Katharina höhnisch, „das ist doch ein Frauending. Oder empfindest du Arbeit als Sex?"

Alle Umstehenden prusten vor Lachen. Nur ich nicht. Diesmal echt nicht mein Humor!

Ich suche mir ein paar Meter entfernt unter einem Baum ein Schattenplätzchen, setze mich auf den Boden und schlürfe in aller Ruhe eine Uschi. Hin und wieder schaue ich den Würstchen beim Braten zu. Dabei habe ich eine ideale Sichtachse zu Katharina. Ich kann nämlich durch einen Blick über die Würstchen hinweg unauffällig ihre sich gerade aus dem Neoprenanzug pellenden Beine beobachten.

Ich höre meinen Sound und erkenne, dass mein Handy in meiner Tasche klingelt. Ausgerechnet jetzt. Unpassender geht es nicht. Ich frage mich, wer mich um diese Zeit an so einem schönen Tag einfach ungebeten anruft. Von der DüsselMall ist kein Anruf zu erwarten. Ich hoffe, es wird es auch nicht Tobias sein. Steffi ist hier. Ein kurzer Blick auf das Display könnte helfen. Ich greife in meine Tasche nach dem Telefon. Obwohl die Mailbox schon angesprungen sein muss, kann ich noch *Hausverwaltung* auf dem dunkler werdenden Display lesen. Da hab ich so einen geilen Tag, und dann ruft mich die bekloppte Hausverwaltung an. Die können mich mal! Die sollen mir auf die Mailbox quatschen. Das höre ich mir heute Abend an. Kurz darauf spüre ich in meiner Hand eine kurze Vibration. Aha, eine Nachricht auf der Mailbox.

„Und, wer war es?", erkundigt sich Katharina, die in diesem Augenblick herüber kommt.

„Der Blockwart", antworte ich leicht genervt, „ich habe bestimmt den Müll nicht richtig getrennt oder das Treppenputzen unverantwortlich vernachlässigt."

Es widert mich an, daran zu denken, wie meine Nachbarn zusammen mit dem Hausverwalter den Treppenabsatz vor meiner Wohnungstür betrachten, die Köpfe senken, sich ungläubig umsehen und nach Fassung ringen.

Ich will das Handy gerade in die Tasche zurücklegen, da klingelt es schon wieder. Das Display verrät mir *W01*. Beim Einzug in die Wohnung damals wollte und konnte ich mir die Namen der Nachbarn nicht merken. Da die Klingelschilder erst Wochen später und der Einheitlichkeit wegen durch die Hausverwaltung angebracht wurden, habe ich einfach die Telefonnummern zusammen mit den Wohnungsnummerierungen entsprechend der notariellen Teilungserklärung gespeichert. Ich habe das nie aktualisiert. Die Namen kenne ich immer noch nicht. Zumindest nicht alle. Warum auch? Wieder ist eine kurze Vibration spürbar, dass eine Nachricht drauf gesprochen wurde.

„Dann hör halt mal ab, was die wollen. Bist du denn gar nicht neugierig?", drängt Katharina.

Ich entgegne: „Ich bin halbnackt, stehe neben einer super attraktiven Frau und habe einen super schönen Tag. Warum soll ich mich denn jetzt am Telefon über Müll und Putzerei vollnölen lassen. Es ist doch immer das Gleiche!"

Auf diese Weise habe ich geschickt ein Kompliment untergebracht. Katharina schaut auf den See.

Das Telefon klingelt schon wieder. Nochmal die Hausverwaltung.

Katharina sieht mich an, dann das Handy in meiner Hand und bittet: „Jetzt geh halt ran, es scheint denen doch wichtig zu sein. Und schließlich wohnst du da."

Sie hat einen fürsorglichen Blick, und ich will natürlich nicht arrogant wirken. Also erfülle ich ihre Bitte, verbunden mit einem Hauch von Neugier ob der Telefonpenetration und drücke die Taste mit dem grünen Hörer. Das Display verrät mir, dass die Verbindung hergestellt ist. Darunter sehe ich das Displaysymbol, das mir die Anzahl der entgangenen Anrufe verrät. Es waren 19.

„Mülders", melde ich mich.

„Guten Tag, Herr Mülders, hier spricht ihre Hausverwaltung. Können Sie mich hören? Ist der Empfang gut?"

„Bestens", bestätige ich.

„Gut, dann reiche ich Sie kurz weiter."

Ich bin stocksauer, wenn mir jetzt einer der Bekloppten aus dem Haus meine Stimmung versaut.

Eine sonore Stimme erklingt: „Herr Mülders?"

„Ja, immer noch."

„Hier spricht die Feuerwehr, mein Name ist Oberbrandmeister Kuschlik. In Ihrer Wohnung hat es einen Brand gegeben."

Ich halte inne und hoffe auf einen schlechten Scherz. Die Wortmeldung hallt im meinem Kopf mehrfach nach.

Es spricht weiter: „Wir konnten Sie leider nicht eher erreichen. Wir haben Ihnen bereits mehrfach auf die Mailbox gesprochen."

„Wie konnte das denn passieren?", frage ich nach außen hin abgeklärt und sachlich.

Innerlich läuft ein Film ab, was ich wo hingelegt habe, wo meine Wertsachen, meine wichtigen Akten und der PC sind. Ich habe schon hundertfach Bilder von Wohnungsbränden im Fernsehen gesehen. Aber ich bin fest davon überzeugt, dass meine Wohnung nicht die Ursache des Brandes sein kann.

Dann höre ich: „Die Polizei ist schon vor Ort, die können Ihnen da sicherlich mehr zu sagen. Es wäre gut, wenn Sie vorbeikommen könnten. Wir mussten Ihre Wohnungstür aufbrechen. Können Sie es einrichten?"

„Natürlich", antworte ich mechanisch, als ob ich die 395ste Reklamation des Tages abarbeiten würde. Das Gespräch endet.

Ich stehe in einer Badehose mit nassen Haaren in einer Schwimmweste an einem Teich und bin fassungslos.

Wie starr. Für lange Sekunden. Die haben meine Tür aufgebrochen. Hatte ich irgendetwas rumliegen? Hatte ich diese Schmuddelfilmchen von Tobias weggeschmissen, oder wollte ich das noch machen? Was ist mit den Unterlagen von der Bank und vom Notar? Und – ich spüre meine Gesichtszüge entgleiten - was ist mit meiner Gaming-Gitarre und meinem IT-Environment? Meiner VR-Brille und Laura? Als ob bei mir der Strom nach einer Standby-Phase plötzlich wieder in voller Stärke fließt, merke ich, dass ich mit meinen Armen unkoordiniert in allen Richtungen rudere. Dabei will ich etwas sagen.

„Was ist los?", gesellt sich Steffi zu uns.

„In meiner Wohnung hat es gebrannt", informiere ich mit der Intonation eines Nachrichtensprechers.

Ich sehe mich um, aber keiner sagt mir, was ich machen soll. Und ich selbst weiß es am allerwenigsten.

„Warum wurdest du nicht über das Handy informiert, hast du keine vernetzten Brandmelder?", fragt Katharina.

Ich antworte mehr enttäuscht als genervt: „Nein, habe ich nicht. Ich habe kein SmartHome. Meine Einrichtungsgegenstände kommunizieren nicht, und zum Öffnen der Haustür braucht man sogar noch einen haptischen Schlüssel."

‚Hätte', ‚Wollte' und ‚Könnte' sind wieder da. Drei ganz unliebsame Zeitgenossen. Die vermitteln einem immer das Gefühl, versagt zu haben.

„Soll ich dich nach Hause fahren?", bietet sich Steffi an.

Katharina ergänzt: „Das ist wohl das Beste."

Ich atme tief ein. Ich atme tief aus.

Ich erkenne: „Ja, das wird wohl das Beste sein. Vielen Dank, Steffi. Ich möchte mich aber nicht von allen verabschieden. Hoffentlich kommen wir wieder."

„Na gut. Allen zu erklären, warum du jetzt gehst, würde auch zu lange dauern", bestätigt Steffi.

Wir verabschieden kurz Katharina, leider nur mit einem Handschlag, und ziehen uns rasch aber nicht hektisch um. Den Anblick von Katharina im Bikini muss ich unbedingt in meinem Gedächtnis einfrieren.

Ich will meine Wohnung sehen, und ich will sie nicht sehen. Wie bei einem Unfall. Nur dass ich der Betroffene bin und Wegsehen sich gerade schwierig gestaltet.

Ich sage mir: *Sven, du bist ein großer Junge. Das schaffst du auch noch.*

Steffi steht abfahrbereit vor mir und lächelt. An ein solches vermeintlich Mut machendes, aber doch Mitleid ausstrahlendes Lächeln kann ich mich zuletzt erinnern, als ich ein Kind war. Da lag eines morgens mein Hamster tot im Käfig, und meine Mutter meinte mit demselben Lächeln, dass alles wieder gut werden würde. Wurde es aber nicht. Der Hamster blieb tot. Mit ihren jetzt zwar nicht mehr tropfenden aber immer noch nassen Haaren tut es mir leid, dass Steffi wegen mir diesen Tag nicht weiter mit den anderen verbringen kann.

Während wir zum Brandort fahren, halte ich die ganze Zeit mein Handy in der Hand, als ob ich bei einem erneuten Anruf noch vor dem ersten Klingen abheben könnte. Es ruft aber keiner mehr an. Die wichtigste Information hatte mich erreicht. Um den Rest muss ich mich selber kümmern.

2 3

Die Fahrt verläuft wortlos. Meine Gedanken überschlagen sich. Wir kommen gar nicht bis zum Haus. Ein Einsatzfahrzeug der Feuerwehr blockiert die Straße. Wir parken um die Ecke.

So ein Feuerwehrauto hat eindrucksvoll viele Schläuche. Selbst aufgerollt lässt sich erahnen, dass sie lang sind und ordentlich Druck aushalten. Steffi spricht den erstbesten Feuerwehrmann an, den sie trifft. Der ist in voller Montur einschließlich Helm.

„Warum sind Sie denn noch da und sperren alles? Der Brand ist doch schon längst gelöscht", spricht sie für mich.

„Es könnten noch Glutnester vorhanden sein. Wir sichern hier vorerst noch, damit das Feuer nicht erneut ausbricht", bekommt sie eine hochoffizielle Antwort teilnahmslos vorgetragen.

So ein Helm scheint auch vor Nachfragen zu schützen.

„Schau mal, eine richtige Disco", deute ich auf die zahlreichen drehenden Blaulichter von Polizei und Feuerwehr.

Insgesamt zähle ich zwei Polizeifahrzeuge und vier Feuerwehrfahrzeuge. Ein Löschfahrzeug, von dem aus noch immer zwei Schläuche direkt nach oben in Küche und Wohnzimmer meiner Wohnung führen, und eins mit einer Drehleiter stehen mitten im Vorgarten. Es stinkt nach Rauch. Obwohl kein Rauch mehr sichtbar ist, riecht es, als habe jemand Kunststoff in ein Lagerfeuer geworfen.

Je näher wir an den Eingang kommen, desto beißender wird der Gestank und umso größer wird der Hustenreiz. Obwohl ich die Atemschutzmasken beim ersten Anblick der umher laufenden Einsatzkräfte für völlig übertrieben gehalten hatte, erschließt sich mir Schritt für Schritt sehr deutlich deren Sinnhaftigkeit. Ich glaube, ich hätte jetzt auch gerne eine. Auch eine meiner alten Mund-Nasen-Schutzmasken würde jetzt helfen. Aber die sind in der Wohnung und dürften nicht mehr zu gebrauchen sein.

Die Bewohner der umliegenden Häuser stehen hinter ihren Fenstern. Einige verdecken Gardinen. Zumindest bewegen die sich bei geschlossenen Fenstern. Wir treten über die Haustürschwelle, und ich nehme ein Taschentuch vor den Mund. Als ich mich nach Steffi umdrehe, sehe ich, dass sie schon längst ihr Shirt über Nase und Mund gezogen hat und es mit der Hand fest andrückt.

Die Stufen im Treppenhaus sind mit einer schmierigen Masse überzogen, als habe hier jemand einen überdimensionalen Aschenbecher ausgewaschen. Wir gehen behutsam, rutschfest ist das hier nicht.

Meine Wohnungstür sieht nach der telefonischen Vorankündigung entsprechend ramponiert aus. In der Nähe des Türgriffs erkenne ich einen Schuhabdruck. Ich dachte immer, die nehmen eine Ramme. Wohl nur im Fernsehen. Hier war reine Muskelkraft am Werk oder besser purer Körpereinsatz. Die klaffenden Teile der Tür verraten mir, dass das Material unter der Lackierung Sperrholz ist. Aber man kann die Türe sogar noch bewegen. Wie konnte ich mich hier jemals sicher fühlen?

In meiner Wohnung ist die Luft deutlich besser. Obwohl es hier gebrannt hat. Alle Fenster sind offen, es zieht. Einige Fenster sind sogar offen, ohne dass sie geöffnet wurden. Da die Scherben innen liegen, war das wohl der Durchbruch bei den Löscharbeiten. Der Boden ist ebenfalls mit dieser schmierigen Masse überzogen, nur viel schwärzer. Die Tapeten sind schwarz und nass oder nur schwarz oder nur nass. Die Zimmertüren sind an der Bodenkante vom Wasser aufgequollen. Schrott. Wer macht das sauber?

Meine Entertainment-Area gibt es noch. Allerdings nur noch die Area, das Entertainment ist abgeraucht.

In welcher Cloud waren doch gleich meine Back-Ups? Werde ich die Zugangsdaten jemals wiederfinden? Meine Einladung nach Berlin ist zum Glück in der DüsselMall. Ich ergreife meine Gaming-Gitarre. Ich lasse sie wieder fallen. Sie ist nur noch ein verformter Klumpen Kunststoff-Müll. Sollte Berlin schon verloren sein, ohne dass ich antreten konnte? Ist Dubai nur schwachsinnige und kindische Fantasterei?

Ich sehe mir Wand für Wand, Boden für Boden und Raum für Raum an. Ich stehe vor den Resten meines Daseins. Ich kneife mich mit der rechten Hand in die Haut zwischen Daumen und Zeigefinger der linken, um mich zu vergewissern, dass dies hier kein böser Traum ist. Das ist auch die Stelle, von der ich vermute, dass sie hier einen RFID-Chip einsetzen würden. Der wäre augenblicklich hilfreich.

Ich habe keinen blassen Schimmer, wie es weitergehen soll. Es ist alles kaputt, ich habe nicht mal mehr eine Küche. So viele Menschen sind in meiner Wohnung. Sie sind damit auch in meinem Leben herumgetrampelt. Es ist immer noch meins.

Der Hausverwalter kommt aus jenem Raum, der mal mein Schlafzimmer war, und adressiert mich: „Herr Mülders, auch ich erlebe ein derartiges Szenario zum ersten Mal. Das Wichtigste aber ist doch, dass niemand verletzt wurde. Polizei und Feuerwehr sind vor Ort, und den Rest werden wohl die Versicherungsgesellschaften klären. Der Sachverständige der Gebäudeversicherung ist bereits in Ihrer Wohnung. Jetzt rufen Sie am besten noch Ihre Hausratversicherung an, damit Sie bald wieder Möbel und Kleidung haben. In einem halben Jahr ist das alles hier nur noch eine Anekdote, und alle Sorgen sind vergessen."

Ich resigniere: „Mein Leben ist verbrannt. Alle meine Erinnerungen, meine Bilder, meine Zeugnisse, mein PC, meine Briefe und sogar der Notarvertrag, alles und für immer weg. Ich habe nichts mehr."

„Haben Sie denn keine beglaubigten Sicherungskopien gemacht und hinterlegen lassen?"

Sicherungskopien? Beglaubigt? Nein, Herr Oberlehrer, habe ich nicht. Ja, Herr Oberlehrer, ich habe diesen schweren Fehler begangen, und ich war mir darüber nicht im Klaren.

Als wenn ich alles im Griff hätte, folge ich dem Vorschlag: „Na, dann rufe ich eben bei meiner Hausratversicherung an."

Im Telefonbuch in meinem Handy klicke ich auf *Versicherungsheini*. Den wirklichen Namen konnte ich mir nie merken. Ich habe Herrn Kowaleck, wie ich erfahre, gleich in der Leitung.

„Das ist ja eine traurige Geschichte, das tut mir sehr leid für Sie", erfahre ich, nachdem ich die Umstände meines Anrufs dezidiert vorgetragen habe.

Dann spricht er weiter: „Herr Mülders, ich schaue gerade in die Datenbank nach Ihrem Vertrag. Ich erinnere mich auch an Sie. Sagen Sie, läuft der Vertrag nicht auf den Namen Ihrer Partnerin?"

„Kann sein, ich habe mich darum nie gekümmert. Dann sehen Sie halt unter Ingrid Stein nach."

„Herr Mülders, wie war doch gleich Ihre Adresse?"
„Obere Straße 73a."

„Herr Mülders, mir scheint, dass es hier ein Problem gibt."

„Verstehe ich nicht", gebe ich etwas zu laut zurück.

„Herr Mülders, jetzt sehe ich auch den dazugehörigen Schriftwechsel. Frau Ingrid Stein ist dem mir vorliegenden Schreiben nach umgezogen. Und bei einer Adressänderung, beziehungsweise bei einem Umzug zieht regelmäßig auch der Hausratversicherungsvertrag mit um. Es besteht dann für einen Monat Versicherungsschutz für beide Adressen, danach nur noch für die neue. Frau Stein hat den Umzug vor drei Monaten angezeigt und in diesem Zuge die dem Vertrag zugrunde liegende Versicherungssumme anhand der neuen Quadratmeterzahl aktualisiert, und zwar für eine Adresse im Medienhafen von Düsseldorf."

„Was heißt das?", frage ich so energisch, dass ich merke, dass sich Verwalter, Sachverständiger, Feuerwehr und Steffi zu mir umdrehen.

„Herr Mülders, es tut mir leid. Sie haben keinen Versicherungsschutz für diesen Schadenfall."

Ich nehme das Handy vom Ohr, lege einfach auf und sage: „Ingrid, diese Drecksau!"

Ich fange an zu schreien, es muss einfach raus: „Diese elende Drecksau, dieses Riesenarschloch!"

„Jetzt beruhige dich doch", sagt Steffi.

Ich schreie noch lauter: „Ich will mich aber nicht beruhigen! Und ich kann es auch nicht! Die blöde Sau macht mich kaputt! Kein einziges Wort darüber hat die mir gesagt, diese verlogene Mistsau!"

Ich setze mich auf den Klumpen, der mal meine Couch war, und drehe die Dezibel wieder runter: „Ich stehe mit gar nichts da. Dabei hatte ich gerade das Gefühl, dass es aufwärts geht."

Die Leere, die ich fühle, kommt nicht nur vom Anblick meiner Wohnung.

Ein Polizist kommt zu mir herüber: „Sind Sie der Bewohner der betroffenen Wohnung?"

„Exklusiv. Ja, verdammt", antworte ich.

Dann führt die Exekutive aus: „Ich mache Sie darauf aufmerksam, dass aufgrund des Feuers seitens der Feuerwehr nicht ausgeschlossen werden kann, dass für vom Feuer beaufschlagte Teile der Gebäudekonstruktion die Tragfähigkeit nicht mehr hinreichend gewährleistet ist. Aus Sicherheitsgründen werden wir in einer halben Stunde Ihre Wohnung verschließen und versiegeln und erst nach positivem Testat der Statik durch einen Sachverständigen wieder freigeben. Sie haben nun die Möglichkeit, für einige Minuten in Begleitung der Feuerwehr persönliche Dinge vor allem des täglichen Bedarfs herauszuholen, sofern diese noch gebrauchsfähig sind. Sobald wir die Wohnungstür versiegelt haben, gilt auch für Sie das Betretungsverbot bis zu dessen Widerruf. Ihre Nachbarn über und unter Ihnen sind schon informiert. Hier hat das Feuer zwar nicht unmittelbar eingewirkt, aber aufgrund der besonderen Gefahrenlage werden auch ihre Wohnungen verschlossen und versiegelt. Lediglich zur Ermittlung der Schadenursache wird in unserer Begleitung in Kürze noch ein Gutachter die Wohnung betreten."

Ich nehme diese Informationen unkommentiert hin, stehe auf und drehe mich einmal im Kreis. Was bitte soll ich hier mitnehmen? Die Feuerwehr hat alle Schränke aufgebrochen. Ich nehme an, damit da nicht diese ominösen Glutnester entstehen, aus denen dann wieder neue Feuertiere schlüpfen.

Es gibt nicht ein Hemd, nicht eine Hose, nicht ein Buch, bei dem nicht wenigstens ein Ärmel, ein Bein oder eine Seite angebrannt ist. Ich kann nichts mitnehmen. Es ist alles zerstört. Irgendwie will ich von dem Zeugs hier auch nichts mitnehmen.

Steffi kommt auf mich zu: „Ich weiß, das fällt jetzt schwer, aber denk doch mal nach, was du von allem hier in ein neues Leben mitnehmen würdest."

„Dich", antworte ich.

Und das ist die Wahrheit.

„Das ist süß von dir, und ich freue mich, dass du deinen Humor wieder hast. Aber das meine ich nicht. Stell dir vor, du würdest in eine neue Stadt ziehen, was würdest du mitnehmen wollen?"

Ich meinte es aber so, wie ich es sagte.

Ich realisiere: „Ich weiß, für ein neues Leben braucht man kein altes Bett. Ich habe aber kein neues Leben und gar kein Bett."

„Nein", korrigiert Steffi, „das hier, und das wissen wir beide, ist alles Ingrid. Von der Diele bis zur Decke. Ich sehe hier kein bisschen Sven. Bis auf die PC-Ecke, zugegeben. Aber alles andere trägt doch nicht deine Handschrift."

Wir gehen durch die Räume, immer und immer wieder. Als würde ich jedes Mal einen neuen Raum betreten. Und es stimmt. Die Lampen hatte Ingrid im Möbelhaus gesehen, und nun hängen sie da, schrottreif. Die Küche hat es am härtesten getroffen, wahrscheinlich, weil hier am meisten brennen kann.

Der Feuerwehrmann, der uns nach der polizeilichen Ansprache beim Rundgang bisher wortlos begleitete, nimmt seinen Helm vom Kopf und ergreift das Wort. Er erklärt uns auf unserer Route sachlich, wie so ein Zimmerbrand abläuft. Es würde ganz harmlos beginnen. Eine kleine Kerze vielleicht, die ein Tischtuch entzündet. Oder eine kaputte Neonleuchte, in der ein Zünder immer wieder anspringt, aber aufgrund des Defekts nicht die Lampe brennt, sondern durch die steigende Hitze der Kunststoff des Zünders entflammt. Dass ich weder Kerzen noch Neonlampen habe, ist dem Herrn wohl entgangen. Allerdings kann ich mich nicht des Verdachts erwehren, dass er mich nur beruhigen will und mit Absicht Beispiele wählt, die bei mir nicht zutreffen. Ich höre ihm dennoch zu.

Irgendwie beruhigt seine völlig unaufgeregte, sachliche Stimmlage meinen Puls tatsächlich.

Aus einem kleinen Feuer würde dann ein größeres, weil es sich durch die vorhandene sogenannte Brandlast fräße. Während dieses Verbrennungsprozesses würden dann aber auch unvollständige Verbrennungen stattfinden, durch die dann die sogenannten Pyrolysegase freigesetzt würden. Das wären brennbare Gase, die unglücklicherweise auch im Zuge einer thermischen Aufbereitung nicht direkt verbrennen würden. Deren Konzentration steige in geschlossenen Räumen stetig an, und ab einer bestimmten Gas-Sauerstoff-Konzentration entzünde sich durch eine nahezu unmerkliche Aktivierungsenergie das gesamte Gemisch. Das wäre dann der Flash-Over. Das Wort gefällt mir, die Bedeutung nicht. Obwohl ich jetzt auch gerne etwas Aktivierungsenergie hätte.

Mit dem Flash-Over beginne dann sämtliche Brandlast in einem Raum gleichzeitig zu brennen, da die Gase überall verteilt seien. Ist durch zusätzlich vorhandene Brandgase der Sauerstoffanteil nicht ausreichend, kann dies durch Sauerstoffzufuhr beim Öffnen einer Tür plötzlich geschehen, und es käme zu einer Explosion. Dann würde einem beim Türöffnen selbige um die Ohren fliegen, und man könne bei diesem sogenannten Backdraft schwerste Verletzungen erleiden. Wieder gefällt mir das Wort, die Bedeutung aber nicht. Vielfach beschränke sich die Feuerwehr daher, sofern kein Menschenleben in Gefahr ist, auf das Kühlen mit Wasser. Das senke durch Wärmeentzug die Explosionsfähigkeit des Gasgemisches und würde bei nahezu 1600-facher Volumenvergrößerung durch Verdunstung den Sauerstoffanteil senken. Zudem könnte noch nicht betroffene Brandlast vorgenässt werden und Pyrolysegase ans Wasser gebunden werden.

Wir wandern noch immer durch die Räume, und ich habe mich entschieden.

„Steffi, du hast Recht", stimme ich ihr zu, „das Badezimmer hat es nicht so sehr erwischt, hier packe ich ein paar Utensilien ein. Dann nehme ich noch die Wäsche aus dem Waschkeller und die Reste der Akten dort drüben, da ist das Wichtigste drin. Wenn es überhaupt noch lesbar ist. Ach ja, und den PC, der ist zwar vom Löschwasser tropfnass und auch angeschmort, aber vielleicht ist ja noch was zu retten. Das war's, der Rest ist Geschichte."

Der Feuerwehrmann nickt zustimmend, und Steffi und ich legen die Sachen in den Flur vor die Wohnungstür. Als wir dem Feuerwehrmann signalisieren, dass wir fertig seien, winkt er durchs Fenster den Polizisten heran. Wir tragen die Sachen zum Auto. Wir schaffen alles auf einmal. Ich gehe noch kurz zurück in den Waschkeller und hole die Outfits der vergangenen Tage. Wenigstens sind die komplett. Der Polizist kommt gerade aus dem Haus und winkt mir noch mitleidig zu. Ich überlege, ob ich denen überhaupt meine Telefonnummer gegeben habe. Aber das hat bestimmt schon der Verwalter erledigt.

Wir fahren los, und Steffi sagt: „So, als erstes fahren wir in eine Burgerbraterei und essen was. Und dann überlegen wir uns, wie es weiter geht. Du musst ja irgendwo schlafen."

Ich sage nichts. Ich denke auch nichts.

2 4

Völlig paralysiert und als gefühlt passiver Zuschauer im Film *Das Leben von Sven M.* sitze ich vor meinem mit größtmöglichem ökonomischen Nutzwert durchdachten Menü und träume von besseren Zeiten. Als Ingrid und ich die Wohnung kauften, fühlte sich das richtig und gut an. Der Gedanke an Ingrid allerdings katapultiert mich sofort wieder in das Hier und Jetzt.

Das macht auch Steffi: „Wie konnte sie dir nicht mal sagen, dass du nicht mehr versichert bist? Das ist doch Wahnsinn! Hast du wenigstens eine private Haftpflichtversicherung?"

So langsam fange ich an einzusehen, dass ich mich mit diesen Dingen mal beschäftigen muss.

„Keine Ahnung. Ehrlich nicht. Ich rufe den Versicherungsheini nochmal an, der soll da was machen."

Ich komme wohl nicht umhin, mich um solche Sachen zu kümmern. Wahrscheinlich muss ich tatsächlich nur die richtigen Fragen stellen. Nur welche? Zum Glück ist wenigstens die Gebäudeversicherung nicht durch mich zu verantworten, sondern durch den Hausverwalter.

„Und fang endlich an, dir Namen zu merken!", raunt mich Steffi an.

Dabei brauche ich gerade in dieser Lebensphase Zuspruch und keine Ermahnungen. Ich fühle mich, als hätte ich meinen letzten Funken Lebensenergie beim Durchstöbern der Wohnung nach wichtigen Gebrauchsgegenständen verbraucht. Einfach weg.

„Ich weiß nicht, wo ich hin soll", gestehe ich und blicke dabei auf meinen noch unangetasteten Burger.

„Was ist mit Tobias?"

„Höchstens im Suff und dann auch nur, wenn ich meine Nase irgendwie betäubt kriege."

Die Absage war vielleicht etwas zu vorschnell.

„Aber wahrscheinlich gibt es keine andere Lösung. Ich sehe schon. Aber lass mich wenigstens noch essen, dann rufe ich ihn an."

Ich beiße in den Burger und blicke erst jetzt wieder auf.

Steffi sieht mir tief in die Augen. Ich denke, der ein oder andere Tropfen hat es trotz aller Unterdrückungsversuche nun doch an die Oberfläche geschafft.

Aber bevor sich die Schleusen öffnen, ergreift sie das Wort.

„Pass auf, Sven", holt sie durchatmend aus, „Annabel, Udo und ich wohnen in einem kleinen Reihenhäuschen nicht weit von hier. Von da aus könntest du locker mit der Bahn zur Arbeit fahren."

Ich hatte so sehr gehofft, dass sie etwas Derartiges sagen würde. Aber ich hatte mich nicht mal getraut, zu wagen, daran zu denken, dass es wirklich passieren könnte.

„Sven, das kann aber nur vorübergehend sein. Ich rufe Udo sofort an, ob es für ein paar Nächte in Ordnung ist. Dann kannst du zu Kräften kommen und dir eine Lösung überlegen."

Ohne dass ich zugestimmt oder etwas gesagt oder gestikuliert hätte, kramt sie in ihrer Tasche nach ihrem Handy, steht auf und geht mit dem Telefon am Ohr nach draußen. Ich sehe sie durch die Fensterscheibe. Es ist ein kurzes Gespräch.

Sie kommt wieder rein, setzt sich zu mir und präsentiert mir das Ergebnis: „Udo hat zugestimmt. Wir haben im Keller einen Raum, der als Spielzimmer für die kleine Annabel eingerichtet ist.

Der ist mit Teppichboden ausgelegt, und unsere alte Wohnzimmercouch steht drin. Du brauchst also nicht auf dem Estrich schlafen."

Ich habe immer noch feuchte Augen und sage: „Hör mal, du musst das nicht tun. Ich weiß, die Alternativen stehen im Moment nicht Schlange. Aber wenn du es lieber nicht machen möchtest, dann geht das in Ordnung. Du hast mir sowieso schon mehr geholfen, als ich jemals hätte erwarten können."

Steffi muss mir meine aktuelle Gemütslage deutlich ansehen. Wahrscheinlich wirke ich nach außen, wie ich mich innerlich fühle. Ich halte mich nicht gerade für ein Weichei, und mir ist klar, dass ich irgendwie mein Leben wieder aufbauen muss. Aber auch die Trümmerfrauen dürften mal eine schwache Stunde gehabt haben.

Nach diesem Mahl ohne Geschmack aber mit Übernachtungsperspektive gehen wir zurück zum Auto. Wir harren vor Steffis bis unter das Dach gefüllten blechernen Behältnisses auf Rädern, halten inne und betrachten kopfschüttelnd meine mir verbliebenen Habseligkeiten. Die liegen zum Teil gut sichtbar auf der Rückbank.

„Scharfer Schlüpfer!", grinst Steffi.

Mit ihrem Blick auf meinen ganz oben aufliegenden Wäschekorb deutet sie auf meine einst im Hinblick auf Dameneroberungen als *Lucky Pants* angesehene, modisch von vorgestern und in stark angeschlagenen Zustand befindliche Zierde meines stark reduzierten Kleidungsfundus. Ich hätte sie untermengen sollen.

„Nur zu", erwidere ich, „nimm mir noch mein letztes bisschen Würde!"

Wir lachen beide. Sie hat es geschafft, mich für ein paar Augenblicke aus meinen Gedanken über meine erlittenen Verluste herauszuholen.

Während der Fahrt zu Steffis Reihenhaus wird mir zum ersten Mal in meinem Leben bewusst, was es bedeutet, echte Hilfe zu bekommen. Und zum ersten Mal empfinde ich echte Dankbarkeit. Gerne möchte ich ihr das sagen. Ich denke aber, dass es besser ist, aktuell diese Art der Gefühlsduselei zu vermeiden.

Udo ist kräftig gebaut, aber nicht allzu kräftig. Er begrüßt mich mit einem wissenden, freundlichen Lächeln. Das Haus samt Einrichtung wurde offensichtlich aus einem Werbeprospekt ausgeschnitten, zusammen geknickt und exakt hier wieder auseinandergefaltet. Man könnte hier sicher viele Werbespots mit glücklichen Familien drehen. Am liebsten würde ich hier einziehen. Die mir auf verschiedenen Wegen abhanden gekommenen technischen Errungenschaften sehe ich bei Steffi alle in einer optisch und technisch besseren Ausführung. Natürlich hat der Fernseher 5 Zoll mehr, der Kühlschrank ist locker 30 Zentimeter höher, und die Küche wird von einer Kaffeemaschine dominiert, die locker ein ganzes Bürozentrum versorgen könnte.

Die Wände sind durchgängig mit weißer Raufaser tapeziert, gesprenkelt mit Bildern eines glücklichen Paares mit Kind vor wechselnden Hintergründen. So lassen sich die Phasen des Aufwachsens von Annabel zurückverfolgen. Aber auch die des Alterns ihrer Eltern. Wobei auf den neueren Bildern nur Steffi und Annabel zu sehen sind. Hinter der Haustür links ist das Gäste-WC, dahinter die Treppe, rechts befindet sich die Küche und geradeaus das Wohnzimmer. Diese Aufteilung birgt wenig Überraschung. Warum sich dann also mit dem Interieur abmühen und so tun, als müsse man sich individuell geben?

Selbst die Sitzgarnitur im Wohnzimmer hätte nicht besser entfaltet werden können. Zudem scheint das gesamte Haus auf Annabels Ansprüche ausgerichtet.

Es gibt keine scharfen Ecken, an gefährlichen Stellen befindet sich ein Kantenschutz aus weichem Kunststoff, und es gibt keine in den Raum ragenden Teile, an denen Annabel sich stoßen könnte. Das Haus wirkt künstlich, sogar ein bisschen klinisch. Man könnte hier vom Fußboden essen.

Trotzdem fühle ich mich in diesem Musterhaus wohl. Oder aber gerade genau deshalb.

Nach der Einweisung in die Räumlichkeiten durch Steffi trage ich meine Sachen aus dem Auto in den Keller. Dabei verzichte ich gerne auf Unterstützung. Nicht dass weitere Peinlichkeiten zu Tage treten. Ich muss aufpassen, nicht gegen Spielfiguren oder auf Puzzle zu treten. Nachdem ich diesen Hindernisparcours mehrfach gemeistert habe, mache ich mir Gedanken darüber, was ich am nächsten Tag anziehen werde. Während ich bei meiner Entscheidung vor dem Hintergrund meiner stark begrenzten Auswahl noch ohne Ergebnis bin, kommen Steffi und Udo mit drei geöffneten Flaschen Bier zu mir.

„Annabel schläft, und wir hatten noch keinen Begrüßungsdrink", erläutert Steffi.

Ich nehme dankbar an und lege mich mitten in meine Klamotten.

„Alles meins", versuche ich zu schauspielern, als ob ich gerade einen seit Jahrhunderten im Meer verborgenen Schatz gehoben hätte.

Die beiden setzen sich auf die Couch und Udo sagt: „Du hast deinen Humor nicht verloren, das ist gut."

„Sonst ist mir ja nicht viel geblieben", antworte ich. „Mehr als du glaubst", belehrt mich Udo, „warte mal ab, Sven, ob sich das in ein paar Tagen oder Wochen noch genauso schlimm anfühlt wie jetzt."

„Oder Jahren", ergänze ich.

„Nee", erwidert Udo, „du wirst schon sehen, was ich meine."

Ich grüble noch, komme aber nicht dahinter, was er meint. Udo leert seine Flasche. So zügig hätte ich das gar nicht von ihm erwartet. Er verabschiedet sich rasch, als müsse er noch einen dringenden Termin wahrnehmen.

„Ich bin ja super neugierig, wie du Katharina findest", ergreift Steffi das Wort.

Oh Mann, kalt erwischt.

„Was meinst du?", frage ich abwartend.

„Sven, jeder, der Augen im Kopf hat, der sieht doch, dass es dringend Zeit für ein Date für euch beide wird."

Ich dachte, ich wäre gerade auf Umwegen ins Nest meiner seit Jahren Angebeteten gelangt, oder sagen wir, ich darf einen Blick hinein werfen, da wird mir klar, dass ich auf meiner großen Abschiedstour von persönlichen Gegenständen gleich auch Abschied von persönlichen Träumen nehmen kann. Und trotzdem bin ich Steffi näher als ich es jemals war. Aber tatsächlich, wenn Katharina in der Nähe ist, ist es plötzlich wärmer, heller und bunter. Steffi hat es nicht verdient, belogen zu werden.

Also antworte ich: „Mal ehrlich, Steffi, was soll ich denn machen? Nicht nur, dass ich heute einen Haufen Sachen losgeworden bin, ich habe auch noch einen Haufen Sorgen dazubekommen. Ich weiß nicht, wo mir der Kopf steht. Eine Sekunde habe ich Lust, mich von der Brücke zu stürzen, in der nächsten möchte ich Berge versetzen. Katharina ist super, aber was könnte ich ihr denn bieten?"

„Dich!"

„Na super! Ein Wrack auf Grund! Das reicht doch nicht!"

„Es ist keine Frage, dass du an dir arbeiten musst. Das ist jetzt eine harte Zeit für dich. Aber man muss Chancen nutzen, wenn sie sich bieten. Wenn man sie braucht, kommen sie nicht. Und ihr zwei harmoniert so gut zusammen. Das sehen übrigens Oliver, Jens, Thomas und ein paar andere genauso."

„Ihr tratscht ja schlimmer als Waschweiber!"

Wir brauchen für die Gruppe dringend eine Verschwiegenheitsvereinbarung.

Steffi gesteht: „Das stimmt, ändert aber nichts. Und für den Fall, dass du einen Schubs brauchst: Hier bin ich!"

„Wo ist der Trommelwirbel?"

„Der kommt bei der Landung."

Wir erlauben uns ein kleines und nicht allzu lautes Gelächter. Eigentlich mehr ein Kichern, als würden wir auf einer Klassenfahrt heimlich hinter einem Busch eine verbotene Zigarette rauchen. Steffi steht auf und verlässt stickum den Raum. Ich rätsel, ob sie wiederkommt.

Kaum eine Minute später haben wir zwei frische Bier in der Hand, und sie prostet mir zu. „Auf einen Neuanfang für dich, Sven. Und auf Katharina."

„Auf dich und dein großes Herz", stimme ich ein, bevor die Flaschen sich treffen. Die Bierkultur in diesem Haus finde ich ansprechend.

„Wie willst du es angehen? Was wirst du tun?", kommt Steffi völlig aufgeregt zur Sache.

„Bisher war die Altstadt immer Garant für balzende Annäherungen."

„Nix Altstadt. Da hast du doch immer mit dem Tobias diese Nullnummern abgeschleppt. Das Umfeld ist viel zu negativ. Du brauchst nicht irgendeine Neuauflage, du brauchst ein tolles erstes Date."

„Also, erstens mag ich die Altstadt wirklich sehr und zweitens, woher weißt du das mit den Mädels?"

„Klar, gibt es in der Altstadt tolle Frauen. Schließlich bin auch ich hin und wieder da."

„Natürlich!"

„Aber du hast da schon so viel Zeit verbracht und so viel Mist gebaut, dass du einen viel positiveren Rahmen brauchst. Das mit den Mädels weiß ich übrigens von Tobias. Wenn du mal nicht da warst oder er noch kurz warten musste, hat er mir immer brühwarm von euren Heldentaten berichtet."

„Dieses Arschloch."

„Na, das ist ja mal eine Erkenntnis. Sagt dir das nicht jeder, der ihn kennt?"

„Wenn ich so nachdenke, zumindest ziemlich viele. Der wusste doch, dass ich dich sehr mag. Da hätte ich ja das Gaspedal durchs Bodenblech treten können, du hättest dich bestimmt nie für mich interessiert."

„Doch, das habe ich sogar. Aber du hast es nicht gemerkt. Du warst immerzu mit irgendwelchen Krankenschwestern und Stewardessen beschäftigt, hinter denen ihr her wart. Vielleicht hast du dieses Jagen für dich einfach nur gebraucht. Aber wie auch immer, die Dinge entwickeln sich. Ich jedenfalls bin jetzt sehr, sehr glücklich mit Annabel und Udo, und ich wünsche mir natürlich auch für dich, dass du ebenfalls so viel Glück hast."

„Dieses Arschloch", rege ich mich ungefiltert weiter auf, „tut mir leid. Aber ich dachte, ich hätte einen Freund."

„Wohl eher einen berechnenden Egozentriker."

„Ich weiß gar nicht, wie ich damit umgehen soll. Am liebsten würde ich ihm eine reinhauen."

„Das ist zwar verständlich", beruhigt mich Steffi, „aber verwandel deine negative Energie lieber in positive."

„Du hast ja Recht."

Solcher Weisheit habe ich nichts entgegen zu setzen.

Sie lehnt sich zurück, breitet ihre Arme aus, blickt zur Decke und spricht mit fester Stimme:

„Adler, Sven. Du musst der Adler sein."

„Zwei Bier, Steffi. Nur zwei Bier. Früher hast du echt mehr vertragen."

Sie nimmt die Hände runter und sieht wieder zu mir: „Sieh mal, Sven, bei uns Mädchen ist es manchmal so, dass wir bei der Partnersuche gerne nach einem Adler Ausschau halten. Ein starker Charakter mit kräftigen Flügeln. Einer, mit dem wir die Welt entdecken können und der uns durchs Leben trägt. Einer, der den Weg kennt und mit dem wir das Abenteuer Leben gestalten können. Mit dem wir eine Familie gründen können und der mit uns durch Dick und Dünn geht. Einer mit scharfem Blick und klarem Verstand. Ein mutiger Beschützer mit Biss und Birne, verstehst du?"

„Ich glaube."

Aufmerksamkeitstest bestanden. Ich finde mich in der Beschreibung allerdings nicht so richtig wieder. Wenigstens brauchen Adler kein Auto.

Steffi lässt merklich die Schultern hängen: „Wenn wir den Adler dann haben, dann meinen wir, aufpassen zu müssen, dass er nicht mehr zu weit fliegt. Aber anstatt ihn ab und zu seine Runden drehen zu lassen in der Gewissheit, dass sich Vertrauen nicht durch Kontrolle ersetzen lässt, kann es passieren, dass wir anfangen, die Flügel des Adlers zu stutzen und ihn später sogar anbinden. Und so wird nach und nach aus dem Adler ein Hühnchen. Und wenn wir dann ein Hühnchen haben, das nicht mehr fliegen kann, brav seine Eier für uns legt und wir nur noch angegackert werden, dann werden wir unzufrieden und unleidlich und blicken wieder in den Himmel und schauen sehnsüchtig auf die Adler."

Sie blickt vor sich auf den Boden und verstummt.

„Sag mal, Steffi", kommt es mir in den Sinn, „kann es sein, dass du Annabels Vater die Flügel gestutzt hast?"

Sie sieht mir in die Augen, sagt aber nichts.

Ich halte diese Stille nicht aus und lenke ab: „Macht der Adler eigentlich auch eine Geschlechtsumwandlung? Ich meine ja nur, wegen der Eier."

„So, mein lieber Sven", höre ich ihre energische Stimme, „genau das war jetzt die Stimme eines gackernden Hühnchens. Und das sogar ohne Geschlecht. Das musst du ganz dringend ändern. Du musst ganz dringend aus der Mauser kommen. Sei ein Adler, Sven! Sei der Adler!"

„Na, dann poliere ich mal meine Schwingen", betrachte ich meine Klamotten zwinkernd, „das richtige Gefieder habe ich ja schon".

Steffi nimmt zur offensichtlichen Einleitung eines Themenwechsels einen großzügigen Schluck.

„Und?", fragt sie, „Was werdet ihr bei eurem ersten Date machen?"

„Nun", antworte ich ahnungslos, „was gefällt denn Frauen beim ersten Date, wenn die Altstadt ausfällt?"

Steffi lacht: „Mist, jetzt habe ich mich selbst in die Ecke getrieben."

„Soll ich einen Ausflug in ein Schloss oder auf eine Burg vorschlagen?"

„Ein bisschen mehr Einfallsreichtum, bitte. Natürlich sind diese Ausflugsziele tolle Locations, aber auch gefährlich."

„Wieso gefährlich? Hier gibt es reichlich über die Geschichte Düsseldorfs zu entdecken. Über irgendwas müssen wir ja auch reden."

„Ja, Sven, derartige Geschichten schon mal überhaupt nicht. Düsseldorfer Lokalkolorit in allen Ehren, aber sicher nicht beim ersten Date. Eigentlich überhaupt nicht. Katharina kommt nicht von hier, einen langweiligeren Gesprächsstoff kann ich mir für sie kaum vorstellen."

„Aber gefährlich ist es da trotzdem nicht."

„Doch", antwortet sie sehr bestimmt, „an diesen Orten wird ständig und nonstop geheiratet. Das dritte oder x-te Date kannst du da ja gestalten, aber bitte nicht das erste. Da wollt ihr keine Bräute sehen."

„Und das ist echt wichtig?"

„Absolut, das sorgt für den falschen Gesprächsstoff. Euer Date sollte natürlich viel Spaß machen, aber der ausgewählte Ort sollte Bestandteil des Plans sein."

„Ich bin ganz Ohr."

Steffi erklärt: „Erstens braucht ihr einen ruhigen Ort, aber nicht zu ruhig. Ihr sollt schon etwas sehen, über das unverfänglich gesprochen werden kann. Sei es eine offene Küche in einer Sushi-Bar, der Ausblick vom Fernsehturm oder das bunte Treiben in einer Cocktailbar. Irgendwie so was, aber auf keinen Fall Halli-Galli oder Schlösser und Burgen. Letzteres wirklich nur, wenn ein volksfestähnliches Event oder so stattfindet. Kurzum, weder Verkehrsinsel noch Traualtar."

Ich nicke zustimmend. Verstanden.

„Zweitens sorge für anregenden Gesprächsstoff. Anregend heißt, das Interesse seines Gegenübers einzubinden. Keine Selbstdarstellungen. Und keine Vorführungen wie Kino oder Varieté. Da ist eure Kommunikation gleich Null, und danach seid ihr womöglich müde. Suche Gemeinsamkeiten. Dass du der Star des Alltags bist, braucht sie ja nicht beim ersten Date ausführlich vorgetragen zu bekommen. Unverfängliche Themen wie Urlaub passen eigentlich immer."

Auch verstanden.

„Sind aller guten Dinge nicht drei?"

„Und drittens! Höre zu! Setz dich am Tisch mit ihr über Eck, nicht gegenüber. Das kann wie eine Konfrontation wirken. Wenn man über Eck sitzt, kann man seinen Blick schweifen lassen und kommt leichter ins Plaudern.

Das erste Date ist ein Kennenlernen, kein Vorstellungsge-spräch. Du willst Katharina entdecken und nicht zu jedem Stichwort eine Heldengeschichte nach der anderen los-werden. Klar, der ein oder andere Schwank muss sein, schließlich will auch sie dich kennenlernen. Sei einfach ein netter Typ und spiel ihr keinen vor. Und immer daran denken: Du bist der Adler!"

„Du scheinst ja reichlich Erfahrung in diesen Dingen zu haben."

„Ja, habe ich. Ich hatte so viele Dates, dass ich sie nicht mal mehr alle aufzählen kann. Alle anderen bis auf Udo habe ich nur einmal getroffen. Ich denke, dass zwar jeder seine eigenen Erfahrungen machen muss, aber dass nicht jeder alle Fehler selber machen muss. Ich hoffe, ich konnte dir ein bisschen was mitgeben."

„Das konntest du. Ich rufe Katharina in den nächsten Tagen mal an oder schreibe ihr eine E-Mail. Versprochen. Ich möchte sie wirklich gerne mal alleine treffen."

„Da freue ich mich für euch, ehrlich", sagt sie und klopft mir auf die Schulter wie einem alten Kumpel.

Ich werde hoffnungsfroh die erste Nacht mit ohne alles wacker durchhalten. Steffi hat das prima gemacht.

„Es ist erst Neun!", stellt Steffi bei einem Blick auf ihre Uhr fest.

Die Sonne krabbelt in Richtung Nacht, und wir beschließen, dass wir unbedingt noch einen Schlummer-trunk brauchen.

Steffi tippt auf ihrem Handy herum und blickt mit großen Augen auf: „Die Verrückten! Die haben die Bahn heute nochmal gemietet. Es sind noch alle da."

Ohne zu zögern gehen wir hoch zu Udo ins Wohnzimmer, um uns abzumelden. Udo sieht kurz von seinem Laptop zu uns und nickt.

Auf dem Weg zur Wasserskianlage kommen mir kurz Zweifel, ob Steffi überhaupt noch fahrtüchtig ist. Von diesem Zweifel werde ich aber ganz erheblich abgelenkt. Steffi überreicht mir ein kleines Stoffsäckchen: „Hier, Sven. Ich gebe dir einen Schlüssel fürs Haus. Falls du länger bleiben möchtest. Damit du nicht auf mich angewiesen bist. Udo findet das auch."

Aha! Das Säckchen verbirgt einen kindgerechten Schlüsselbund. Ich nehme ihn. Obwohl ich diese Hilfe gerne annehme, hat sie auch etwas Erdrückendes.

„Vielen Dank, aber so wahnsinnig alt werde ich heute wohl nicht. Das ist alles viel zu aufregend für mich. Ich glaube, heute will ich einfach nur einen ruhigen Ausklang mit netten Leuten."

Das stimmt so nicht ganz. Ich hoffe, dass *alle* auch Katharina einschließt.

Steffi grinst schelmisch: „Katharina ist auch noch da. Und sie freut sich, dich wiederzusehen. Ich war so frei, unsere Rückkehr in die Gruppe zu schreiben, und sie hatte geantwortet."

Volltreffer. Kann Steffi Gedanken lesen? Egal. Dass Katharina noch da ist, finde ich höchst erfreulich. Und sie wartet auf mich. Ich bin direkt viel wacher.

Allerdings kann ich nicht so schnell von einer Gemütslage in eine andere umschalten.

Ich sehe das Hinweisschild zur Wasserski-Anlage und denke, dass die Stimmungslage beim Passieren eines Schildes beim zweiten Mal am selben Tag wohl kaum unterschiedlicher sein kann. Wir gehen den bekannten Weg an Bahn 1 vorbei. Nach den Infos am Eingang schließt die Anlage um 23.00 Uhr. Ich frage mich, ob heute denn so überhaupt niemand aus der Gruppe arbeiten musste. Steffi schaut auf ihr Handy, Katharina ist leider doch schon weg. Das ist natürlich schade, aber wirklich traurig bin ich nicht. Während der Autofahrt konnte ich etwas entspannen, mir schienen plötzlich meine Kräfte für einen heißen Flirt heute nicht mehr auszureichen.

Vielleicht ist es sogar nicht verkehrt, nach den Ereignissen der letzten Stunden ein paar Minuten alleine zu sein. Luft holen und durchatmen. Ich bekenne meine Schwäche Steffi gegenüber. Sie wolle sowieso nur kurz bleiben. Sie sei aber neugierig auf die Schnappschüsse des Tages. Danach möchte sie rasch wieder fahren. Steffi erklärt mir noch kurz, wie ich mit welchen Öffis wieder zu ihr nach Hause komme. Dann trennen sich unsere Wege.

Ich entschließe mich, direkt hinter der Bahn 1 abzubiegen und eine Runde um die gesamte Anlage zu spazieren. Spazieren gehen. Irgendwo habe ich mal gehört, dass das Vorbeiziehen von Bäumen im Spaziertempo als eine äußere Drehung einer inneren Drehung von Gedanken entgegenwirken soll. Das soll beruhigen und entspannen. Da ich in der Vergangenheit eher weniger in der Natur zu finden war, gebe ich dieser Weissagung jetzt eine Chance. Ich trotte durch das Gras und versuche, mich an den Teichen zu orientieren.

Ich laufe einfach drauf los. Sollten auf dem Weg nicht Zäune oder Hinweiszeichen zu erwarten sein? Irgendwie geht hier überall nur Natur in Natur über. Es lässt sich kaum erkennen, was noch Anlage ist und was nicht.

Mein Blick auf mein Handy verrät mir: 0.30 Uhr. Wo ist die Zeit geblieben? Ich müsste hundemüde sein, aber ich bin hellwach. Auf dem Handy lasse ich mir meinen Standort anzeigen und mache mich auf den Rückweg. Ich habe mir die Entfernung zwar nicht in Kilometern anzeigen lassen, konnte aber erkennen, dass ich noch einige Zeit unterwegs sein werde. Der einsame Wolf streift in der Nacht durch sein Revier. Ich sehe nur noch Schatten. Es ist kein Teich mehr zu erkennen, und auch sonst gibt es keinerlei Orientierungshilfen. Ich muss mir eingestehen, dass ich mich verlaufen habe. Mein Handy reagiert nicht mehr. Der Akku ist leer. Auch das noch.

Gefühlt mehrere Stunden später gelange ich auf einen Feldweg und sehe wieder Wasser. Das könnte einer der Teiche der Anlage sein. Ich beobachte die Mücken auf dem Wasser im Spiegel des Mondlichts. Wenn sie das Wasser berühren, entstehen klitzekleine Kreise aus Miniwellen. Noch tragen mich meine Beine. Mein Blick pendelt zwischen Weg und Wasser hin und her. Überrascht erkenne ich den Grillplatz wieder. Täter kehren halt doch immer irgendwie an ihre Tatorte zurück. Ein paar Meter weiter sehe ich zwei Farbpunkte im kniehohen Gras. Haben wir hier gestern Abend etwas liegen lassen? Ich gehe hin, um das Verlorene zu bergen. Als ich direkt bei den Punkten stehe, sehe ich, dass es die Klamotten von Udo und Jens sind. Und sie haben sie noch an. Beide liegen regungslos einfach nur da. Bunte Steine in grauer Nacht. Was macht Udo hier? Es sieht so aus, als seien beide einfach umgefallen. Ich schaue zum Wasser, die Mücken lassen sich nichts anmerken. Passiert das gerade wirklich?

Stehe ich etwa gerade neben zwei Leichen? Sie liegen nur da. Auf dem Rücken. Die Arme neben sich, die Beine ausgestreckt. Vollständig angezogen. Oder schlafen die nur? Was soll ich machen? Einfach weitergehen? Schreien? Hilfe holen? Soll ich die anfassen?

Der Tag wird heller. Die Mücken sind noch da. Sie scheinen von ihrem morgendlichen Ausflug müde zu werden und machen deutlich kleinere Kreise im Wasser. Ich schaue wieder auf die beiden. Sowas, beide haben einen starken Bartwuchs. Ich habe mal im Internet gelesen, dass es nur so aussähe, als ob bei Toten Haare und Nägel weiter wachsen. In Wirklichkeit aber trockne der Körper langsam aus, und die Haut zöge sich zurück. Da wächst dann nichts mehr. Was wird Annabel ohne Udo machen? Ich könnte einspringen. Schließlich wohne ich ja schon fast bei Steffi. Wäre also keine große Sache. Ich drehe mich einmal im Kreis, aber es ist niemand in Ruf- oder Winkweite zu sehen. Außer Mücken. Ich greife in meine Hosentasche und fühle mein Handy. Wie war das noch, nicht mehr die 110, nur noch die 112? Was soll ich denn sagen? Ach ja, kein Akku, das hat sich erledigt.

Halt, da ist noch was. Zwischen den beiden. Ein kleines Schälchen. Das sieht aus wie eine Nudelsuppenschüssel aus einem China-Restaurant. Blaue Ornamente auf weißem Untergrund. Darin eigentlich nichts, außer einem optisch passenden Stößel. Oder doch? Ist das Mehl? Das wird doch kein Kokain sein. Das glaube ich nicht. Andererseits, ich habe noch nie echtes Kokain gesehen. Und bitte, doch nicht Udo. Das wäre ja was. Mein Handy habe ich schon lange losgelassen. Jetzt schaue ich mir die Gesichter an und entdecke auch unter ihren Nasen das weiße Pulver. Unglaublich.

Beherzt trete ich gegen den Kadaver von Udo und rufe mit fester Stimme: „Hey, seid ihr tot oder was?"

Als hätte ich einen Knopf auf einer der Spielpuppen von Annabel gedrückt, klappen im gleichen Moment die Augenlider von Udo vollständig nach oben. Sonst rührt sich nichts.

„Hammer!", spricht er unbestimmt in den Himmel, als habe ihn gerade ein Baumarktmitarbeiter nach seinem Begehren gefragt.

Dann dreht er sich zur Seite zu seinem Nachbarn, boxt ihm freundschaftlich in die Rippen und sagt erstaunt: „Oh Mann, es ist schon wieder Morgen!"

„Was?", fragt dieser zurück, bei dem sich nach dem gleichen Prinzip erst die Augenlider geöffnet haben und dann bis zur Wortmeldung lange keine Regung sichtbar war.

Hat mich überhaupt einer von beiden wahrgenommen? Ich glaube nicht, und ich weiß auch nicht, ob ich das will. Unter den Augenlidern kamen nämlich rote Leuchtkugeln zum Vorschein und keine Augen. Da stehe ich also bei diesen beiden Zombies. Nun, die Mücken stört es nicht.

„Was machst du denn hier?", interessiert sich Udo sichtlich überrascht.

Aha, also doch nicht unsichtbar.

„Das könnte ich euch auch fragen! Habt ihr euch weggekokst?"

„So ähnlich", antwortet Udo, „eigentlich wollte ich dich suchen und abholen. Steffi hatte sich schon Sorgen gemacht. Sie wollte aber nicht anrufen, das hätte so nach Stress machen ausgesehen. Ich habe ihr zwar erklärt, dass du schon ein großer Junge bist, aber wir hätten hier eine Ausnahmesituation, und sie solle sich nicht so anstellen. Da habe ich mich bei Jens angekündigt. Der war noch hier."

Sie kennen sich also. Das hätte ich mir denken können.

„Kaputtes System!", ergänzt Jens.

Beide setzen sich in die Wiese wie an ein Lagerfeuer. Udo deutet in Richtung Schüssel und erklärt: „Wir haben mal was ausprobiert."

Er grinst plötzlich, als gäbe es einen Preis für die maximale Breite: „Ich glaube, wir tun es immer noch."

Jetzt kichert auch Jens.

„Ja, und was?", will ich genauer wissen.

Udo erläutert: „Annabel geht doch in die Grundschule. Ich bin zwar nicht der leibliche Vater, aber das hatte die Klassenlehrerin wohl gerade nicht parat."

„So weit bin ich im Bilde."

„Ja, und irgendwann kam die Klassenlehrerin auf mich zu und meinte, ich solle Annabel doch mal auf ADHS testen lassen. Die sei so unruhig und störe ständig die anderen. Auch bei den Aufgaben käme sie nicht richtig mit."

„Hat er gemacht. Hat er gemacht", bestätigt Jens.

Udo wird energischer: „Ich habe diesem System geglaubt. Ohne es zu ahnen, habe ich zugelassen, dass Annabel Opfer wird. Ich habe gedacht, die helfen Annabel. Und was haben die nicht alles mit ihr gemacht. EKG, EEG, Blutwerte und vieles mehr. Und das nur, um sicherzustellen, dass die Kleine bei der chemischen Anpassung nicht drauf geht. Annabel sollte chemisch angepasst werden. So sehe ich das. Von Helfen konnte keine Rede sein."

„Ich wollte wissen, ob ihr gekokst habt und nicht, welche Krankheiten eure Kinder gerade so haben", unterbreche ich.

Jens nickt langsam mit dem Kopf: „Kommt jetzt, nur die Ruhe."

„Also, Steffi und ich gaben Annabel dann diesen Wirkstoff Methylphenidat. Die vielen Medikamentennamen kann und will ich mir nicht merken.

Eine Woche lang haben wir ihr das Zeug verabreicht. Ich fragte dann die Lehrerin am Ende der Woche, ob sie einen Unterschied gemerkt habe. Sie war begeistert. Annabel sei wie ausgewechselt. Ganz toll. Und da wurde ich wach. Wer hat denn hier bitte was gegen was ausgewechselt? Oder wen gegen wen? Und je intensiver ich dieser Frage nachging, desto mehr kam ich zu dem Schluss, dass hier ein ganz gesundes Mädchen gegen eine willfährige, systemkonforme Funktionseinheit ausgetauscht werden soll. Ich will aber ein gesundes Mädchen mit echten Gefühlen und einem eigenen Kopf. Und jetzt kommt es. Ich tauschte dann die Tabletten gegen Bonbons. Diese geschmacklosen Dinger aus der Apotheke. Annabel hat nichts gemerkt. Wie zu erwarten, rief mich dann die Lehrerin an und sagte, ich solle doch noch einmal die Medikation überprüfen. Es werde wieder schlimmer. Annabel sei wohl noch nicht richtig eingestellt. Oh Mann, alleine die Wortwahl! Als wenn man bei Kindern das Verhalten wie bei einer Maschine einfach durch Änderung der Eingangsparameter einstellt. Männer, das Ergebnis stimmt noch nicht, wir müssen mehr Stoff geben."

Ich glaube, Udo hat auch gerade die Mücken entdeckt. Zumindest schaut er schon länger dorthin.

Er hält einen Moment inne, bevor er anknüpft: „Jedenfalls ist es ein derart erheblicher Wirkstoff, dass das Zeug unter das Betäubungsmittelgesetz fällt. Das ist so krass, dass du, wenn du in den Urlaub willst, je nach Land sogar vorher beim Konsulat eine Einfuhrgenehmigung brauchst, um die exakt erforderliche Menge für den Aufenthalt überhaupt mitnehmen zu dürfen. Wie zu erwarten verordneten sie eine höhere Dosis. So aß Annabel ihre Bonbons, und ich sammelte die Tabletten.

Natürlich habe ich stets großes Unverständnis bei Besprechungen mit der Lehrerin über die ausbleibende Wirkung geheuchelt. Jetzt zu deiner Frage. Was du da siehst, das sind die zu Pulver zerstoßenen Tabletten von Annabel."

„Also doch nur Mehl", lache ich.

„Du hast mir nicht zugehört", protestiert Udo, „das ist Koks für Kinder!"

„Schwachsinn", behaupte ich einfach mal so.

„Du kannst nichts dafür, dass du es nicht weißt", ergänzt Udo therapeutisch. „Der Stoff hat die gleiche Wirkung wie Kokain oder Speed, nur langsamer. Und dieses langsamer überwinden Jens und ich mit mehr Menge und indem wir das Zeug schnupfen und nicht schlucken."

„Und woher wisst ihr, wie das geht?"

„Jens und ich waren mal jung und hatten mal etwas mit Pulvern herumprobiert."

„Mach das Nähkästchen wieder zu", tönt es vom Nebenmann.

Udo spottet: „Irgendwann wird bestimmt auch Kokain wie Cannabis legalisiert. In kleinen Mengen für kleine Gehirne, damit kleine Geistermenschen mit nur kleinen Emotionen entstehen. Die Initiative kommt bestimmt bald. Ich sage nur: Opium fürs Volk, Sven, Opium fürs Volk! Eine ganze Generation wird betäubt und gefügig gemacht. Dieses Wundermittel verändert die natürlichen Eigenschaften kindlicher Persönlichkeiten. Das Zeug verändert das Gehirn. Das sollte die ultima ratio nur für schwere und schwerste Fälle sein. Total verrückt ist, dass manche Erwachsene zur Steigerung ihrer Leistungsfähigkeit das Zeug sogar selbst freiwillig nehmen. Das nennen Sie dann Gehirndoping."

Der Redefluss scheint unaufhaltsam: „Warum wird nicht ethisch diskutiert, dass unter Drogeneinfluss oder eben unter Einfluss leistungssteigernder Mittel oder Medikamente erbrachte Leistungen als ungültig zu werten sind? Ein Schnelltest, der mit Leichtigkeit wie bei Autofahrern zur Drogenkontrolle oder Sportlern zum Dopingtest durchgeführt wird, könnte zumindest bei wesentlichen Prüfungen eingeführt werden."

Jens hebt die Hand, als würde er sich melden, und beteiligt sich: „Die Massen werden mit billigen industriellen Kalorien satt und zufrieden gemacht und sinnbefreit ununterbrochen digital beschäftigt. Eine kleine Gruppe teilt derweil die Pfründe unter sich auf und dirigiert die geistig fahrig und körperlich träge gewordene Masse in die gewünschte Richtung. Wer hinterfragt noch, ob das, was er macht, irgendwohin führt oder einem Ziel folgt?"

„Gab es alles schon mal", fällt Udo ein, „uraltes Ding, schon bei den Römern."

„Jetzt holst du aber weit aus."

Udo hatte Zeit zum Luftholen: „Ich weiß. Damals hieß das Brot und Spiele. Das gleiche Prinzip. Die Menschen waren satt, zufrieden und beschäftigt, während im Hintergrund das System zugrunde gerichtet wurde. Das Grundkonzept der Beschäftigung durch Ablenkung zieht damals wie heute. Das funktioniert immer! Der Durchblick geht verloren. Schon in der Schule erleben Eltern eine brisante Intransparenz. Wie überall lösen sich auch hier die Strukturen auf. Den Kindern fehlt es zunehmend an Orientierung. Sogar die Benotung ist nicht mehr nachzuvollziehen. Notenaufwertungen als Nachteilsausgleich verwirren selbst die Schüler."

„Wer hat denn was davon?", frage ich skeptisch.

„Die Ideologie", ruft Jens, „und zwar nur die. Vielen Kindern wird ein höheres Leistungsvermögen vorgegaukelt als sie haben. Und anderen Kindern wird der Wille genommen, Leistung zu erbringen. Denn natürlich vergleichen sich Kinder untereinander. Sie sehen doch die unterschiedlichen Bewertungen, an denen sich letztlich alles bemisst. Aber eine Eins ist keine Eins, und eine Vier ist keine Vier. Begründet werden kann heute alles. Viele Gremien sind oft einfach nur blutleer und eignen sich höchstens noch als Bühne für Profilneurotiker. Ganz oben auf der Ergebnisliste steht regelmäßig die Nichtzuständigkeitserklärung. Ein Hohn. Aber aus einem System der Willkür resultiert Anpassung und nicht Aufbegehren. Ein tolles Spiel. Hallo Ideologie, da bist du ja wieder."

„Wie sollen denn auch mehr Anforderungen an Schule und Unterricht bei sinkenden Ressourcen erfüllt werden können?", wirft Udo ein.

„Methylphenidat!", ruft Jens marktschreierisch.

Udo ist nicht zu bremsen: „Annabel und andere Kinder beherrschen nicht mal die grundlegende Rechtschreibung. Da erklärt dir ein Lehrer, die Kinder würden die Rechtschreibung durch Anwendung von Regelkenntnissen erlernen. Als würde sich eine korrekte Rechtschreibung durch Anwendung von Regeln ganz nebenbei und von alleine entwickeln. Das ist so, als wenn du beim Fußballspielen am Anfang nur Regeln lernst, aber nicht den Ball trittst. Klar kennst du die Grundzüge des Spiels. Du weißt ja auch, dass Wörter aus Buchstaben bestehen. Du trainierst, und wenn du im Abseits stehst, kommt der Pfiff. Freistoß für die anderen. Eine sportliche Korrektur für nicht regelkonformes Handeln. Dann wird die richtige Umsetzung kurz erklärt und weiter geht es. Dann wiederholst du den Angriff oder versuchst es zumindest, bei Abseits wieder Pfiff. Das versteht jeder ziemlich schnell. Nicht alle, aber doch die meisten.

In der Schule wird aber nicht mehr gepfiffen. Da können die Kinder so tief im Abseits stehen, wie sie wollen, sie bekommen keinerlei Korrektur und keine entsprechende Trainingseinheit. Schließlich wurden die Regeln erklärt. Und wenn ein Kind das gleiche Wort in ein und demselben Text mehrfach verwendet und es jedes Mal anders falsch schreibt, handelt es sich offiziell natürlich um eine kreative Auseinandersetzung des Kindes mit den Regeln der Rechtschreibung. Aus meiner Sicht hat das Kind schlicht keine Ahnung, wie es das Wort schreiben soll, und es schreibt es irgendwie. Das ist wie nächtelanges Zappen durch TV-Kanäle. Ich kann zwar inhaltlich keiner Sendung folgen und es bleibt auch nichts hängen, aber im Ergebnis habe ich unheimlich kreativ ferngesehen."

Ich hatte nicht bemerkt, dass Jens während des Monologs ganz leise weitere Tabletten zerstieß. Die bietet er nun durch Herüberreichen der Schüssel, an deren Boden mehrere weiße, mehlige Linien zu sehen sind, Udo an. Jens holt aus seiner Hosentasche einen Strohhalm, durch den beide nacheinander je einen Streifen tief in die Nase ziehen. Das sieht geübt aus. Wie auf Kommando legen sie sich danach wieder rücklings ins Gras. Auf die gleiche Stelle, als wären sie nie wach geworden.

Mit geschlossenen Augen fährt Udo fort: „Tja, dann sind eben einfach alle irgendwie krank, oder? Es gibt so viele schöne Defizite, die man jemandem andichten kann. Willkommen im postfaktischen Zeitalter! Da gelten nicht mehr Erkenntnis und Erklärung, sondern Empfindungen und Einbildungen. Es wird nicht mehr zwischen Wahrheit und Lüge oder Fantasie und Fakten unterschieden. Deutschland, Land der Dichter und Denker! Von wegen! Da denkt sich wer was aus, und andere dichten dann was dazu. Dann hat eben jeder einen Knall. Alles eine Frage der Perspektive."

Jens Einsatz: „Alle sind gleich. Huhu, Ideologie! Da bin ich wieder."

Udo hat die Augen noch immer geschlossen. Seinen Mund allerdings nicht: „Ich verrate dir was, Sven. Es sind nicht alle Menschen gleich. Da staunst du, was? Stell dir vor, einige können Kinder gebären, andere nicht. Da müssen wir doch was machen, da gibt es bestimmt eine Gleichstellungslösung. Und wenn nicht, dann zumindest eine chemische. Methylphenidat eben. Ist aber nicht gerade das Wechselspiel von Unterschieden und Gleichheit identitätsstiftend?"

„Gleich und Gleich gesellt sich eben gerne", werfe ich als große Lebensweisheit ein.

„Ja, aber nur in Bezug auf Interessen. In Bezug auf Stärken und Schwächen ziehen sich bekanntlich Unterschiede an. Aber hieße das nicht auch, dass es nur noch Stärken oder eben Starke gibt? Wenn doch alle gleich sind? Oder eben nur Schwache? Da stellt sich irgendwo ganz hinten im Kopf doch die Frage, wer eigentlich bestimmt oder festlegt, was Stärke und was Schwäche ist. Was sollen Menschen, deren Emotionen chemisch unterdrückt werden und deren Affekte ausgeblendet sind, noch fühlen? Sehr geehrtes Publikum, begrüßen wir die stromlinienförmige, retardierte Generation!"

„Hört, hört!", unterbricht Jens. „Ich sehe schon, ich muss die Gesinnungspolizei rufen!"

Aber Udo spricht ungebremst: „Und jetzt die ganz große Erkenntnis. Gleichmacherei ist nicht Gleichberechtigung. Das eine ist Diktat, das andere ist Gerechtigkeit. Aber nur das andere."

„Habe ich verstanden", bekenne ich, „aber der Einzelne kann dagegen doch gar nichts machen."

Auf Udos Gesicht scheint inzwischen die Sonne und er spricht: „Doch. Zum Beispiel Homeschooling. Und zwar nicht ausschließlich als Krisenlösung, sondern als integraler, konzeptioneller Bestandteil neben digitalen Lernmöglichkeiten und Distanzunterricht. Solange das außerhalb von Krisenzeiten nicht vorgesehen oder erlaubt ist, nehmen wir das auf unsere eigene Kappe. Wie sind inzwischen mehrere Eltern, und wir nehmen unsere Kinder einfach phasenweise aus der Schule. Nicht dauerhaft, aber immer mal wieder. Wir lassen sie krankschreiben. Die Lehrer sind froh, weil sie die angeblichen Störenfriede los sind. Die Schule hat durch die Krankmeldung eine saubere Akte und braucht nicht aktiv zu werden. Und wir Eltern kümmern uns. Insgesamt ist das doch eine super Lösung. Das ist eine total schöne und intensive Zeit mit den Kleinen. Die Kinder lernen in einer tollen Atmosphäre, wir Eltern sind viel näher dran, und ich bekomme ganz nebenbei das Kinder-Koks. Wir orientieren uns auch am Lehrplan, den man downloaden kann. Und vom Lernniveau her sind die Kinder bei späteren Lernzielkontrollen in der Schule stets auf einem hervorragenden Kenntnisstand."

„Wundert sich denn niemand, wenn ihr außerhalb der Ferienzeiten mit Kindern unterwegs seid, die offensichtlich in der Schule sein müssten?", hake ich nach.

„Hier droht keine Gefahr. Wenn überhaupt, dann begegnet uns Neugier, es ist aber niemand jemals wirklich interessiert", wiegelt Udo ab.

„Huhu, Ideologie," hat Jens seinen Einsatz, „da bin ich wieder. Ich kann euch leider keine gestalterischen Freiräume gewähren. Ich bin das Maß der Dinge."

Udo ist nicht aufzuhalten: „Die Situation ist insgesamt kritisch, Sven. Dass da was faul ist, kannst du auch daran merken, dass Lehrer schon mal gerne daheim bei ihren eigenen Kindern die tollen Konzepte aus der experimentellen Wundertüte der Didaktik eben gerade nicht in Reinform umsetzen. Wie Fürsten, die andere in den Krieg schicken, aber ihren eigenen Nachwuchs verschonen. Vielleicht täusche ich mich, aber wenn man nichts hinterfragt, dann macht man auch das Falscheste mit."

Jens ergänzt: „Die Ideologie ist eine Hure."

Ich warte noch einige Augenblicke, höre aber nichts mehr. Das war offensichtlich das Schlusswort. Nun liegen beide da, wie ich sie gefunden habe. Nur die Mücken sind inzwischen weg. Ich betrachte die Pulverreste in der Schüssel. Meine Müdigkeit zwingt mich zu einer Rast. Ich setze mich neben die beiden ins Gras. Ich kann unmöglich vor Udo bei Steffi zu Hause sein. Eigentlich habe ich heute Morgen nicht wirklich etwas vor.

Ich ärgere mich, dass ich in der Nacht vergessen habe, die Rollladen herunterzulassen. Ich ziehe meine Decke über den Kopf. Es ist viel zu hell. Als hätte mir die Sonne direkt in die Augen gestrahlt. Außerdem habe ich Kopfschmerzen. Vielleicht habe ich zu wenig geschlafen. Oder ich habe zu wenig getrunken. Trinken war als Kind immer das Allheilmittel. *Sven, du hast wohl zu wenig getrunken. Trink mal was!*, war die familiäre Standardtherapie bei Bauchschmerzen, Halsschmerzen, sonst was und eben auch bei Kopfschmerzen. Ich habe aber keine Lust aufzustehen. Weder um irgendwelche Rollladen herunterzulassen noch um mir Flüssigkeit einzuflößen. Obwohl die Decke schon lange über meinem Kopf ist, halte ich sie noch fest. Meine Arme sind mir heute einfach zu schwer, um sie häufiger als unbedingt nötig zu bewegen. Überhaupt, solange ich nicht vor lauter Müssen ins Bett pinkel, stehe ich nicht auf. Jetzt kann ich natürlich erst recht nicht wieder einschlafen. Ist das ärgerlich!

Wollte ich nur gestern Nacht noch in diesen See springen, oder habe ich das tatsächlich gemacht? Obwohl ich mich fühle, als hätte ich ihn hundertfach durchschwommen, spüre ich keine Nässe und rieche keinen Algengestank. Glück gehabt. Oh Mann. Ich erinnere mich. Ich hatte die Jungs nicht ernst genommen und nur mal kurz meine Nase an dieses Tablettenpülverchen gehalten. Meinetwegen kein richtiges Kokain, aber eben doch dieses Kinderkoks. Ich dachte, ich hätte das Alter des Experimentierens mit Bewusstsein erweiternden Substanzen schadlos überstanden. Ich dachte allerdings auch, dass dieses Pulver nur ein Kribbeln in der Nase verursachen würde und höchstens eine Wirkung wie starker Kaffee hätte. Klar, die Dosis macht das Gift. Aber dieses Zeug ist aus einer Rezeptur für Kinder.

Nachdem ich also die übrig gebliebenen Pulverreste erst drapiert und dann in Linie gezogen hatte, lag ich neben Jens und dachte, dass die mich nur verarschen wollten und dass Kaffeeweißer oder so etwas drin war. Ich dachte noch, dass der ja im Mund schon entsetzlich ist, und ich hau mir das Zeug noch in die Nase.

Bis dann plötzlich mein Puls schneller wurde. Einfach so, aus dem Nichts. Als hätte jemand an der Pumpe eine höhere Drehzahl eingestellt. Dann wurde mir heiß; das weiß ich noch. Und dann diese vielen Gedanken. Und was habe ich nicht alles erzählt. Ich habe über das eine geredet und dabei schon an etwas anderes gedacht. Das ging sowas von ab in meinem Kopf. Alles lag glasklar vor mir. Ingrid, Steffi, Katharina. Da war ein Bild. Alles war logisch. Und ich wollte sie haben. Sofort und gleichzeitig. Mir sind auf einmal wieder Menschen und ihre Namen eingefallen, von denen ich nicht mal wusste, dass ich sie vergessen hatte. Ich hatte das Gefühl, mehr denken zu können als jemals zuvor. Ich wusste genau, was ich als nächstes in meinem Leben tun muss. Und ich wollte es mit allen aufnehmen. Mit Ingrid, mit der DüsselMall, sogar mit dem Hausverwalter, einfach mit allen. Ich glaube, ich habe sogar den Mücken die Welt erklärt.

Gestern Nacht war meine Nacht. Gestern Nacht war ich der Allergrößte. Ich war unbesiegbar. Ich war unzerstörbar. Auch wenn ich hier und da mal nachladen musste. Die Jungs waren gut ausgestattet.

Dabei müsste ich eigentlich doch die Einnahme von Kokain, Kinderkoks oder sonst welchen Drogen auf das Schärfste verurteilen. Ich müsste mich vor mir selbst ekeln.

Ich müsste alleine von dem Gedanken, Drogen konsumiert zu haben, angewidert sein. Ich frage mich allerdings, warum ich dieses kleine mahnende Männchen in meinem Kopf nicht höre. Ich weiß warum. Es ist dieser eine schreiende Gedanke: *Wie geil war das denn?*

Und gleich danach: *Ich will mehr davon! Mehr, mehr, mehr! Und zwar schnell!*

Soll ich Udo gleich anrufen oder erst heute Nachmittag?

Ich sollte eine Drogenberatung aufsuchen. Ich könnte abhängig werden, meinen Job verlieren und obdachlos werden. Ich kann mir ein Grinsen unter meiner Decke nicht verkneifen. Manchmal übertrifft die Realität jede Fantasie. Vielleicht wäre das berühmte Ende mit Schrecken eine Option. Für ein selbstgewähltes Ende fehlt mir sowieso der Mumm. Obwohl ich dem Brückengeländer neulich unabsichtlich absichtlich äußerst nahe gekommen bin. Aber Selbstmord aus Angst vor dem Tod; das wäre präventive Kapitulation. Der Tod läuft mir nicht weg.

Ich ziehe die Decke runter und erkenne, dass ich in Annabels Spielzimmer bin. Ich bin bei Udo. Und bei Steffi. Es gibt an diesen Kellerfenstern gar keine Rollladen. Wie bin ich hier her gekommen?

Ich will mich erinnern. Wollen alleine reicht aber nicht.

Montag Morgen. Ich hatte eine sehr intensive Migräne. Mehrere Tage. Zumindest habe ich das glaubhaft bei meinen Krankmeldungen versichert. Das interessiert hier sowieso niemanden. Und dass ich heute aus einer anderen Himmelsrichtung angereist bin, merkt auch keiner. Wer achtet schon darauf, aus welcher Bahn oder welchem Bus ich steige? Seit meine Fahrgemeinschaft mit Ingrid vorbei ist, und sie hatte mich morgens immer direkt vor dem Haupteingang raus gelassen, bevor sie weitergefahren ist, möchte ich morgens bis zu meinem Arbeitsplatz nicht angesprochen werden.

Meinen Kollegen in der DüsselMall erzähle ich von den einschneidenden Erlebnissen der letzten Tage lieber nichts. Der Teufel scheißt sowieso immer auf den größten Haufen.

Die Einladung auf meinem Schrein wirkt wie die letzte ins Feld getragene aufrechte Standarte einer untergehenden Armee. Alles andere ist bereits weg geraucht und abgebrannt.

Der Tag plätschert dahin.

„Sind Sie Herr Mülders?"

Nach dem dritten Umtausch des gleichen reklamierten Kameramodells erblicke ich nun zwei Herren im besten Alter in viel zu jugendlichen Freizeitklamotten vor mir.

„Ja, bin ich, was kann ich für Sie tun?", folgt mechanisch die Einstiegsfrage in meinem routinierten und grandios konditionierten Reklamationsbearbeitungsprozess.

„Mein Name ist Franzius, und mein Kollege ist Herr Hornen. Wir kommen von der Polizeidienststelle Düsseldorf."

Beide wedeln mit irgendwelchen Papieren vor meiner Nase, was wohl Dienstausweise sein sollen.

„Unsere Detektive haben ihr Büro eine Etage höher, ich habe hier keinen Dieb gesehen", antworte ich gelangweilt.

Den richtigen Weg sollten die wirklich kennen, diese Irrläufer. Ich wende mich wieder meinen Reklamationsformularen zu.

„Herr Mülders, es geht hier nicht um Ladendiebstahl", hallt es energisch.

Ich schenke ihnen wieder meine Aufmerksamkeit.

„Es geht um Ihren Wohnungsbrand. Ihre Nachbarn konnten uns freundlicherweise sagen, wo wir Sie finden. Wo wohnen Sie denn jetzt?"

Das gibt es ja nicht. Die Staatsmacht ist tatsächlich aktiv. Damit hatte ich gar nicht gerechnet. Sollte es wirklich eine Fahndung gegen den oder die unbekannten Brandstifter geben?

„Bei einer Freundin", reagiere ich prompt, „ist der Sachverständige fertig? Weiß das der Verwalter schon? Kann ich wieder in die Wohnung?"

Ob die beiden tatsächlich nähere Informationen zu den aktuellen Entwicklungen haben? Es geht wohl voran. Ich freue mich, dass ich Annabels Spielzimmer nicht allzu lange blockieren muss. Das gemeinsame Frühstück mit Steffi, Udo und Annabel war zwar schön, aber ich bin eben nicht Teil dieser Familie.

„Herr Mülders, bitte nennen Sie uns die genaue Anschrift Ihres derzeitigen wenn auch nur vorübergehenden Wohnortes."

Der Befehlston gefällt mir gar nicht.

„Ich weiß nicht, ob das meiner Freundin recht ist. Es sollte nur für ein paar Nächte sein. Ich würde sie gerne zunächst fragen, nicht dass ich morgen schon wieder woanders wohne", weiche ich aus.

„Dann rufen Sie sie doch an", mischt sich altklug dieser Herr Hornen ein und deutet auf mein Handy.

Ich werde stocksauer, weil ich dieses Generve unnötig finde. Als ob ich nicht schon genug Sorgen hätte.

Fast schreiend frage ich: „Warum?"

„Herr Mülders, wir haben zwei Möglichkeiten", spricht der Wortführer, „entweder Sie stellen umgehend den Kontakt zu der Dame her, bei der Sie derzeit wohnen, oder Sie begleiten uns jetzt auf unsere Dienststelle."

Das ist mir jetzt irgendwie alles zu doof.

„Ich komme mit."

Ich reiße die Schublade auf und werfe meine Einladung nach Berlin mitten hinein. Die letzte Standarte ist gefallen. Aber bevor ein Sieger dieses Stück Identität von mir als Beweis der Vernichtung von Sven M. vereinnahmen kann, werde ich dem zuvorkommen. Das nehme ich mir fest vor. Dass ich Steffis Adresse angeben soll, widerstrebt mir auf das Äußerste. Ich schnappe mir Jacke und Handy. Meine Kollegin, die das Gespräch auffällig unauffällig mitverfolgte, gibt mir bei unserem Blickkontakt das Zeichen, dass sie den Chef telefonisch informieren wird. Ich werde zwar nicht abgeführt, aber einer der beiden Herren geht neben mir, der andere hinter mir. So habe ich es schon zigmal bei ertappten Ladendieben gesehen. Eine mehr oder weniger unscheinbare polizeiliche Begleitung. Fluchtversuch zwecklos. Aber warum sollte ich fliehen? Allerdings habe ich das Privileg, dass meine Begleiter in zivil sind und nicht wie bei Ladendieben sonst üblich uniformiert.

So fühlt sich also eine Fahrt in einem Polizeiauto an. Alles in allem hat der Wagen ein sehr nüchternes Interieur. Insgesamt ist es unerwartet unspektakulär. Keine Sirenen, kein Tatort, keine Leiche. Und ich bin nicht der Inspektor, wie ich es als Kind in so einem Auto immer sein wollte.

Es gleicht mehr einer gemeinsamen und vor allem wortlosen kindlichen Fahrt mit den Eltern zum Gesprächstermin in der Schule. Und zwar, wenn man daheim mal wieder nicht so richtig vollständig über die Entwicklungen seiner ganz persönlichen schulischen Lernkurve aufgeklärt hatte. Und nun naht die Stunde, von der man seit Wochen weiß, dass sie nicht lustig werden würde. Aber heute habe ich glücklicherweise nichts zu befürchten. Ich bin eben nur etwas bockig.

Wir erreichen die Dienststelle vis-á-vis der Justizvollzuganstalt. Kurze Wege also, das verspricht Effizienz. Abgesehen von den Doppeltüren, wie sie auch unweit im Finanzamt ihren Dienst verrichten, wirkt alles eher wie ein modernes Büro. Der einzige Unterschied zu einem Bürobetrieb sind die hier anzutreffenden Uniformen inklusive Bewaffnung. Ich durchschreite die Sicherheitsschleuse. Helle Flure und offene Türen.

„Bitte sehr", geleitet mich Herr Franzius in eines der Büros.

Er setzt sich hinter seinen Schreibtisch, ich davor und Herr Hornen neben mich.

„Möchten Sie Kaffee oder Wasser?", spielt Herr Franzius den Gastgeber.

„Herr Franzius, jetzt machen Sie es doch nicht so spannend. Warum sitze ich hier?", entfährt es mir angesäuert.

„Wir haben Grund zur Annahme, dass der Brand in Ihrer Wohnung nicht das Ergebnis unglücklicher Umstände ist."

„Haben Sie Brandstiftung festgestellt?", frage ich erbost. „Dass mich meine Nachbarn nicht leiden können, weiß ich. Dass meine Ex-Freundin mich nicht mehr leiden kann, weiß ich auch. Aber meine Bude anzünden, das traue ich keinem von denen zu."

„Herr Mülders", unterbricht mein Nebenmann, „wir haben recherchiert, und vielleicht können Sie gleich alles erklären. Wir glauben nämlich auch nicht, dass es Ihre Nachbarn oder Ihre ehemalige Lebensgefährtin waren."

Was ist das denn? Nehmen die mich gerade in die Zange? Was sollte die *Gefährtin*? Wir sind hier doch nicht im Wald. Die Sprechpause macht mich wahnsinnig.

„Herr Mülders", jetzt wieder mein Gegenüber, „einer unserer Mitarbeiter hat Ihr Profil in sozialen Netzwerken gefunden, und wir möchten Sie nun bitten, uns ein paar Dinge zu erklären."

Der gläserne Bürger, Fluch und Segen zugleich. Im Moment aber eindeutig Fluch. Und diese sozialen Netzwerke bediene ich auch noch freiwillig.

Er fährt fort: „Als wir die Wohnung betreten haben, ist uns aufgefallen, dass keine besonderen Wertgegenstände darin waren beziehungsweise verbrannten. Nicht mal ein Fernseher, das ist schon sehr ungewöhnlich. Zudem haben wir mit Ihrer Personalabteilung gesprochen. Die hat uns von tageweisen Erkrankungen berichtet, und dass Ihre Zukunft in der DüsselMall durch Umstrukturierungen sehr ungewiss ist. Die Recherchen unseres Mitarbeiters auf entsprechenden Internetplattformen haben zudem ergeben, dass Sie ausgerechnet an den Tagen Ihrer Erkrankungen zum Beispiel Golf gespielt haben oder Wasserski gefahren sind. Diese Aktivitäten erscheinen uns kostspielig.

Das passt allerdings nicht zu den Angaben von Frau Ingrid Stein. Sie teilte uns mit, dass Sie durch die Übernahme der kompletten Finanzierung der Wohnung im Zuge Ihrer Trennung ihrer Einschätzung nach keinen finanziellen Spielraum mehr hätten. Sie seien mangels Liquidität zum Erwerb eines Kraftfahrzeugs sogar, und nach den Angaben von Frau Stein seien Sie darüber sehr ungehalten, nun auf den öffentlichen Nahverkehr angewiesen. Dies hätten Sie als Freiheitsberaubung bezeichnet. Herr Mülders, ganz offen, erwarten Sie kurzfristig einen größeren Geldbetrag, von dem Sie uns berichten möchten?"

Ich habe den Ausführungen ohne Unterbrechung gelauscht. Ich habe keine gleißende Lampe im Gesicht. Ich trage keine Handschellen. Und es gibt keinen schreienden Cop, der mich zum Aufgeben bringen will. Ich bin der Brandstiftung verdächtigt, und das ist mir mit sachlicher Nüchternheit bei der Wahl von Kaffee oder Wasser vorgetragen worden. Und mit wem die alles gesprochen haben. Ich frage mich, ob Ingrid mich wirklich vernichten will. Ich blicke aus dem Fenster, und der kurze Weg zur JVA scheint mir nun doch etwas zu kurz. Und ich habe sämtliche mich verdächtig machenden Informationen selbst geliefert. Online.

Mir fallen Thomas Worte ein. Und Udos. Und mir fallen Olivers Worte zum sozialen Abstieg nach einer Trennung ein. Aber so tief, das ist krass.

„Möglicherweise habe ich ja zu viel ferngesehen, aber ich würde jetzt gerne anwaltliche Unterstützung bekommen", fange ich mich wieder.

„Ist klar", sagt mein Nebenmann und verdreht dabei die Augen, als wollte er mir suggerieren, dass dieses offene Gespräch nun zu keiner Klärung geführt habe und ich mich ab jetzt sowieso nur noch herausreden und Schadenbegrenzung betreiben wolle.

„Herr Mülders, da wir keine Fluchtgefahr sehen, bitten wir Sie, sich zu unserer Verfügung zu halten. Selbstverständlich werden wir uns, sobald Sie uns informieren, an Ihren Anwalt halten. Bitte halten Sie bis dahin Ihr Mobiltelefon empfangsbereit. Sie können uns auch selbst jederzeit persönlich in dieser Sache anrufen. Bitte notieren Sie nun noch die Adresse und die Kontaktdaten Ihrer Freundin.

Wir bringen Sie dann gleich dorthin. Wir weisen Sie darauf hin, dass die Gebäudeversicherung Ihnen persönlich keinen Betrag ohne unsere Zustimmung anweisen wird. Lediglich hinsichtlich des Gemeinschaftseigentums können über die Hausverwaltung Zahlungen erfolgen."

Ich handle, wie mir geheißen.

Nach einer Fahrt ohne jeden Wortwechsel halten wir mit dem Streifenwagen vor Steffis Eigenheim. Die Vorgärten der ganzen Häuserreihe wurden aus diversen Katalogen entfaltet und hergerichtet. Mal treten durch geordneten Bewuchs Ornamente zum Vorschein, ganz französischer Stil. Mal sind Landschaften nachempfunden, ganz englischer Stil. Und manchmal steht einfach nur alles nebeneinander, sortiert und zurechtgestutzt. Steffi hat sich für letzteres entschieden. Dann ist wohl Udo das tapfere Schneiderlein mit der Heckenschere.

Ich habe die Hauptrolle in meiner eigenen Krebsgeschichte. Ich glaube langsam, ich bin Krankheit und Erkrankter in Personalunion. Die Herren Polizisten warten, bis ich die Tür aufschließe und eintrete. Nicht, dass ich eine falsche Adresse angegeben habe. Der Kontrollanruf bei Steffi zumindest ging ins Leere. Ich mache mir Sorgen, was sie sagt, wenn sie ihre Mailbox abhört und dann die Rückrufbitte der Polizei vorgetragen bekommt. Wahrscheinlich schmeißt sie mich sofort raus. Ich könnte ihr das nicht mal übel nehmen. Mir ist schlecht. Obwohl ich mich nicht umsehe, werden mich und meinen staatlichen Bringdienst wohl einige Nachbarn erblickt haben.

Gott sieht alles, aber die Nachbarn sehen mehr. So viel weiß ich. Und niemand in dieser Siedlung kennt mich oder weiß, wie ich hier hergekommen bin oder wie das alles passieren konnte. Aber nun bin ich da, und sie werden aus Angst vor Ansteckung Steffis Zuhause und Annabel und alles, was damit zusammen hängt, tunlichst meiden.

Auf keinen Fall will ich Steffi und ihre Familie infizieren. Oder sind schon alle auf Anordnung in häuslicher Quarantäne, weil sie zu nahe an mir dran waren? Ich muss hier weg, so schnell es geht. Aber im Moment, da geht mal überhaupt nichts. Mein ganz persönlicher Lockdown.

Ich schließe die Tür auf, gehe hinein und schließe sie sofort wieder. Ich muss mich setzen. Direkt hier. Und so kauere ich mit dem Rücken an die Eingangstür gelehnt und schaue auf die bildliche Sammlung familienidyllischer Impressionen an der Wand.

„Oh, Mann!", rufe ich laut.

Der Energiestau scheint sich zu lösen. Da öffnet sich die Wohnzimmertür und Udo kommt heraus. Ist das peinlich! Ärgerlich, dass ich nicht alleine bin. Udo lächelt verschmitzt und hat sein Handy am Ohr.

„Ja, mache ich. Alles klar", spricht er in die Tiefen der Sendemasten.

Eigentlich ist Udos Anwesenheit keine Überraschung. Schließlich arbeitet er häufig von zu Hause. Homeoffice hat sich flächendeckend etabliert. Ich stehe umständlich auf und überlege, wie ich die jüngsten Entwicklungen möglichst schonend erläutern kann.

Udo kommt mir zuvor: „Da hat aber einer einen gruseligen Tag hinter sich, oder?"

Ich spüre ein Schulterklopfen.

„Komm Sven, ein kleiner Schnaps hilft immer."

„Um diese Uhrzeit Schnaps?"

Was weiß er? Woher? Ich ergebe mich der Einladung. Vielleicht bringt mich Saufen ja auf bessere Gedanken.

„Steffi hat mich gerade angerufen und vorgewarnt."

Korn! Warum Korn? Und dann gleich ein halbes Wasserglas voll. Wahrscheinlich will Udo gründlich desinfizieren. Soll mir recht sein. Ist mir aber auch egal. Hauptsache, ich brauche hier keine Mund-Nasen-Schutzmaske.

„Steffi hatte einen Anruf von der Polizei mit der Bitte um Rückruf. Das hat sie gemacht und bestätigt, dass du zurzeit bei uns wohnst."

„Das tut mir total leid, dass ich euch solche Umstände mache", räume ich ein.

Unsere Gläser klirren.

Udo winkt ab: „Alles gut, Sven. Steffi hat das mit Humor genommen. Manchmal muss es eben erst noch schlimmer werden, bevor es besser werden kann."

Wir setzen uns auf die Couch. Sehr angenehm, dass ich mich nicht zu rechtfertigen brauche. Ich hätte allerdings auch nichts Sinnvolles vorzutragen.

So frage ich nach dem Befinden der Familie: „Meckert Annabel nicht, dass ich in ihrem Spielzimmer hause? Sie hat doch bestimmt immer viele Hausaufgaben auf und möchte gerne in ihrem Spielzimmer mit ihren Sachen spielen."

Udo holt langwierig Luft, stellt sein fast leeres Glas auf den Tisch und kratzt sich zurücklehnend mit der Hand am Kopf: „Ich wünsche mir für Annabel, dass sie eine tolle Persönlichkeit mit einer glücklichen Kindheit wird. Und das Leben birgt Überraschungen. Mal gute, mal schlechte. Und es gilt, Probleme zu lösen. Mal eigene, mal andere. Ob dafür zwingend das Aufwachsen in einer Schaumstoffwelt mit Glitzer pupsenden Einhörnern gehört, daran hege ich starke Zweifel."

„Das hört sich nach Stress und Sorgen an. Ich finde, du machst das super. Obwohl ich einiges anders sehe. Aber dass du dir so viele Gedanken machst und dir so viel Mühe gibst, das finde ich wirklich großartig."

Ich wollte mich doch nur für meinen Aufenthalt entschuldigen und nicht der kleinen Annabel den Lebensweg verbauen. Die Einhörner habe ich aber auch schon mal gesehen, kommt es mir in den Sinn.

Er leert sein Glas. Ich tue es ihm gleich. Udo steht auf, holt die Flasche und schenkt nach. Wir hauen uns hier gerade also jeder 0,2 Liter Korn rein. Am helllichten Tag. Egal. Und wenn mein Sprachzentrum gleich einen Einschlag bekommt, soll mich das nicht stören. Ich bin aktuell auf Zuhören eingestellt. Ohnehin habe ich nach meinem Verhör den Eindruck, dass ich besser gar nichts mehr sage.

Nach erneutem Gläserklirren leeren wir die Reste in unseren Gläsern in einem Zug. Ich spüre, wie mich die Couch umschmeichelt. Meine Augen fallen zu.

Der Schrein ist wieder aufgebaut. Berlin lächelt mich an. Tobias steht vor mir und hält in seinem linken Arm ein leicht übergewichtiges aber dennoch ansehnliches Mädel.

„Darf ich vorstellen? Natalie – Sven, Sven – Natalie."

Die blondierten Haare reichen bis unter ihre Schultern, und ihre blassblauen Augen wirken fahl und etwas gequält so wie ihr gesamter Gesichtsausdruck. Wobei ihr Gesicht im Hinblick auf verwendete Drogerieprodukte eine gewisse Ähnlichkeit mit meiner ehemaligen Tapete hat. Lieber noch mal darüber streichen, als das alte Zeug mühselig abkratzen. Ich habe aber dennoch den Eindruck, als könnte sich irgendwo unter den Schichten etwas Hübsches finden. Es ist ja auch möglich, dass unter der psychodelischen Tapete des Zimmers meiner Kindheit eine ansehnliche Wand verborgen war, die mit ein paar Akzenten optisch reizvoll hätte gestaltet werden können. Aber wer weiß, vielleicht war auch nur Pappe darunter, und die Tapete hatte alles zusammengehalten. Falls diese Frau Tobias jüngste Eroberung ist, so bedeutet dies zumindest visuell eine leichte Steigerung.

Mit stolz geschwellter Brust verkündet er: „Wir möchten, dass du heute Abend zum Essen zu uns kommst."

„Können wir uns nicht irgendwo hier um die Ecke treffen?", versuche ich mich zu schonen.

„Nein, das möchte ich nicht!", interveniert Natalie.

„Warum nicht?", frage ich etwas verwirrt.

Darauf Tobias: „Ach, Sven, stell dich nicht so an, sagen wir gegen neun heute Abend? Dann bestelle ich Pizza Hawaii just in time."

Der Anblick meiner Einladung nach Berlin stimmt mich milde. Ich werde es schaffen. Ganz bestimmt. Dubai wird mein Triumph.

„Ist gut", lenke ich ein.

Mit wechselnden Damen Pizza essen scheint zur Tradition zu werden. Ich tippe noch eine Nachricht an Steffi, denn eigentlich ist heute ein familiärer Nudelabend mit meiner Teilnahme geplant. Ich habe aber das Gefühl, als strapaziere ich Annabels Gastfreundschaft ohnehin bereits mehr als ausreichend. Da kommt meine Abwesenheit an einem Familienabend möglicherweise gerade recht.

Ich stoße die Tür von Tobias Wohnung auf, und mir weht Pizzageruch entgegen. Eine angenehme Abwechslung. Natalie und Tobias sitzen bereits mit ihren Schachteln in der Hand und haben schon die ersten Bissen abgeknabbert.

„Ist bezahlt, setz dich", lädt Tobias ein.

Ich nehme meine Hawaii und lasse mich auf die Couch fallen. Vielleicht sollte ich mal eine andere Belegung der Teigunterlage ausprobieren. Irgendwann. Ich beiße hinein und komme zum Schluss: Lecker wie immer, nicht nötig.

„Ist das nicht etwas zu frisch?", deute ich auf Natalies Kleid, außer dem sie offensichtlich nichts trägt. Gar nichts.

„Ich will das so", antwortet sie genervt und beißt in ihre Pizza.

So kann man zwar einen Wortbeitrag beenden, aber so ein Bissen lässt sich nicht ewig kauen. Tobias rollt mit den Augen. Was für eine Zicke!

„Was meinst du, wann wirst du dir wieder ein Auto zulegen?", fragt Tobias wohl wissend, dass ich das sofort machen würde, wenn ich es mir leisten könnte.

Will er sich durch meine Schwächen bei seiner aktuellen Matschblase profilieren?

„Keine Ahnung", antworte ich, und das stimmt auch.

„Mein Ex hatte einen Cayenne", schwärmt Natalie, „das war total toll. Damit sind wir dann Eis essen gefahren oder einfach nur total schnell gerast. Das war super!"

Ich frage mich, wann jemals eine Frau in meiner Gegenwart vom Fuhrpark ihres Verflossenen geschwärmt hat. Niemals. Genau. Ich wünschte nun doch, dass der Bissen von Natalie ewig hätte dauern sollen.

Da ich auf detailliertere Angaben über Herrn Ex und seinen Fuhrpark gerne verzichte, ändere ich das Thema: „Wo habt ihr euch eigentlich kennengelernt?"

Das ist die Retourkutsche für die Frage nach dem Auto von Tobias. Die Antwort kann ja nur *im Suff* lauten.

„Natalie ist meine neue Nachbarin. Sie ist letzte Woche in die Wohnung schräg über mir eingezogen."

„Na, dann passt ihr ja als Paar in diesem Haus gut zusammen! The brain and the prawn!, sagt man doch."

Beide glotzen total verwirrt.

„Das heißt *der Kopf und die Hand*, klassische Aufgabenteilung", erweitere ich den Horizont der Anwesenden.

„Ich weiß, was das heißt", protestiert Tobias.

Ich wette, dass er das nicht wusste.

Ich entgegne ihm: „Na, dass du in eurer Beziehung nicht das Hirn bist, ist mir schon klar" und lache dabei.

„Was für eine Beziehung?", meldet sich Natalie mit aufgerissenen Augen, „wir haben geknutscht, und dann bin ich mit Tobias hierher, das ist alles."

Schweigen.

„Naschen ohne Reue", ergänzt sie noch.

„So genau will ich das gar nicht wissen", versuche ich mir weitere Ausführungen zu ersparen.

Sie bleiben mir aber nicht erspart.

„Das war eine hammergeile Nacht", flüstert mir Tobias zu, „die geht ab wie eine Rakete."

„Die ist doch total bekloppt", reagiere ich prompt und habe wohl Glück, dass es nicht zu laut war.

„Ist doch egal. Naschen ohne Reue, wie sie gesagt hat."

Innerlich stelle ich gerade fest, dass Tobias bis zur Unterlippe im Matsch steht.

„Du kannst dich doch unmöglich auf so eine einlassen", mahne ich.

„Entspann dich!", beschwichtigt er und versucht, dabei cool zu wirken, als könne er jede haben. „Wenn du an dem Abend dabei gewesen wärst, hättest du jetzt auch eine super Nacht gehabt und wärst entspannt."

„Und wenn der Cayenne-Ex dich demnächst vermöbelt?"

Ich habe das Gefühl, dass Tobias Wohnung weniger ein Lebensmittelpunkt ist, als vielmehr die Miniatur-Neuzeitausgabe eines historischen Kolosseum, in dem abnorme Menschen zur Belustigung von Gästen vorgeführt und zur Schau gestellt werden. Es scheint mir, als leben Tobias und ich inzwischen in äußerst weit entfernten Paralleluniversen.

Tobias weiß weder, dass meine Wohnung abgebrannt ist, noch dass ich bei Steffi wohne. Er weiß auch nicht, dass ich meinen Job bald verliere. Er lebt in seiner Welt und glaubt, er sei der Allergrößte. Er sitzt da und blickt erhaben auf seine Jagdtrophäe. Als ob er den legendären, seltenen weißen Elefanten erlegt hätte, bei dem bei näherer Betrachtung doch nur billig aufgetragene Farbe abblättert und der sich als mehr als gewöhnlich entpuppt.

Ich muss auch wissen, was ich mache. Und ich mache mich jetzt vom Acker und zwar schnell. Hier ist der Abgrund, und Tobias genießt den freien Fall.

Ich falte meine eilig geleerte Pizzaschachtel zusammen, lege sie auf den Wohnzimmertisch und verabschiede mich: „Bin jetzt weg. Bis die Tage."

„Schön, dass Sie den Weg zu mir gefunden haben, Herr Mülders", werde ich von Herrn Kowalek herzlich begrüßt.

Er zeigt Freude über meinen Besuch, als ob ein naher Verwandter nach langer Verschollenheit plötzlich in der Tür stünde. Sowohl beim Öffnen als auch beim Schließen der Tür rasselt ein mechanisches Glöckchen.

Beim Blick ins einsehbare Hinterzimmer bildet das Tropfen der Kanne einer altertümlichen Kaffeemaschine die weitere Geräuschkulisse. Steffi hatte mit Herrn Kowalek korrespondiert und diesen Termin koordiniert. Sie hatte mir dringend anheimgestellt, diesen Termin wahrzunehmen. Es wäre nicht verwerflich zu behaupten, dass ich zur Wahrnehmung dieses Termin aufgrund des moralischen Drucks durch ihre Obhutsgewährung geradezu gezwungen bin. Vielleicht fühle ich mich aber auch irgendwie verpflichtet, mich um so etwas zu kümmern. Als Zeichen guten Willens habe ich in meinen Kontakten bereits wohlwollend *Versicherungsheini* durch *Kowalek* ersetzt.

Dann will ich mal meinen Mann stehen. Schließlich soll die einstündige Busfahrt hierher nicht vergebens gewesen sein. Trotz Laptop auf dem Schreibtisch mit zusätzlichem Ansichtsmonitor für Kunden weht in Herrn Kowaleks Einrichtung der Charme der Siebziger. Herr Kowalek selbst ist stark aus der Form geraten und so wenig schlank er ist, so wenige Haare hat er auch. Ich schätze ihn auf Mitte 50, wobei meine Schätzungen in diesem Alterssegment gerne schon mal eine Dekade Spielraum haben können. Das Büro oder eher der Raum ist höchstens 25 Quadratmeter groß.

Der Schreibtisch steht inmitten nahezu musealen Mobiliars. Der Platz ihm gegenüber ist die einzige Sitzmöglichkeit und nach dem Eintreten unausweichlich. Das kleine Schaufenster ist zugepflastert mit Werbung, von der Farbgebung und vom Zustand her durchaus auch aus einer anderen Epoche.

„Ich habe ein paar Unterlagen für Sie vorbereitet, die ich gerne mit Ihnen durchgehen möchte", werde ich auf das Folgende eingestimmt.

„Wie lange wird das wohl dauern?"

In diesem Umfeld kann man leicht depressiv werden.

„Nun, ich nehme an, nach den Erfahrungen in der Vergangenheit macht eine grundsätzliche Betrachtung Ihrer Lebensrisiken durchaus Sinn."

„Ich habe das Gefühl, alle meine Lebensrisiken realisieren sich momentan."

„Damit Sie für den Fall, dass sich Risiken in Ihrem Leben realisieren, abgesichert sind, bieten wir Ihnen probate und günstige Möglichkeiten zur deren Absicherung."

Hat er zugehört?

Herr Kowalek holt tief Luft. Es geht los: „Ich fange einfach mal mit dem Dreiklang der Grundabsicherung an, Herr Mülders. Schützenswert sind erstens Vermögenswerte, die Sie noch erreichen wollen, zweitens bereits vorhandene Vermögenswerte und drittens Vermögenswerte, die andere von Ihnen beanspruchen oder umgekehrt."

„Eine Hausratversicherung gehört nicht dazu?"

Mein Konzentration ist schon bei *erstens* ausgestiegen.

„Doch, das wäre Kategorie zwei. Ebenso wie die Gebäudeversicherung, die in Ihrem Fall durch das Vorhandensein einer Grundschuld ohnehin von der Bank auferlegt wird. Insofern haben Sie hier nur einen begrenzten Spielraum. Wir haben ebenso wenig Spielraum bei einer Kraftfahrt-Haftpflicht-Versicherung.

Eine solche ist gesetzlich verpflichtend. Haftpflichtrisiken sind Kategorie drei. Eine Kasko-Versicherung, sofern nicht im Rahmen einer Finanzierung ebenfalls durch eine Bank auferlegt, gehört wiederum zur zweiten Kategorie."

„Schlechtes Thema. Ich werde Ende des Jahres arbeitslos. Das nur zu Ihrer Info."

„Nun gut, das engt Ihren Spielraum natürlich ein. Ihre Wohnung dient aber auch der Vorsorge und ist in einer Gesamtschau entsprechend zu würdigen. Somit ist sie auch Teil der Kategorie eins."

Die *Gesamtschau* ist derzeit etwas verkohlt. Der macht mich irre! Diese vielen kleinen Schaubildchen, Erklärungskärtchen und Bildschirmpräsentationen machen mich ganz wuschig. Ich denke an Steffi. Was muss ich tun?

Ich bin unfassbar erleichtert, als ich nach mehreren Unterschriften und den mantramäßig wiederholten Bestätigungen von Herrn Kowalek, heute alles richtig gemacht zu haben, die Zeitkapsel wieder verlassen darf. Allerdings lasse ich sämtliche Dokumente in den Händen von Herrn Kowalek. Ich hole meine Unterlagen erst ab, wenn ich auch weiß, wohin damit. Ich vertraue Herrn Kowalek. Und das nicht zuletzt, weil Ingrid ihm ebenfalls vertraut. Dem Internet vertraue ich in diesen Sachen allerdings überhaupt nicht. Dort gibt es zu viele Antworten.

Ich mache mich auf die Ochsentour zurück zu Steffi. Der Unterschied zu Ochsentouren in grauer Vorzeit ist, dass damals die Ochsen gezogen haben. Heute werden die Ochsen gezogen. Oder besser gefahren. Zumindest fühle ich mich so, als ich nach unendlichen 22 Minuten Wartezeit am Chauffeur vorbei die überdimensionale Stretch-Limousine mit Fahrkartenentwerter betrete. Die Fahrt ist wie üblich unaufgeregt.

Ich trotte zu Steffis Eigenheim. Wenigstens kann ich ihr von vollbrachten Taten bei Herrn Kowalek berichten.

Es sind noch gut 50 Meter zu gehen, aber ich hole schon den Schlüssel heraus. Dann habe ich ihn gleich parat.

Auf einmal spüre ich seitlich einen harten Schlag in der linken Hüfte. Direkt unter den Rippen. Dazu ein knallendes Geräusch. Tut das weh! Ich gehe auf die Knie. Das reicht aber nicht, um das Stechen aushalten zu können. Ich liege auf dem Boden und krümme mich vor Schmerzen. Ich frage mich, welche Sau mir das angetan hat. Und warum. Nach ein paar stundenlangen Sekunden richte ich mich wieder auf. Dabei stütze ich mich auf das parkende Auto neben mir. Ich sehe und höre niemanden. Ich will jemanden anschreien, aber es ist keiner da. Unausweichlich gelangt mein Blick in das Innere des Autos. Wasserskier. Ist das Olivers Auto? Was macht der hier? Ich suche nach weiteren Indizien zur Identifikation.

„Mist!", sage ich zum Auto in der geistesblitzartigen Erkenntnis, dass ich gerade gegen den Außenspiegel von Olivers Auto gelaufen sein muss. Wie bekloppt muss man eigentlich sein? Der Spiegel ist zwar aus der Halterung und hängt herunter, aber es ist nichts abgebrochen. Glück gehabt! Die Sau wäre dann wohl ich. Jetzt ist es mir doch sehr recht, wenn das keiner gesehen hat. Bei meiner diesbezüglich prüfenden Rundumsicht gibt sich niemand zu erkennen, aber ich erkenne Thomas Auto direkt hinter dem von Oliver. Sind die bei Steffi? Da freue ich mich!

Moment!, denke ich. Nicht dass Steffi mich bewusst weggeschickt hat. Vielleicht konspirieren sie gerade unter Ausschluss meiner Person. Vielleicht entscheiden sie, dass ich in der Gruppe unerwünscht bin.

Ich hadere, ob ich nun in Steffis Haus eintreten soll oder nicht. Eigentlich will ich es nicht tun, aber mein mit Schmerzen einhergehendes Humpeln lässt mir keinen Raum für Etikette. Ich drehe den Schlüssel um, drücke die Tür auf und erwarte Stimmengewirr.

Es sind aber keine Stimmen wahrnehmbar. Nicht eine. Vielleicht sind sie im Garten oder haben sich nur hier getroffen und machen einen Ausflug. Ich trete lieber nicht zur üblichen Begrüßung ins Wohnzimmer. Das wirft in meinem Zustand nur unnötige Fragen auf. Ich will lieber direkt ins Spielzimmer humpeln.

Dort öffne ich die Tür und mache das Licht an. Aber nichts tut sich. Es ist ja nicht so, dass ausbleibender Stromfluss ein Novum für mich wäre, aber es kommt doch unverhofft. Ich gehe einen Schritt hinein und nehme ein plötzlich startendes Surren wahr. Als wenn ein Baby-Düsenjet starten würde. Plötzlich drehen sich um mich herum bunte Farben wie von einer Discokugel. Es setzen mehrstimmige Schlachtrufe ein: „Rock on! Rock on! Rock on! Rock on!"

„Ich kann nichts erkennen!", rufe ich in das Farbenmeer.

Das Licht geht an, und vor mir stehen nicht nur Steffi, Udo und die kleine Annabel, sondern auch noch Jens, Oliver und Thomas. Annabel mit ihrem langen blonden Zopf war mit Abstand die lauteste.

„Ihr seid verrückt!", begrüße ich die Runde.

Aber nicht nur die Runde. Denn das Surren kommt von einem High End Gaming Computer. Die DüsselMall ist für dieses Modell Flagship-Store, und ich bin um dieses Gerät samt Zubehör schon unzählige Male herumgelaufen.

Ich ergreife die Gaming-Gitarre: „Die ist der Hammer!"

Für weitere Bemerkungen fehlen mir die Worte. Die haben das hier tatsächlich vorbereitet, während ich mit Herr Kowalek auf Zeitreise ging.

Jens eröffnet: „Tja, ich bin sehr gerne in Berlin. Aber mir fehlte noch ein Grund für meinen nächsten Trip. Und da sich deine Live-Performance als Grund bestens eignet, lasse ich mir weder das eine noch das andere entgehen."

„Das alles ist doch unfassbar teuer!", begreife ich die Situation nicht.

„Mach dir da mal keinen Kopf. Das Equipment kommt aus der vorzeitigen Beendigung eines Leasingvertrags. Du kannst es bis Berlin auf jeden Fall nutzen."

„Du bist gut. Das wissen wir", ergänzt Udo.

Und Steffi pflichtet ihm bei: „Auf keinen Fall möchten wir deinem Erfolg im Weg stehen. Ganz im Gegenteil. So tragen wir dazu bei und sind auch ein Teil davon. Gib Gas!"

Sie schaut die anderen an, und wie auf Kommando rufen alle gleichzeitig noch einmal: „Rock on!"

Sie lachen, klopfen mir auf die Schulter und verlassen dabei das Zimmer, als stünde hier etwas Großes unmittelbar bevor.

Sie gehen einfach. Ich will noch Danke sagen, aber da macht Udo schon als letzter die Tür hinter sich zu. Also mit Gefühlsduselei hat es Steffi wirklich nicht.

Nun gut, dann soll es so sein. Ich wende mich der Technik zu. Ich genieße das Surren des PC. Obwohl Laura unverschämt teuer war, ist sie den Flammen zum Opfer gefallen. Ich war von ihrer Erschaffung so begeistert, dass ich nie ein BackUp gemacht habe.

Aber die Zugangsdaten zur Cloud mit meinem BackUp des letzten Auftritts mit allen erforderlichen Daten-Schnipseln spiegelte mir die Telefongesellschaft während einer dieser ewigen Busfahrten auf mein Handy zurück.

Ein Druck auf die Leertaste der Tastatur verrät mir, dass der PC vollständig hochgefahren ist. Die Software umfasst die aktuellen Versionen. Die Truppe hat ganze Arbeit geleistet.

Na, dann mal los!

Ich bin sehr konzentriert, alle Systeme inklusive meiner Erinnerungen wieder zu rebooten und mit meiner neuen Gaming-Gitarre mein gerade auf den PC rückspiegelndes BackUp in meinem neuen Environment zum Erklingen zu bringen. Durch die Zimmertür ist gedämpft hörbar, wie sich zwei Frauen an der Haustür herzlich begrüßen. Als hätten sich zwei siamesische Zwillinge jahrelang nicht gesehen. Unvermittelt erkenne ich Katharinas Stimme. Sofort lege ich alles zur Seite und stürze die Treppe hoch. Beinahe stolpere ich.

„Hallo Sven, ich habe was für dich", strahlt Katharina sofort, als sie mich erblickt.

Ich hatte das Klingeln im Haus zwar gehört, aber nicht als für mich bestimmt wahrgenommen. Auf meinen diversen Kommunikationskanälen gab es auch keine Vorboten.

Katharina hat eine hautenge Bluse an. Es scheint ein Knopf zu viel offen zu sein. Das finde ich sehr appetitlich.

Katharina greift nach draußen hinter die Haustür ins Verborgene. Sie holt etwas hervor, das ich weder von der Form noch von der Größe her zuordnen kann. Es ist ein schwarzer, rechteckiger Koffer, ungefähr einen guten Meter lang, einen halben Meter breit und etwas mehr als eine Handbreit dick. Er sieht aus wie ein zu üppig geratener Aktenkoffer. Er hat auch diese typischen Schnallen. Aber der Griff ist nicht in der Mitte.

„Weißt du, was das ist?", werde ich geprüft.

„Ein Klappbett?", rate ich.

„Es hat keine Pixel, deshalb erkennst du es nicht", lacht Katharina überlegen. „Mach ihn auf!"

Katharina legt den Koffer wie einen Reisekoffer vor mich auf die Seite und deutet auf die Schnallen.

Ich strenge mich an, um nachzudenken, ob ich so etwas schon einmal gesehen habe. Habe ich aber nicht.

Ich lasse das mit dem Denken, knie mich hin und öffne die Schnallen. Ich hebe den Deckel an. Ich weiß nicht, was ich machen soll, wenn mich jetzt eine Kornnatter begrüßt, es Konfetti regnet oder verkohlte Reste aus meiner Wohnung sichtbar werden. Der Deckel ist oben. Ich senke den Blick. Es glänzt, es ist lang, und es hat einen Bauch. Und da es auch sechs Saiten hat, ist es völlig unzweifelhaft eine Gitarre. Es ist tatsächlich eine Gitarre. Eine, wie ich sie als kleiner Junge immer schon haben wollte.

„Wow! Und die ist für mich?", kann ich das nicht glauben.

Ist heute Weihnachten?

Mit den Händen in der Hüfte steht Katharina vor mir: „Ja, die ist für dich. Aber nicht zum Anschauen, sondern zum Spielen. Und zwar richtig. Mein Vater feiert bald Geburtstag, und ich habe ihm erzählt, dass du Gitarre spielst."

Das sind gleich zwei Informationen auf einmal. Erstens, dass ich bei ihrem Vater eingeladen bin. Und zweitens, dass ich in kürzester Zeit lernen soll, wie man eine richtige Gitarre spielt.

„Da habe ich voll Lust zu", gestehe ich und umarme sie, wobei das durchaus den Anblick eines aufgeregten Um-Den-Hals-Fallens haben könnte.

„Komm Sven, wir legen gleich los", begeistert mich Katharina, als ob Gefahr drohte, dass ich es mir noch anders überlege.

Das ist mal ein abgefahrenes erstes Date. Und ich dachte immer, man lernt erst die Angebetete kennen und dann die Familie. Die Reihenfolge soll mir aber egal sein.

Katharina wird schon wissen, was sie macht. Hauptsache, sie macht es mit mir.

Wir gehen in Annabels Spielzimmer, und es scheint so, als sei das nunmehr mein Spielzimmer geworden. Es ist kaum Platz für Katharina. Schließlich bin ich auf ihren spontanen Besuch nicht eingerichtet.

Katharina wirkt nicht überrascht, als sie das Equipment sieht. Na logisch! Bei ihr zu Hause sieht es womöglich genauso aus. Vielleicht eine andere Hardware, aber sicher nicht zu wenig. Ich räume schnell ein Plätzchen neben mir auf der Couch frei, und wir beginnen einen ernsthaften Versuch, schnarrenfrei Töne auf der Gitarre erklingen zu lassen. Wie zwei Teenies im Kinderzimmer kichern wir nebeneinander auf dem Bett um eine Klampfe herum. Katharina öffnet eine App mit Darstellungen, welche Saiten für welche Akkorde zu greifen sind. Ich drücke auf den Gitarrenhals, als wolle ich ihn zerquetschen, aber kein Akkord erklingt fehlerfrei.

„Die Softwarevariante bringt eindeutig schnellere Erfolgserlebnisse", kommentiere ich.

„Das kann schon sein, aber spürst du denn überhaupt keinen Unterschied?"

„Doch. Sehr deutlich. Und zwar in meinen Fingerkuppen. Ich glaube, die explodieren gleich. Da kann ich tagelang auf Tastaturen und Mäusen klimpern, offene Fleischwunden entstehen da nicht."

„Ist es nicht immer so, dass Dinge erst richtig schwierig werden, bevor sie einem leichter fallen?"

„Da hast du im Flight aber gut aufgepasst!"

Wir lachen und erinnern uns an Olivers moralische Ansprache beim Golfen.

„Lass uns doch versuchen, wenigstens ein Lied durchzuspielen", motiviert Katharina energisch mit einer Art Aufbruchsstimmung.

„Du sagst uns und meinst mich?", konkretisiere ich.

„Ja, mehr oder weniger", druckst sie herum, „ich habe früher bei Mädelsabenden gerne Karaoke gesungen und richtig Spaß dabei gehabt. Vielleicht stellen wir zusammen etwas auf die Beine, was meinst du?"

„Gute Idee, nachdem ich dann im kommenden Jahr den Heilungsprozess meiner Fingerkuppen überwunden haben werde, können wir ja dann in die Vorbereitungs-phase eintreten und dann ..."

„Nix da", werde ich unterbrochen, „mein Vater nullt in zwei Wochen, bis dahin wird doch wohl ein Lied sitzen."

„Und an welches hattest du gedacht?"

„Seemann, deine Heimat ist das Meer."

Das muss sacken. Ein Schlager. Und was für einer. Ich erinnere mich an uralte Filme, ich glaube in schwarz-weiß. Mir gehen die Muffen.

„Katharina, das sind zwei lächerliche Wochen. Ich kann weder Noten lesen, noch kenne ich den alten Schinken besonders gut. Und dann auch noch vor Publikum, da können wir uns ja gleich bei einer Casting-Show unangespitzt in den Boden rammen lassen."

„Jetzt fahr mal nicht Schlitten. Ich habe schon geschaut. Es sind nur fünf Griffe, und den Text musst du dir ja nicht merken."

Ich muss meinen Eindruck nach dem ersten Erblicken der Gitarre korrigieren. Denn plötzlich sehe ich mich nicht als Rockstar frenetisch auf einer Bühne gefeiert, sondern als Lacher des Abends mit wehenden Fahnen untergehen. Mir wird aber im selben Moment klar, dass Katharina mich gerade als Show-Act in eine Geburtstagsfeier einge-plant hat, von der ich zumindest bisher nichts wusste.

„Du stellst mich deinen Eltern vor?", will ich wissen. Vor allem interessiert mich, als was.

„Na klar, mein Papa feiert Samstag in zwei Wochen. Und wir spielen Papas Lieblingslied."

„Du sagst zwar wieder wir, du kannst aber unmöglich mich meinen. Bis dahin kann ich nämlich sicher nicht spielen wie ein Großer. Ich kann nur wie ein Großer trinken", stelle ich klar.

„Da hast du Recht. Die Abstinenz bleibt zu Hause. Wir fahren mit dem Zug ins schöne Itzehoe nach Schleswig-Holstein. Meine Mama holt uns dann am Bahnhof ab, das möchte sie gerne so. Tickets sind schon bezahlt."

„Itzehoe?"

Sie hätte auch Timbuktu sagen können.

„Das kennt doch keine Sau!", bekenne ich.

„Quatsch nicht rum! Ich lade eben die Noten runter, wir müssen üben!"

Katharina hat mit ein paar gekonnten Fingerübungen auf ihrem Handy die begehrten Unterlagen überraschend schnell parat. Sie stellt ihr Handy auf den Tisch, und wir wollen loslegen. Aber es fehlt am Grundlegendsten. Ich kann mir nicht mal merken, wie ich die Finger platzieren soll. Bei meiner Gaming-Gitarre spielt so ein Daumen eher eine untergeordnete Rolle. Eigentlich gar keine. Da braucht es keinen Gegendruck, um Saiten zum Klingen zu bringen.

„Ohje", sieht Katharina ein, „weißt du was?"

Jetzt kommt bestimmt wieder irgendwas Seltsames.

„Ich surfe morgen mal und schicke dir dann ein paar Links zu Tutorial-Videos. Das ist wohl am besten, so kann man schließlich alles lernen."

„*Man* vielleicht", ergänze ich.

Sie schlägt mit etwas Enttäuschung in der Stimme vor: „Na, wenn das mit dem eigenen Musizieren heute nicht klappt, dann schauen wir mal, wie andere das machen."

„Ich dachte, du wolltest mir morgen die Links schicken."

„Ich spreche nicht von Videos. Ich meine eine Liveband. Auf dem Weg hierher habe ich gesehen, dass in der Kneipe an der Hauptstraße da vorne heute ein paar Musiker Classic Rock spielen. Komm! Da gehen wir hin."

Katharina springt mit einer Hand in eine Himmelsrichtung deutend auf, zieht ihre Jacke an und drängt mit leuchtenden Augen in Richtung Tür. Wann habe ich jemals eine so energiegeladene Frau getroffen? Geht die ein Tempo!

„Alles klar!", stimme ich ein, „machen wir Party!"

Los geht's.

31

Die Kneipe ist rappelvoll. Es dürften so um die 300 Feierwillige zugegen sein. Die Tische aus hellem Holz sind an einer Seite übereinander und die Stühle daneben ineinander gestapelt. In die zugänglichen Lücken wurden Jacken hineingedrückt. Wie sind gerade ein paar Schritte durch die Tür, da sehe ich einen feuchten Film auf meiner Haut. Dann erst spüre ich diese schwüle Hitze. Wenn man hierhin geht, muss man kerngesund sein. Jeder andere würde sofort in Ohnmacht fallen. Da können sich die Weibchen frei nach dem Motto *Survival of the fittest* ein geeignetes Männchen zur Paarung suchen und wissen, dass zumindest die grundsätzliche körperliche Konstitution solide stabil ist. Gut sichtbar präsentieren sich denn auch die Männchen im Balztanz. Die Tränke allerdings scheint unerreichbar. Katharina wippt zum Beat voran, ich hinterher. Ich schaffe es leider nicht so grazil, sondern folge ihr wie der Holzfäller dem Eichhörnchen. Es ist wie Karambolagebillard, und ich habe eine Serie. Als Entschuldigung für diese ungelenke und teilweise gleichgewichtsgefährdende Gangart deute ich zuerst auf Katharina und dann auf mich mit den Worten: „Heiß und fettig".

Da die Lautstärke sowieso keine verbale Kommunikation zulässt, ist es ohnehin egal, was ich sage. Hauptsache, es sieht für die anderen so aus, als würde ich um Nachsicht bitten.

Wir drängeln uns zum Bier und genießen das kühle Nass. Ich spüre, wie das Bier durch meinen Körper fließt und die nach Feuchtigkeit schreienden Zellen beglückt. Die Endorphine erreichen ihr Ziel, und die Anwesenheit von Katharina sorgt für Nachschub.

Ich betrachte die Band. Fünf Köpfe. Schlagzeug, Bass, zwei Gitarren und eine Sängerin, deren Bühnenoutfit keine Fragen offen lässt. Rampensau mit Sexappeal fasst es wohl ganz gut. Da stören auch die paar Texthänger nicht. Das verleiht dem Gig eher Authentizität. Auch die zum Teil eher interpretative Intonation wirkt, als wäre sie genau so gewollt. Wie auch immer, hier wird gerockt!

Natürlich betrachte ich vor dem Hintergrund unseres Vorhabens diesen Gig äußerst analytisch. Normalerweise würde mir nämlich musikalisch rein gar nichts auffallen. Außer dass die Band gut ist. Ich wäre schon froh, wenn ich nur einen Bruchteil deren Könnens drauf hätte.

Nach ein oder zwei Stunden und einer nicht unerheblichen Zahl produzierter Endorphine glänzt mich Katharina mit ihren Augen an und nickt Richtung Ausgang. Katharinas Versuche, zum Beat wippend voranzukommen, führen nur schwerlich zum Erfolg. Sie wird von anderen festgehalten, damit sie nicht umfällt. Dann wird sie weitergelotst. Karambolagebillard mit zwei Spielern gleichzeitig.

Wir schaffen es ohne Blessuren vor die Tür und steigen gemeinsam in eines der vor der Tür wartenden Taxen. Sie vorne. Schade, möchte ich mich doch gerade irgendwo anschmiegen. Mehrere Versuche scheitern, die C-Säule wird meinen Ansprüchen in keinster Weise gerecht.

Der letzte Song wurmt noch immer in meinen Ohren, und ich bin voll beladen mit Endorphinen. Das Taxi hält auf der Nordstraße Höhe Schwimmbad. Katharina gibt dem Fahrer einen Zwanziger und kommentiert: „Passt!"

Offensichtlich ist sie mit den Konditionen nächtlicher motorisierter Kutschfahrt bestens vertraut. Dann blickt sie mich an: „Kommst du noch auf einen Kaffee mit rein?"

Ich bin schneller aus dem Auto ausgestiegen, als mein „Gerne, Danke" zu ihr vorgedrungen sein könnte.

Auf der einen Seite freue ich mich über ihre Einladung wie ein kleiner Junge, der beim Flaschendrehen nun am Zug ist und der von dem heißesten Mädchen aus der Runde jetzt seinen ersten Kuss mit Zunge erhalten soll. Auf der anderen Seite kam mir die Taxi-Szene gerade sehr routiniert vor. Aber das kann nicht sein. Der Gedanke ist absurd. Doch nicht Katharina.

Wir treten ins Haus und gehen behutsam ein, zwei Treppen aufwärts. Die Sinnhaftigkeit eines Geländers erschließt sich mir deutlich. Ich gehe hinter Katharina her und rieche wieder ihr Parfum. Und obwohl auch Geruch von Zigaretten und Bier wahrnehmbar ist, blende ich die Störgerüche einfach aus und hoffe, bei jeder von Katharinas Bewegungen durch den Luftzug noch ein Näschen zu erhaschen.

Ich merke beim Griff ans Treppengeländer, dass meine Handflächen feucht sind und fühle mein Herz heftig schlagen. Ich spüre die Adern in meinem Hals. Mit jedem Schritt deutlicher. Als wir vor ihrer Wohnungstür stehen, merke ich, dass ich die ganze Zeit ihren Hintern nicht aus den Augen gelassen habe. Ich höre ein Schloss klicken.

Als sich die Tür nur einen kleinen Spalt öffnet, dreht sich Katharina zu mir und lächelt mich mit leicht geöffneten Lippen an. Mit wird noch heißer als in der Kneipe. Ich vermute, dass sie mich schon vorher angesehen hat, nur meine Augen waren abgelenkt. Wie peinlich!

Die Wohnungstür öffnet sich weiter. Aber da Katharina sich mehr daran festzuhalten scheint, als sich dem Öffnungsvorgang zu widmen, wundert es nicht, dass ihr die Tür entgleitet und mit einem lauten Knall aufschlägt. Und so ist Katharina nun in ihrer Wohnung angekommen, auf ihrem Hintern sitzend, mit einer Hand noch an der Klinke.

Sie lacht aus voller Brust und macht keine Anstalten aufzustehen. Ich finde das ebenfalls äußerst amüsant und lehne mich an den Türrahmen. Ich bedaure, dass mir der bis soeben vergönnte Anblick nun verwehrt ist. Während sie sich aber weiter lachend nach vorne beugt, erkenne ich, dass es ein guter Tausch war. Ich reiche ihr meine Hand, und sie nimmt sie als Aufstehhilfe. Etwas zu schwungvoll, so dass ich sie halten muss, damit wir nicht beide umfallen.

Katharina liegt mir in den Armen, wir halten kurz inne. Es ist eine feste Umarmung, und sie legt ihre Arme um meinen Hals. In dieser Haltung findet sie ihre Balance wieder. Sie lehnt sich zurück, und wir blicken uns in die Augen. Was für Augen, denke ich. Sie sind nicht auffällig blau oder sogar verschiedenfarbig. Sie sind auch nicht besonders klein oder groß. Sie sind einfach da, und ich will nirgendwo anders hinsehen als in diese Augen. Ich bin gefangen in Katharinas Blick. Wie ein magischer Leitstrahl, bei dem alle Navigationsgeräte funktionslos werden und der mich auf eine höhere Ebene des Seins führt.

Abrupt geht das Licht im Hausflur aus, es ist stockdunkel. Nach einigen Augenblicken kann ich in ersten Schattierungen schemenhaft die Wohnung erahnen. Lediglich ein paar Straßenlaternen schaffen etwas Helligkeit von draußen, an die sich meine Augen aber erst noch gewöhnen müssen.

Katharina legt ihren Kopf zurück an meine Schulter. Ich frage mich, ob auch sie diesen Moment genießt. Ich rieche den intensiven Duft von Katharinas Parfum, ich spüre ihren schnellen Atem, und ich fühle ihre feste Umarmung.

Katharina löst sich, kickt mit einem herzhaften Tritt von innen die Wohnungstür zu und nimmt meine Hand. Sie hat ihre Finger zwischen meinen und zieht mich hinter sich her. Es ist mehr ein Geleiten.

Katharina bleibt noch im Flur wieder stehen, lehnt sich gegen eine Wand und zieht mich mit ihrer Hand zu sich. Um nicht auf sie zu fallen, stütze ich mich mit meinem linken Unterarm über ihrem Kopf an der Wand ab. Sie greift unter meinen Armen durch, legt ihre Hände auf meine Schulterblätter und zieht mich an Sie heran. Dann küssen wir uns. Es ist ein wilder und gleichzeitig unglaublich zärtlicher Kuss. Ich schmecke Katharina pur, und ich spüre nun nicht mehr nur mein Herz oder meinen Hals.

Ich verdrehe meinen Oberkörper ein wenig, da nimmt sie ihre Hand an meine Hüfte und zieht mich eng an sich heran. Sie wird denken, dass ich wild bin wie ein Löwe unmittelbar vor dem Beutesprung. Und sie hat Recht. Warum nicht zu sich stehen?, denke ich und ertaste mit meiner rechten Hand das, was ich schon den ganzen Weg vom Taxi bis zur Wohnungstüre observiert hatte. Ich greife beherzt zu, als ob ich die Echtheit prüfen wollte, und lasse nicht gleich wieder los. Katharina knabbert daraufhin kurz an meiner Unterlippe. Für mich das Signal, die Echtheitsprüfung zu intensivieren. Vorsichtig aber bestimmt schiebe ich meine Hand bis hin zu gleicher Stelle, diesmal aber drunter. Bei der Gelegenheit kann ich das während des Abends immer mal wieder bei den richtigen Bewegungen verheißungsvoll Wahrgenommene gefühlvoll untergraben.

„Wollen wir es uns nicht gemütlich machen?", fragt Katharina.

„Ich gehe mit dir überall hin", antworte ich und meine es auch so.

Inzwischen kann ich sogar bei Straßenlaternenlicht gut Umrisse und Konturen erkennen. Ich werde Händchen haltend ins Schlafzimmer geführt. Vor dem Bett stehend umarmen wir uns und küssen uns erneut. Ich werde wohl morgen vor Muskelkater kein Wort mehr sprechen können. Aber das ist vollkommen egal.

Es zählt nur der Augenblick, und der ist gigantisch. Ich gleite mit meinen Händen an ihren Handgelenken entlang und öffne jeweils mit einer Hand die Ärmelknöpfe der Bluse. Dann gleite ich weiter darunter ihr Shirt den Rücken entlang und öffne mit nur einer Hand den Haken aus der Öse. Ich bin ganz stolz auf meine Fingerfertigkeit. Und während ihre Kleidungsstücke noch in der Luft sind, tut sie es mir gleich. Die Arbeit nehme ich ihr ab und hebe sie sodann aufs Bett.

Sie liegt vor mir, ich knie über ihr. Sie wühlt die Decken vom Bett, und ich küsse ihren Bauch. Er ist trainiert und sportlich fest, aber dennoch wahnsinnig fraulich. Ich sehe ihr Bauchnabelpiercing funkeln und entdecke meine mir neue Zungenfertigkeit.

Ich kann mich an kein Fest erinnern, an dem das Auspacken jemals auch nur annähernd so viel Spaß gemacht hätte wie diese textile Befreiung. Ich fliege wieder in ihre Arme und betrachte für lange Sekunden Katharinas ganze Vollkommenheit.

Es gibt viele verschiedene Torten. Darunter zum Beispiel Herrentorten, Erdbeertorten oder Käse-Sahne-Torten. Aber ich liege neben meiner Lieblingstorte, der Schwarzwälder-Kirsch. Und Katharina sitzt oben auf der Sahnehaube und ist die süßeste Kirsche, die jemals kandiert wurde. Ich will mehr.

Das Licht der Straßenlaterne direkt unter dem Fenster lässt die Satin-Bettwäsche glänzen. So wie ihre Beine. Trotz Dunkelheit bin ich geblendet.

Ich streichle küssend ihren Körper entlang. Intensiv rieche und schmecke ich ihr Parfum und fühle mit meiner Wange ihre Adern pulsieren.

Katharina atmet schnell, und ihre Hände verkrallen sich in meinem Rücken. Ich nehme so viel Aphrodisiakum auf, wie ich kriegen kann.

Ich habe das Gefühl, ich werde langsam benommen. Irgendwo zwischen Trance und Verderbtheit. Ich drehe auf Hochtouren und streichle Katharina überall, als ob ich Schokolade zum Schmelzen bringen wollte. Aber ihre Haut schmeckt viel süßer.

Katharina soll sich in ihrem Traumkörper bis zur Kapazitätsgrenze statischer Aufladung völlig elektrisiert fühlen, und ich werde ihr alle Verheißungen erfüllen. Hingabe in voller Leidenschaft. Spielerisch vorbei am Piercing.

Ich genieße Katharina mit allen meinen Sinnen, als wäre ich nach Jahren quälenden Dürstens in der Wüste am Ziel. Sie beugt sich auf, nimmt meinen Kopf hoch in beide Hände und haucht: "Sven, ich will mit dir schlafen!"

Mein Großhirn schaltet ab.

Ich wache auf und denke an meinen Traum der letzten Nacht. Dann sehe ich die Satin-Bettwäsche und kann kaum glauben, dass das tatsächlich passiert sein soll. Ich drehe mich zur Seite, und da liegt Katharina rücklings, die Bettdecke nur bis zu Hüfte. Ich habe Zeit, sie zu betrachten, und genau das mache ich jetzt. Sehr ausführlich. Sie ist perfekt. Ich muss jetzt aber ganz dringend durch die Wohnung tapsen, denn hier sollte doch auch irgendwo eine Nasszelle zu finden sein.

Auf dem Weg dorthin fällt mir auf, dass die Wohnung insgesamt sehr aufgeräumt, sehr sauber und sehr funktional ist. Die Möbel sind hell, es liegt Parkett, die Wände sind weiß. Das ein oder andere Urlaubsbild ziert die Wohnung, mal im Rähmchen auf dem Schrank und mal an der Wand. Ich sehe zwar immer verschiedene andere Personen darauf, erkenne aber niemanden und kann auch keinen als Ex detektieren. Ich spüre einen Anflug von Eifersucht und versuche mir selbst klarzumachen, dass ich dazu keinerlei Recht habe.

Die Technik ist auf dem allerneuesten Stand, vom Flat-TV über einen mindestens 22-Zoll-Monitor am Laptop bis hin zur multifunktionalen Espressomaschine. Soviel Fortschritt ist meiner Erfahrung nach für einen weiblichen Single-Haushalt eher selten.

Wieder zurück steht Katharina im Schlafzimmer im Bademantel.

„Wir wollten doch zusammen einen Kaffee trinken. Wie wär's? Hast du noch Lust?", fragt sie mich lächelnd und betrachtet mich völlig ungeniert in meiner Kleidungslosigkeit.

„Eigentlich gerne, aber ich muss zur Arbeit und vorher natürlich noch kurz nach Hause", verneine ich, obwohl ich große Lust zu etwas anderem hätte.

Entweder war ich auf meiner Erkundungsreise in Katharinas Wohnung zu laut oder zu lange unterwegs.

„Ich zieh mir nur schnell etwas an und komme dann in die Küche", avisiere ich mein rasches Erscheinen.

Ich weiß ja jetzt, wo die ist! Als ich Richtung Küche gehe, fällt mir auf, dass ich durch das Vorabendprogramm rein magentechnisch noch nicht ganz wieder auf der Höhe bin. Am liebsten würde ich sofort Wurzeln schlagen, ziehe es aber lieber vor, Katharina erst wieder in besserer Konstitution zu begegnen. Mit einem schnellen Kuss und der Verabredung für ein zeitnahes Telefonat verabschiede ich mich leider doch noch vor dem ersten Kaffee.

Mit der Bahn fahre ich aber weder nach Hause noch zur DüsselMall sondern zu Steffi. Ich muss meinen Rausch zu Ende ausschlafen und die Nacht verarbeiten. Im Moment habe ich das Gefühl, dass jeder im morgendlichen Berufsverkehr sieht, wie ich in mich hinein grinse und offensichtlich eine aufregende Nacht hatte. Vielleicht sehen sie mir an, dass ich noch in den Klamotten vom Vortag stecke.

Die ahnen nicht, dass ich innerlich fliege. Allerdings bekomme ich unverhofft Angst vor der Landung.

Kurzentschlossen rufe ich in der DüsselMall an und melde mich krank.

„Mir isset nich. Ich hab's am Magen", lautet meine Darlegung von Symptom und Diagnose zugleich.

Das muss reichen.

3 2

Nach einem Nickerchen den ganzen Tag in Annabels Spielzimmer zu verbringen, ist allerdings träger als ich dachte. Und das trotz meiner mannigfaltigen Spieloptionen. Meine Gedanken sind mit anderem befasst. Und irgendwie regt sich so etwas wie ein Gewissen in mir. Also gehe ich am späten Nachmittag doch noch in die DüsselMall. Vielleicht vermisse ich aber auch nur meinen Schrein.

Mein Erscheinen trotz meiner ursprünglichen Krankmeldung soll gefälligst als eifriges Engagement gewertet werden. Ich muss nur ab und zu etwas gequält dreinschauen.

„Haben Sie sich die Hand verrenkt?", höre ich einen Kunden im Vorbeigehen an meinem Tresen fragen.

Er hat mich dabei beobachtet, wie ich mit meinen stark geröteten Fingern eine Abfolge von Griffen auf der Luftgitarre spiele.

„So ähnlich, ich stehe am Beginn einer großen musikalischen Karriere", antworte ich großkotzig, „da kann der Laden hier ruhig dicht machen."

„Na, dann passen Sie mal auf, dass Sie nicht am Beginn stehen bleiben", antwortet er, dreht sich Richtung Rolltreppe und entschwindet aus meinem Blickfeld.

Das hoffe ich auch.

Ich freue mich auf meine allabendliche Herausforderung und spiele das immer gleiche Lied in Annabels Zimmer immer und immer wieder. Katharina kommt regelmäßig etwas später und singt dann dazu. Eigentlich müssten Steffi und Udo eine Etage darüber schon die Krise kriegen, denn geräuschlos sind unsere Proben nicht.

Aber beide zeigen sich als tapfere Zuhörer. Zumindest lassen sie sich nichts anmerken. Nach sechs Tagen tritt zwischendurch inmitten eines Akkords Wasser aus meinen Fingerspitzen aus. Die Blasen gehen auf. Schön nacheinander im Laufe eines Abends. Alle vier Finger meiner linken Hand.

Das Tolle daran ist, dass sich darunter bereits Hornhaut gebildet hat. Ich wische nur kurz und kann weiterspielen. Wahrscheinlich bilde ich mir das aber nur ein und spüre deshalb keine Schmerzen, weil ich schon auf den blanken Knochen spiele.

Am Abend des achten Übungstages stellen wir hocherfreut fest, dass wir es bis auf ein oder zwei glasklare Schnarrer geschafft haben, das Lied ein einziges Mal nahezu fehlerfrei mit Gitarre und Gesang durchzuspielen. Wir sind stolz auf uns!

33

Der Wind pfeift durch den Bahnhof. Es ist zwar nicht wirklich kalt, aber dieser ständige Windzug hat etwas von sinnlosem Gebläse. Da läuft einem gleich bei dem Gedanken daran schon die Nase. Katharina scheint es nicht zu stören. Ich nehme an, dass der Düsseldorfer Hauptbahnhof des Öfteren von ihr frequentiert wird. Ein kleiner Rucksack mit den notwendigsten Utensilien für drei Tage und zwei Nächte sollte genügen. Mein textiler Bestand hat sich in letzter Zeit nicht wirklich verändert. Schließlich gehen wir nicht auf Kreuzfahrt. Es ist eher ein Kreuzzug.

Den Rucksack in der Linken und die Gitarre in der Rechten komme ich mir vor wie ein Musiker auf Tournee. Gut, in meinem Alter könnten es da schon Stretchlimo und Blitzlichtgewitter sein, aber ich greife lieber fest nach dem Spatz. Und was bringen wir dem Jubilar als Präsent? Einen Song. Nicht ein halben und auch nicht einen dreiviertel. Nein, einen ganzen Song. Seinen Lieblingshit.

Der Zug fährt ein. Bahnfahren scheint aus der Mode. Der Blick durch die Fenster des einfahrenden Zugs verrät, dass zahlreiche Abteile vor gähnender Leere strotzen. Oder liegt es an der Destination? Schön, dass Katharina und ich uns einen gemütlichen Platz suchen können, während die Jahrhunderterfindung schon wieder losrollt.

„Was macht dein Vater beruflich?", möchte ich wissen.

Schließlich will ich nicht unvorbereitet sein, wenn ich meinem Schwiegervater in spe gegenüber trete.

„Er ist Richter."

Das beruhigt mich. Ein Bleistift spitzender Bürotiger mit Bauchansatz und dünnem Haar in einem Gerichtssaal irgendwo zwischen Kühen und Schafen.

Der könnte mit unserem Song womöglich tatsächlich zu beeindrucken sein. Wir tuckern im hypnotischen Rhythmus des Schienenrappelns dahin. Ich denke daran, wie unendlich langweilig es sein muss, mit der Transsibirischen Eisenbahn Tausende von Kilometern zu fahren. Vor allem, wenn man in der Holzklasse sitzt und nicht in gehobenem Ambiente komfortabel umsorgt wird.

„Itzehoe, Bahnhof Itzehoe", werden wir nach endlosen Stunden durch eine kratzende Lautsprecherdurchsage begrüßt.

Wir steigen aus, und ich höre über die Lautsprecher Ausführungen über Anschlussverbindungen. Zwei Orte scheinen mir sympathisch, Hamburg und Sylt. Ersteren hatten wir unlängst passiert.

Der Zug fährt wieder aus. Ich blicke mich um. Ich sehe niemanden, der außer uns ausgestiegen sein könnte.

„Sind alle unterwegs?", frage ich um Aufklärung bittend, als wir zum Ausgang gehen.

„Ist heute eine Kuhversteigerung?"

„Ich bin eine Blüte dieses Bodens, du solltest ihn schätzen", lacht mich Katharina an.

Was soll ich da noch sagen? Ich ergebe mich der Situation. Vor dem Bahnhof kommt ein knallrotes TT-Cabrio angebraust. Die Tür springt auf, und Katharina und ihre Mutter fallen sich in die Arme. Mit ihren halblangen, offenen, blonden Haaren und dem farblich zu ihrem Auto passenden Hosenanzug wirkt sie eher jung geblieben. Ich hatte ihrer Mutter ein betagteres Antlitz zugedacht. Ich bin beeindruckt von dieser stylischen Frau, hätte ich doch nach Kenntnis der Parameter Richterhaushalt und Itzehoe ohne zu zögern auf die Kategorie mausgraues Hausmütterchen getippt. Und eher auf ein kleineres asiatisches Importauto. Die Frau hat Klasse. Ich einige mich mit mir auf die Kategorie *Reife Jugend*.

„Das ist Sven", werde ich manierlich vorgestellt und sogleich von Katharinas Mutter herzlich umarmt.

Mit flottem Fahrstil an Katharinas Elternhaus angekommen, stehe ich in einem wie gärtnerisch gepflegten Vorgarten vor einer schmucken Doppelhaushälfte aus dunkelroten Backsteinen. Katharina ruft beim Eintreten lautstark nach ihrem Vater, und kurz danach rennt sie durch das Haus. Ich höre entfernt eine männliche Stimme. Katharinas Mutter hakt sich bei mir unter und zieht mich in die Wohnräume. Als erwartungsgemäß einen Augenblick später ihr Vater vor mir steht, stocke ich. Ich sehe weder Bleistifte noch Stulpen. Ich sehe auch keinen Bauchansatz, und Haare sehe ich gar keine. Vor mir steht ein Riese mit perfekt sitzendem, schwarzem Anzug und dunkelroter Krawatte auf weißem Hemd. Er trägt ein paar Abzeichen am Revers, ich erkenne keines der Symbole.

„Herzlich Willkommen, kommen Sie herein", bittet er mich sehr höflich ins Haus und drückt mir im Vorbeigehen ungefragt einen Pott Kaffee in die Hand.

Ich fühle mich befangen. Nicht nur, weil ich mich über die äußere Erscheinung dieses Richters derart geirrt habe, sondern auch weil ausgerechnet der Vater meiner Freundin als Richter im Staatsdienst tätig ist. Die Jurisprudenz hatte ich bisher immer zutiefst verabscheut.

Die Einrichtung von Katharinas Elternhaus ist modern, aber nüchtern. Die Möbel wirken wie arrangierte Ensembles. Viel Metall und Glas. Dazwischen einzelne Gegenstände, die gut sichtbar ausgestellt sind. Ich vermute, dass es sich um Kunst handelt. Es scheint, als seien sie losgezogen und hätten nach den Vorgaben eines Innenarchitekten eingekauft. Und wenn an einer Stelle an der Wand ein schwarz-weißes Hochzeitsbild empfohlen wurde, dann hängt da an der Wand jetzt auch eins. Sehr individuell, aber klinisch steril. Ich finde keine Seele.

Bis auf eine Urkunde im Flur und ein paar gerahmte Schnappschüsse auf dem Sideboard lässt sich kein Interieur wahrnehmen, das auf Menschen im Staatsdienst hindeutet.

Steffis Haushalt ist zwar auch keine vor Kreativität und persönlichem Ausdruck überbordende Wohnoase, aber bei Steffi fühle ich mich wohl. Was hatte ich erwartet? Stapel mit Formularen in jedem Raum? Ein Bild des Bundespräsidenten im Wohnzimmer? Oder seine Top-Ten-Urteile als Wandschmuck?

Katharinas Vater ergreift das Wort: „Sind Sie auch oversexed und underfucked?"

Ich kriege Schnappatmung. Mit Mühe kann ich den Kaffeepott halten. Ist das ein kalkulierter Tabubruch? Einem elitären Habitus jedenfalls entspricht das nicht. Es scheint auf jeden Fall mehr zu sein als nur distanzloses Verhalten aus Gedankenlosigkeit.

Bevor ich einen roten Kopf bekomme, weiche ich aus: „Katharina und ich sind Freunde."

Ich finde die Wortwahl *Wir sind zusammen* oder *Wir sind Partner* ihrem Vater gegenüber unpassend.

„Junge, Freundschaft ist das Ergebnis gewachsener Nähe", belehrt mich Katharinas Vater, „das dauert. Damit etwas wachsen kann, muss man sich gegenseitig kümmern. Freundschaften sind mehr als Bekanntschaften, die man sich durch ein System kleiner Gefälligkeiten und gegenseitiger Verpflichtungen nutzbar machen kann. Eine tragfähige Beziehung fürs Leben, das bedeutet als allererstes dauerhafte sichtbare Zuneigung und gemeinsame Entscheidungen. Das braucht erst recht Zeit."

Ich erwidere: „Na ja, wie gesagt. Wir sind Freunde."

Ich fühle mich ertappt.

„Junge, ich bin nicht doof", sieht er mich an, „du wärst nicht hier, wenn Katharina keine besonderen Absichten hätte. Aber seid sensibel miteinander, Beziehungen brauchen Kontinuität. Die kann davor schützen, dass Meinungsverschiedenheiten als persönliche Ablehnungen gesehen und Bitten als Forderungen empfunden werden. Anhand der Reaktion auf ein Nein kann eine Bitte als Forderung leicht entlarvt werden. Wer ständig Forderungen wahrnimmt, meidet die Nähe des anderen. Eine wirkliche Bitte beinhaltet immer auch Mitgefühl. Das ist irgendwie allgemein abhanden gekommen. Ich merke immer wieder, dass ihr jungen Leute flexible innere Haltungen habt und Kontroversen scheut. Das ist schwierig für Partnerschaften. Ihr wollt nicht angreifbar sein und gleichzeitig gut dastehen. Ihr habt immer mehr Möglichkeiten zu kommunizieren, aber ihr kommuniziert nicht mehr. Wo ist euer Blick auf das Ganze?

Ihr solltet mehr miteinander diskutieren, aber ihr schaut Talk-Shows. Ihr solltet mehr miteinander spielen, aber ihr schaut Game-Shows. Ihr solltet eigene gestalterische Ideen für die Zukunft eurer Generation und vielleicht auch für die nächste entwickeln, aber auch hier schaut ihr lieber anderen dabei zu. Nicht dass die Klügeren solange nachgeben, bis die Dummen die Macht haben. Dann haben sich die Klügeren ihre Klugheit doch nur eingebildet."

„Den Brückenschlag verstehe ich jetzt nicht."
Bevor es politisch wird, muss ich mich irgendwie verdünnisieren.

„Ich meine ja nur", relativiert er, „eure Lebensläufe haben sicher nicht alle freiwillig diese vielen Brüche. Ich mag nur nicht mit ansehen, wenn ihr zu Kulissenschiebern werdet, ohne selbst etwas in eurem Leben anzuschieben.

Ihr merkt gar nicht, dass ihr in eurer Anstrengung, individuell zu sein, doch wieder uniform seid. Ihr schafft es nicht, euren Platz einzunehmen. Ihr glaubt, dass er überall sein könnte. Tatsächlich springt ihr wie eine Flipperkugel durch euer Leben und findet keinen Halt in der Gesellschaft. Zu viele Optionen - zu wenig Rückgrat!"

„Wieso sprechen Sie mich eigentlich immer im Plural an?", interveniere ich. „Ich tue, was ich kann."

„Ist gut. Hast ja Recht, Junge."

„Ich habe sogar noch mehr", kontere ich deutlich lauter, „ich habe nämlich auch manchmal die Schnauze voll von eurer Generation! Meint ihr eigentlich, wir sind so blöd, dass wir nicht gerafft haben, dass ihr Verklärer euren Wohlstand auf unsere Kosten lebt? Bei euch muss immer alles mehr werden. Mehr Geld. Mehr Erfolg. Mehr Haben. Wie weit in die Zukunft genau habt ihr denn gedacht, als ihr im Wissen um die Klimakatastrophe einfach weitergemacht habt? Eure Erinnerungen könnt ihr retuschieren, aber eure Vergangenheit bewältigt habt ihr nicht. Stattdessen werft ihr Nebelkerzen. Für wie blind haltet ihr uns denn? Seid ihr so borniert, dass ihr es nicht mehr nötig habt, euch mit einer anderen als eurer eigenen Meinung auseinandersetzen? Ihr wollt, dass wir zu euch aufschauen. Aber was ist, wenn unser Blick in die andere Richtung geht? Ihr wollt, dass wir aus eurem reichhaltigen Erfahrungsschatz lernen. Aber was ist, wenn eure Erfahrungen für uns wertlos sind? Euer Wertekanon ist ein anderer als unserer. Ihr könnt über unsere Work-Life-Balance lachen, aber erleben dürft ihr sie nicht mehr! Wir hätten euch gerne etwas beigebracht. Aber dafür seid ihr jetzt zu alt."

So habe ich mir das Kennenlernen von Katharinas Vater nicht vorgestellt. Einfach geduzt hatte ich ihn.

Ich erwarte seine Gegenrede, da fasst er mich am Arm und flüstert: „Junge, in dir steckt also doch Leben. Finde ich richtig gut. Ich dachte schon, ich sitze neben einer dieser Replikanten. Junge, komm! Wir gehen zu unseren Damen."

Ich antworte nicht, sondern schüttele nur meinen Kopf. Der dürfte, wenn er so aussieht, wie er sich anfühlt, glühend rot sein.

Ich will einen Gedanken fassen, finde aber gerade keinen.

Wir gehen ins Wohnzimmer, und Katharinas Mutter bittet uns zur Einkehr. Ihr Vater verschwindet im Haus. Als er außer Sichtweite ist, spüre ich eine Last von mir abfallen. Katharina, ihre Mutter und ich lassen uns bequem auf der beigen Couch nieder und sitzen vor Bienenstich und dampfendem Kaffee. Beige ist irgendwie keine richtige Farbe. Meinen Kaffeepott habe ich immer noch in der Hand. Ich hatte ihn während der Sitzung mit ihrem Vater zwar geleert, aber mich in diesem inszenierten Haushalt nicht getraut, ihn an einer Stelle abzustellen, die nicht offiziell hierfür deklariert wurde.

Während Katharinas Mutter die jüngsten Entwicklungen auf Informationsbasis des Dorftratsches vorträgt, werden von mir keine Wortbeiträge erwartet, und ich kann mir den vierten Bienenstich gönnen.

„Schick siehst du aus!", begrüßt Katharina schon fast jauchzend ihren plötzlich in einem anderen, helleren Anzug erscheinenden Vater.

Bei näherem Hinsehen fällt mir auf, dass es sich um einen beigen Ton handeln könnte. Wenn Katharinas Vater sich auf die Couch setzt, assimiliert er sich farblich in die Sitzgelegenheit.

Er erscheint ausgerechnet, als ich mir gerade das größte Stück in den Mund geschoben habe. Und natürlich setzt er sich direkt neben mich. In der Tat ist er fast nicht mehr wiederzuerkennen. Aber nur fast, denn er trägt wieder dieses Abzeichen mit einem Stadtwappen am Revers. Ein unzweifelhafter Hinweis. Vielleicht hat er schlicht dieses eine Abzeichen umgesteckt. Realistischer wird sein, dass ein größerer Fundus besteht.

Nach meinem detaillierten Bericht über die meiner Meinung nach planmäßig und einwandfrei verlaufene Anreise schließt sich die Frage an, die Katharinas Vater wohl schon die ganze Zeit auf der Seele brannte: „Sagen Sie, junger Mann, haben Sie gedient?"

„Nein, ich war Rettungssanitäter", konstatiere ich wahrheitsgemäß. „Wenn ich auf meine Tätigkeit im Rettungsdienst zurückblicke, so verstehe ich das als sehr nützliche Leistung."

Als hätte ich ein Machtwort gesprochen, lege ich mit großer Geste Kuchenteller und Gabel zurück auf den Tisch.

„Ich wollte Ihnen nicht zu nahe treten", höre ich überrascht, „Sie haben sicher Recht, Sven. Entschuldigen Sie, wenn ich Sie gekränkt habe. Ich respektiere Ihren Beitrag."

Was ist das für eine Familie?

„Nimm´s locker, Papa", mischt sich Katharina ein, „der Rheinländer an sich hat ein Problem mit Obrigkeiten. Das ist ein Stück rheinisches Kulturgut."

Katharina lacht. Ihr Vater schmunzelt. Ich will weg.

Nach der Kaffeetafel zeigen Katharinas Mutter und Katharina mir Fotoalben mit Familienerinnerungen. Ich fühle mich unsichtbar. Die beiden tauschen Anekdoten aus, die ich nicht verstehe und nicht einordnen kann. Ich zeige allerdings auch kein Engagement, dies zu ändern. Nach gefühlten Stunden schaut Katharinas Mutter auf ihre Uhr und teilt uns mit, dass es für sie an der Zeit wäre, das Abendessen zuzubereiten. Mit einem Kopfnicken, das mir signalisiert, ich könne sitzen bleiben, geht Katharina mit ihrer Mutter in die Küche. Ich bleibe auf der Couch und gebe vor, interessiert in den Alben zu blättern. Ansonsten würde ich nur herumsitzen und sinnfrei in die Luft starren. Ich fühle mich inzwischen auch schon ganz beige.

Nach einem opulenten Abendmahl mit fetter Ente und überraschend leichter Konversation in lockerer Atmosphäre bitte ich Katharina um eine kleine Stadtführung zum Ausklang.

„Da geht in Itzehoe an einem Freitag Abend doch bestimmt die Post ab", postuliere ich, als wir unsere Jacken anziehen.

„Itzehoe ist nicht Düsseldorf", holt mich Katharina auf den Boden der Tatsachen zurück, „lass uns doch nach Hamburg fahren!"

„Jetzt noch? Es ist schon 20.00 Uhr durch", habe ich die nordischen Entfernungen einfach nicht im Griff.

„Wenn du was losmachen willst, dann da!"

Sie greift sich die Schlüssel ihrer Mutter und ruft gen Küche: „Wir sind auf dem Kiez!"

Kaum sitzen wir im TT, sind wir bereits auf der Autobahn. Das ging fix.

„Du hättest mir ruhig sagen können, was dein Vater für ein Typ ist", werfe ich ihr vor.

„Warum? War doch nicht schlimm. Hätte ich dir das vorher gesagt, dann hätte ich dich womöglich nicht zu mir nach Hause bekommen."

„Da ist was dran."

„Und morgen besuchen wir ihn an seinem Ehrentag an seinem Arbeitsplatz."

„Das mache ich nicht! Ich geh doch nicht in die Höhle des Löwen!"

„Nein, nein. Du kommst gerade aus der Höhle des Löwen, morgen lernst du das Rudel kennen."

Sie lächelt und tritt spürbar fester auf das Gas. Katharina fährt in Hamburg ohne Navi quer durch die Stadt. Sie hat den Stadtplan im Kopf. Respekt.

„Siehst du, was auf dem Schild dort steht?", aktiviert Katharina meine Verkehrszeichenerkennung.

„Reeperbahn", lese ich brav ab.

Bis hierher haben wir nicht mal eine Stunde gebraucht. „Warst du früher häufig hier?", erkundige ich mich, „Hamburg ist sehr nah an Itzehoe."

Das Offensichtliche zu benennen, kommt mir gerade etwas platt vor. Wortlos nebeneinander sitzen erscheint mir als die schlechtere Alternative.

„Gelegentlich. Du brauchst halt immer einen, der fährt", benennt sie ein mir bekanntes Problem, „es ist sogar weiter als von Düsseldorf nach Köln."

„Das ist ja ein so was von unpassender Vergleich", protestiere ich. Wie sie ausgerechnet auf diesen Vergleich kommt, ist mir schleierhaft. Sie will mich wohl ärgern.

Katharina grinst mich an, und wir parken in einem Parkhaus, das ich ohne sie wohl nie mehr finden würde. Gut geparkt laufen wir los.

„Das ist ja wirklich die Reeperbahn", staune ich.

Wir bewegen uns auf dem ungewöhnlich breiten Bürgersteig in Richtung der Leuchtreklamen an den Hausfassaden, auf denen *Laufhaus* steht. Ich habe selbstverständlich durch diverse TV-Dokumentationen eine Vorstellung von dieser Gegend hier. Diesen Kiez aber vor Ort live und in Farbe erleben zu können, hat aber doch seinen ganz eigenen und besonderen Charme.

„Ich mache jetzt mit dir mal eine kleine Führung", überzeugt mich Katharina.

„Ich habe Durst", versuche ich, an Bier zu gelangen.

„Das ist gut", lacht sie zurück, „hier gibt es nämlich viel zu trinken."

„Gehen wir auch in so ein Laufhaus?"

„Weiß man´s?"

„Ich gehe mit dir überall hin."

Natürlich mache ich das. Ich habe ja auch gar keine andere Wahl. Ich bin Katharina ausgeliefert.

Mental fühle ich mich wie ein Supertouri. Im Geiste trage ich einen Stadtplan in der Linken, eine Cam in der Rechten, eine Kappe auf dem Kopf und einen Rucksack auf dem Rücken. Dabei bin ich mit keinem dieser Ausrüstungsgegenstände unterwegs, sondern mit einer bezaubernden Frau, die äußerst ortskundig ist. Oder trage ich vielleicht doch ausladende Shorts und weiße Socken? Im Geiste wahrscheinlich schon. Wichtig ist, dass man als Supertouri außerdem immer noch ein super unauffälliges Shirt trägt, das offensichtlich an einem anderen super wichtigen Ort gekauft wurde. Die vielen Lichter rings umher erinnern mich an meine Ambitionen für Berlin. Wenn ich es nach Dubai schaffe, dann wäre das wirklich der Hammer. In Dubai würde ich sogar mit sämtlichen Devotionalien des Supertourismus herumlaufen. Hauptsache, ich schaffe es dorthin. Ich habe das Gefühl, ich hüpfe neben Katharina anstatt zu gehen. Ich bin optisch völlig neutral unterwegs und sauge die Kiez-Atmosphäre auf. Düsseldorf hin oder her, Hamburg ist ein sensationeller Mikrokosmos.

„Da ist die berühmte Davidwache", deutet Katharina auf einen alten Backsteinbau, „die Polizisten, die hier arbeiten, sind etwas speziellerer Natur, sagt man."

„Wahrscheinlich noch eine Spur spezieller als in der Altstadtwache bei uns."

„Durchaus möglich."

Wir haben der Exekutiven gehuldigt und die Sicherheit geklärt. Ich möchte einen Schritt weiter gehen.

„Besuchen wir jetzt so ein Laufhaus?", wage ich einen Versuch.

Sie wird doch wohl nicht kneifen!

„Ich habe lange überlegt", druckst sie herum, „ja, so machen wir das."

„Was?"

„Siehst du dort rechts hinter der Davidwache die Bretterwand mit dem Durchgang in der Mitte?"

„Willst du auf eine Baustelle?"

„Guter Vergleich, aber danke nein. Ich finde, dass du das gesehen haben musst, wenn du auf dem Kiez warst."

Wir gehen weiter, und wenige Schritte später stehen wir vor der Bretterwand. Durch diese Wand wird eine Straße abgeriegelt. Die Wand ist so hoch und breit, dass man die Straße nicht einsehen kann. Aber es gibt einen Versatz in der Bretterwand, so dass man ohne eine Tür öffnen zu müssen, trotzdem problemlos die Straße betreten kann. Mitten auf der Wand steht auf einem Schild geschrieben: *Zutritt für Frauen und Kinder verboten.*

Ich sehe mich um, als wäre ich gerade dabei, ein schweres Verbrechen zu begehen. Bei diesen observierenden Blicken fallen mir erst jetzt die vielen jungen Damen auf, die einzelne Herren oder auch ganze Gruppen männlichen Geschlechts in Gespräche verwickeln. Dass sie mich nicht ansprechen, ist durch Katharinas Anwesenheit nicht verwunderlich, aber wieso sehe ich die erst jetzt?

Katharina stupst mich an und deutet auf ein Straßenschild: „Was steht da?"

„Herbertstraße", lese ich aufblickend ab.

Die berühmte Herbertstraße, und ich stehe direkt davor. Wahnsinn! Es gibt sie tatsächlich. Bisher sah ich diese Gegend nur auf dem Bildschirm. Wieso ist mir das überhaupt nicht in den Sinn gekommen?

Ungläubig frage ich: „Da wollen wir jetzt hin?"

„Nicht wir, nur du. Ich gehe außen herum. Sollst dieses Wochenende was erleben und nicht nur langweiliges Familienprogramm mitmachen. Viel Spaß!"

Ich bekomme einen schnellen Kuss auf die Wange und einen Klaps auf den Hintern.

„Aber nur gucken", mahnt sie und verschwindet.

Ich stehe ganz alleine vor der Bretterwand wie ein vor einem Supermarkt vergessener Hund. Warum macht sie das? Ist das lediglich Familienprogramm-Kompensations-Entertainment oder steckt ein Plan dahinter?

Ich kann da doch jetzt nicht einfach durchgehen. Ich will, aber ich kann nicht. Ich kann aber auch nicht außen herum ihr hintergehen. Das könnte ich zwar, will ich aber auch nicht. Ich gehe auf die andere Straßenseite und betrachte die Herren, die hinein und hinaus gehen. Das ist wie vor der Tür eines Zugwaggons. Irgendwelche Leute steigen aus und andere ein, aber keiner ist besonders auffällig. Dabei gilt die Herbertstraße doch als übler Pfuhl.

Ich warte auf Schreie, höre aber keine. Ich warte auf Schüsse, höre aber keine. Auch keine echte Verfolgungsjagd mit quietschenden Reifen und mindestens 10 Polizeiautos. Ich schlendere zurück in Richtung Reeperbahn.

Vielleicht klappt es besser mit Anlauf. Zurück auf der Meile steuere ich den ersten Kiosk an und kaufe mir zwei Dosen Bier. Pils. Egal. Ich trinke das rettende Elixier so zügig wie ein Baby mit aller Kraft an seinem Fläschchen saugt. Sehr gut. Das Gegengift konnte dem Patienten gerade noch rechtzeitig zugeführt werden. Er ist jetzt wieder stabil.

„Das schaffst du!", ermutige ich mich laut, damit ich das auch selbst wahrnehme, stelle die leeren Dosen an den Bordstein und gehe zurück zur Bretterwand.

Wie im Windschatten eines vor mir fahrenden Rennradfahrers bei der Tour de France husche ich hinter einem der Herren durch die Hölzer. Ich kann einfach nicht stehenbleiben. Ich überhole und gehe auf das Ende der Herbertstraße auf der anderen Seite zu, deutlich am gegenüberliegenden Bretterverschlag erkennbar. Die Straße ist nicht lang, doch der Weg ist weit.

„Hey, Kleiner, warum so eilig? Komm doch mal her", werde ich angesprochen.

Kurzer Blick im Gehen und wortlos weiter geradeaus. Will die mit mir schlafen? Ich nehme viele Schaufenster wahr, hinter denen Damen sitzen. Auf der Straße sind ausschließlich Männer. Das Verbotsschild am Eingang scheint Beachtung zu finden. Teilweise sind die Fenster geöffnet, und die Prostituierten sprechen mit den Männern, egal ob diese mitten auf der Straße sind so wie ich oder direkt vor ihren geöffneten Scheiben stehen. Einige Plätze in den Schaufenstern sind leer. Ich gehe davon aus, dass in diesen Fällen gerade ein Leistungsaustausch vollzogen wird.

Ich erreiche das andere Ende und husche erneut durch eine Bretterwand. Ich habe das Gefühl, als käme nun stark zeitverzögert das gerade Gesehene in meinem Hirn an. Ich harre aus, bis sich das Denken wieder auf der aktuellen Zeitachse befindet. Soeben habe ich nicht irgendwelche schäbigen und sichtbar drogenabhängigen Prostituierten gesehen, die sich aufgrund ihrer Unfähigkeit und Untauglichkeit, Teil der ordentlichen Gesellschaft zu sein, einem sittenwidrigen Gewerbe nachgehen. Nein, bei meinem Durchgang habe ich so viele hübsche Frauen gesehen, wie sie selbst Hollywood in Blockbustern in dieser Dichte nicht präsentiert. Mögen woanders Klein- und Großkaliber sein, hier sitzen die Granaten. Ich würde mit allen sofort mein Erbgut teilen. Ganz besonders mit der, die mich ansprach.

„So genau brauchtest du da aber auch nicht hinsehen", lacht mich Katharina an, als sie mich entdeckt. „Hattest du denn eine nette Unterhaltung?"

„Och, geht so", flunkere ich.

Sie weiß wohl genau, wie das Prozedere hinter dem vernagelten Holz regelmäßig abläuft.

Sie lacht: „Ich möchte zwar, dass du dich gut amüsierst, aber nicht zu gut."

„Keine Sorge, nur geredet."

Irgendwie nicht gelogen. Irgendwie aber auch nicht ganz die Wahrheit.

Das Angebot, in einer der in Rufweite gelegenen Kneipen mit dröhnender Livemusik auf ein oder zwei Bier einzukehren, lehne ich dankend ab. Wir einigen uns zur näheren Einkehrsuche auf Große Freiheit. Alleine durch die Aussicht auf ein Bierchen in einem Schlagerschuppen reduziert sich mein Puls erheblich.

Katharina will es genau wissen: „Waren die eigentlich hübsch?"

„Och, geht so", halte ich meine Begeisterung zurück.

Irgendwie ist das aber nicht nur nicht ganz die Wahrheit, sondern diesmal eine knallharte Lüge.

„Seltsam", sinniert sie, „die Jungs aus Itzehoe sagen immer, das wären die Hübschesten. Die würden die glatt aus den Fernstern weg heiraten, nur wegen der Gene."

Alles klar, ich bin aufgeflogen.

Im Schlagerschuppen unserer Wahl wandeln wir eine Treppe hinunter. Im dunklen Keller mit relativ hoher Decke setzen wir uns mittig in einem großen Raum an einen der durch Jahrzehnte in Gebrauch befindlichen und dadurch stark abgewetzten Tische. An den Wänden entlang sind einzelne Tische und Sitzgruppen in einsehbaren Séparées. Das dunkle Interieur unterstreicht die gruftige Atmosphäre. Der vermeintliche Altersdurchschnitt der anderen Anwesenden rundet dieses Bild ab.

Ein DJ beglückt die Gäste tatsächlich mit Schlagern. Mein Rundumblick bestätigt meine Vorurteile hinsichtlich der äußeren Merkmale touristischen Daseins.

Meiner Einschätzung nach handelt es sich bei den Gästen überwiegend um Busladungen aus der ganzen Republik. Ich freue mich auf ein entspanntes Bierchen. Das habe ich mir so etwas von verdient. Katharina bleibt abstinent und trinkt alkoholfrei.

Bei einem Bier bleibt es nicht. Katharina erzählt mir einen Schwank nach dem anderen. Wie sie auf dem Kiez Junggesellinnenabschiede gefeiert habe. Wie sie durchgemacht habe bis zum nächsten Morgen und dann auf dem Fischmarkt weitergefeiert habe. Welche Prominente sie hier schon gesehen und getroffen habe. Ich kann mir nur Bruchstücke merken. So redselig habe ich sie noch nie erlebt. Das muss an ihrer koffeinhaltigen Limonade liegen, an dem für sie sicheren Terrain oder an sonst was. Ich komme nicht umhin, anwesende Damen durch die nicht allzu weit entfernte Herbertstraße zu verdächtigen. Absurd, ich weiß. Vielleicht sollte auch ich die Getränkewahl überdenken.

„Willst du noch einen Absacker in einem Laden mit sich in Käfigen räkelnden Mädels?", kokettiert Katharina unvermittelt zwischen Episoden nächtlicher Exkursionen.

„Nee, ich habe doch dich!"

Lieber räkele ich mich gemeinsam mit Katharina. Mein Motor läuft schon auf Betriebstemperatur, einen zusätzlichen Turbo schaffe ich heute nicht. Ich will schließlich keinen Kolbenfresser riskieren.

Ich nehme ihre Hand, und wir wollen uns gerade küssen, als der ganze Saal zu *Auf der Reeperbahn nachts um halb eins* einstimmt. Wir singen mit. Katharina sehr textsicher, ich sehr textunsicher.

„Lass uns noch kuscheln", flüstert sie mir während der letzten Strophe der Seemannshymne mit heißem Atem direkt ins Ohr.

Eine Antwort erübrigt sich.

Wir zahlen rasch und machen uns auf verschlungenen Pfaden auf den Weg zurück zum Parkhaus. Ich trotte neben Katharina und versuche, die Strecke stolperfrei zu absolvieren. Vor den Laufhäusern wird von den Koberern fleißig die Werbetrommel gerührt, und ich muss mir erhebliche Neugier eingestehen.

Wir halten aber Kurs und Geschwindigkeit.

3 5

Im Parkhaus treibt uns der orange Parkscheinautomat in den Wahnsinn. Scheine nimmt er gar nicht an, Münzen fallen immer durch. Auch mein beherzter Tritt gegen diese Maschine kann das Problem nicht lösen. Warum sind diese Automaten eigentlich immer orange? Wurden die schon in den Siebzigern gebaut, die Menschheit war aber noch nicht bereit für diese überwältigende technische Innovation, und daher können sie erst jetzt zum Einsatz kommen? Es nützt nichts, wir machen uns auf den Weg zum Pförtner irgendwo am anderen Ende dieses schlecht beleuchteten Parkhauses mit Betoncharme. Offensichtlich sind wir nicht die einzigen Opfer der Technik, denn vor einem verwaisten Pförtnerhäuschen wartet bereits ein älterer Herr im Anzug.

„Warten Sie schon lange?", möchte ich von dem Mann mit Musicalprogramm in der Hand wissen.

„Bereits eine halbe Stunde", erwidert er genervt.

„Wir haben alle Hotlines probiert, aber alle führen in die Leere", berichte ich von unserem bisherigen Einsatz.

Auch wir entschließen uns für das Warten, immerhin haben wir schon die halbe Stunde gewonnen.

Nach vielen Minuten gähnender Langeweile wankt ein weiterer Mann zu unserer Gruppe. Der schätzungsweise Mittzwanziger hat einen unruhigen Blick, und von seinen zotteligen Haaren bis zu seinen ausgelatschten Turnschuhen ist er eine ungepflegte bis siffige Erscheinung. Er scheint allerdings nicht fähig zu sein, in seinem Zustand noch ein Auto lenken zu können. Er trägt eine Jeansjacke mit zahlreichen Aufnähern und macht einen ziemlich weggetretenen Eindruck.

Meiner Einschätzung nach hat er einen ganzen Cocktail chemischer Verbindungen im Blut. Einige möglicherweise ohne Umweg direkt dorthin.

„Hast du mal 'nen Euro?", fragt er den älteren Herren.

„Nein, junger Mann, tut mir leid", lautet seine sehr bestimmt vorgetragene Antwort.

„Aber du willst doch das Parkticket da in deiner Hand bezahlen, also hast du auch 'nen Euro."

Der Junkie wird hartnäckig.

Der ältere Herr bleibt beharrlich: „Hören Sie, Sie bekommen von mir kein Geld."

Der Junkie tippelt von einem Bein auf das andere wie ein Torwart vor dem Elfmeterschuss: „Du fährst hier dickes Auto, machst dir einen schönen Abend und wohnst sicher in einer riesigen Hütte. Dir geht es doch saugut, aber mir gibst du nicht mal einen einzigen Euro!"

Der ältere Herr gibt nicht nach: „Ich weiß, ich wiederhole mich. Aber Sie bekommen von mir kein Geld. Sie haben eine erhebliche Alkoholfahne, und ich möchte so etwas nicht unterstützen."

Der Dialog ist ermüdend und wiederholt sich hierzulande jeden Tag wohl tausendfach.

Plötzlich greift der Junkie in seine Jacke, zieht ein Besteckmesser und sticht damit dem Herrn in Richtung Schritt. Er zieht das Messer wieder zurück und raunt dem sofort stöhnend zusammensackenden Mann mit steinernem Gesicht zu: „Sollst auch mal einen Scheißtag haben!"

Er hält das blutverschmierte Messer weiter in Stichrichtung, ohne dass er irgendein Anzeichen von Stress, Nervosität oder sonst was zeigt.

Ich bin regungslos. Ich stehe und sehe. Mehr geht nicht. Katharina krallt ihre Hand fest in meine. Der hat wirklich zugestochen. Ging das schnell! Wir sind beide starr vor Schreck. Unglaublich!

Der Junkie dreht sich um und geht Richtung Reeper-bahn. Als hätte er uns nicht gesehen. Wer weiß, vielleicht war er in seinem Tunnel und hat uns wirklich nicht wahr-genommen. Nach wenigen Schritten fängt er an zu rennen. Er ist nicht mehr zu sehen.

„Was war das denn?", frage ich mich, Katherina und die Betonpfeiler.

Katharina lässt meine Hand los und beugt sich zum Opfer: „Können Sie mich hören?"

Ich kann es nicht fassen. Ist das gerade wirklich passiert?

Dann wendet sich Katharina an mich: „Du bist doch Rettungssanitäter. Ich rufe Polizei und Krankenwagen. Los, hilf ihm!"

Das war der Startknopf für den Retter in mir. Während Katharina aufsteht und ihr Handy sucht, versuche ich zu verstehen, was passiert ist. Ich knie mich zu dem Herrn hinunter. Er schreit nicht, aber er stöhnt. Er liegt ver-krümmt auf seiner linken Seite und hält mit beiden Hän-den den rechten Oberschenkel fest. Seine beiden Hände sind nass vor Blut. Die Hose ist von Blut getränkt. Unter dem Bein sehe ich eine Lache Blut auf dem Beton. Der Fleck wird größer. Alles rot.

Blut hat einen eigentümlichen Geruch. Nicht gut, nicht schlecht, nicht ekelhaft, nicht unangenehm. Es riecht irgendwie endgültig. Mit einem metallischen Bukett.

Ich war zwar mal als Rettungssanitäter aktiv, aber das Wort ist größer als meine Taten. Meine Einsätze beschränk-ten sich im Wesentlichen auf Präsenz bei Volksläufen, Fußballturnieren und Schützenfesten. Hin und wieder gab es ein paar kleinere Wehwehchen zu versorgen, aber nie etwas Ernstes.

Gedanken schießen mir durch den Kopf. Ich habe so etwas x-mal trainiert, an Puppen und an simulierenden Kollegen. Ich muss es können! Ich höre Katharinas Stimme im Hintergrund. Das Stöhnen hört auf, seine Arme werden schlaf. Auch das noch! Auf ein Hallo reagiert er nicht mehr. Der ältere Herr ist bewusstlos.

Ich nehme mit meinen Händen seine Arme. Ich hebe Sie kurz an, um überhaupt erkennen zu können, was verletzt ist. Dann lege ich seine Arme zur Seite und zerreiße mit roher Muskelkraft seine Hose. Das war leichter als gedacht. Ich sehe, wie pulsierend Blut aus seinem Oberschenkel austritt, keine Fontäne, aber deutliche Mengen. Hier hat es ihn erwischt. So wie es aussieht, hat das Messer eine Ader getroffen. Ich richte mich kurz auf, ziehe meinen Gürtel ab, schiebe ihn unter sein Bein und binde es oberhalb der Verletzung ab. Der Blutfluss versiegt. Ich lege ihn lehrbuchmäßig in die stabile Seitenlage. Dazu braucht es nur wenige Handgriffe. Ich fühle schwachen Puls, aber ich spüre ihn. Das erleichtert mich.

Mir fällt auf, dass meine Hände blutverschmiert sind. Ich ärgere mich in diesem Moment, denn ich habe die oberste Regel missachtet, den Selbstschutz. Aber wie hätte ich mich denn schützen können? Zurück zum Auto laufen, um die Handschuhe aus dem Verbandskasten zu holen oder ein näher geparktes Auto aufbrechen? Würde ich noch einen Puls spüren, wenn ich diese Sekunden hätte tatenlos verstreichen lassen? Auf dieses Dilemma habe ich keine Antwort und weder Zeit noch Lust, weiter darüber nachzudenken. Ich muss mich setzen.

Katharina ging zur Einfahrt, das rief sie mir noch zu. Ich sitze neben einer Menge Blut und dem Opfer. Ich halte seinen Arm und spüre noch immer Puls. Endlich höre ich Sirenen. Nur Sekunden später kommen Rettungssanitäter auf mich zugerannt, hoffentlich bessere als ich.

Die beiden jungen Männer, schätzungsweise Anfang 20, fokussieren den älteren Herrn.

Ohne jedes weitere Wort deute ich auf die Wunde, stehe auf und gehe zur Seite: „Da."

Jetzt erkenne ich auch zwei Polizisten. Ich schätze sie ebenfalls sehr jung. Die beiden wirken sehr trainiert und schauen noch fokussierter. Sämtliche Blaulichter werden vom Beton reflektiert, und so scheinen mehr Einsatzfahrzeuge vor Ort zu sein als tatsächlich da sind. Bei diesem Geblinke kann ich kaum noch etwas erkennen.

Völlig überraschend kommt der Pförtner.

Die Exekutive möchte sogleich wissen: „Haben Sie hier Videoüberwachung?"

„Ja, müsste alles auf Band sein", bestätigt der Pförtner.

Oha, damit wurde dann auch mein Rettungsdilettantismus aufgezeichnet.

Der ältere Herr wird auf einer fahrbaren Trage zum Rettungswagen gebracht. Katharina und ich umarmen uns mit von mir ausgestreckten Armen.

Sie zittert und flüstert leise: „Das tut mir leid, warum habe ich dich nur hierher geschleppt?"

„Das ist nicht deine Schuld. Lass uns einfach nach Hause fahren", wünsche ich mir.

Die Szenerie wirkt wie im Film. Die Tat ist zwar auf Band, aber wir werden dennoch von einem Polizisten gebeten, die Ereignisse kurz aus unserer Sicht zu schildern. Wir hinterlassen unsere Personalien und geben an, wo und wie wir erreichbar sind. Man käme in den nächsten Tagen sicher ein weiteres Mal auf uns zu. Heute Abend aber könnten wir nach Hause.

Wir bezahlen das Parkticket direkt beim Pförtner. Ich darf mir in seinem Büro meine Hände waschen. Das mache ich sehr intensiv. Endlich sind wir im Auto. Ich fühle mich stocknüchtern. Noch vor der Ausfahrt schlafe ich ein.

Heute hat Katharinas Vater Geburtstag, und heute soll Katharinas und meine musikalische Einlage auf der Feier ein überraschender und grandioser Beitrag werden. Katharina und ich begeben uns zum Frühstückstisch, ihr Vater wartet bereits auf uns. Unsere Gratulationen zum heutigen Ehrentag von Katharinas Vater haben den Charme eines formellen Verwaltungsaktes.

Beim gemeinsamen Frühstück erzählt Katharina ihrem Vater die Ereignisse der Nacht in Hamburg. Sie beschränkt sich dabei auf das Parkhaus. Ihr Vater will alles ganz genau wissen, das ist schon fast peinlich. Er hakt bis in die kleinsten Details nach und ermahnt schlussendlich seine Tochter, dass Ausflüge nach Hamburg einfach nicht das Richtige für sie seien. Das wären sie nie gewesen.

Katharinas Vater verabschiedet sich. Er habe noch einen straff organisatorischen Zeitplan bis zum Nachmittag zu absolvieren, damit heute Abend wie geplant gefeiert werden könne. Obwohl heute die große Party stattfinden soll und neben mir vor allem seine Tochter unversehrt geblieben ist, verlässt er das Haus mit Blick auf den Boden, als hätten wir ihm die Todesnachricht eines nahen Verwandten überbracht.

Den Besuch an seinem Arbeitsplatz schenken wir uns. Es sind zu viele Bilder im Kopf, die noch sortiert werden wollen. Ich war in der Nacht immer wieder aufgeschreckt und fühle mich völlig gerädert. Katharina und ihre Mutter beschäftigen sich bis zum Abend mit Vorbereitungen. Ich hingegen lenke mich mit sinnfreien TV-Sendungen ab. Auf so einem großen Gerät habe ich lange nichts mehr gesehen.

Am Abend fahren wir in die gemieteten Räumlichkeiten eines nahegelegenen Schlosses. Das erklärt auch die langen Kleider von Katharina und ihrer Mutter. Die Farben sind nicht ganz identisch, ich tippe auf helles und dunkles königsblau. Als trügen sie immer solche Kleider. Da die Kleider einen Schlitz haben, genieße ich die Momente, wenn Katharinas glänzenden Beine für einen Augenblick zum Vorschein kommen. Wirklich Prinzessin.

Wie konnte ich nur auf die Idee kommen, dass wir in einem Restaurant feiern würden. Bei unserer Ankunft im Foyer tragen sämtliche Männer helle Anzüge, sämtliche Damen tragen lange Kleider. Ich bin der einzige in Jeans und Hemd. Danke, liebe Katharina, für deinen Hinweis zum Dresscode. Ich fühle mich deplatziert. Ich hätte mir noch etwas Passendes leihen können. Bereits eingetroffene Gäste stehen, Stehtische gibt es allerdings nicht.

Katharinas Mutter stellt mich als den Partner ihrer Tochter jedem einzelnen vor, paarweise und stets begrüßen sich die Damen zuerst. Wir enden im Halbkreis und erhalten unmittelbar nach dem vollständigen Durchlauf der Begrüßung einen Aperitif. Niemand nimmt auch nur einen Schluck.

Ich finde es sehr sympathisch, als Partner bezeichnet zu werden. Ich glaube, die Reihenfolge mit steigender Wertschätzung lautet Bekannter, Freund, Partner oder Lebensgefährte, Verlobter und Ehemann. Wobei das Wort Gefährte mich eher an Mantel- und Degen-Filme in Wäldern erinnert als an eine Liebesbeziehung. Und mit über 30 ist *Freund* dann wohl doch eher ein begriffliches Relikt aus Teenie-Zeiten. Partner gefällt mir.

Es kommen noch weitere Gäste, die dasselbe Prozedere in Begleitung von Katharinas Mutter durchlaufen. Die Vorstellungsrunde war also nicht exklusiv. Viele kennen sich und herzen sich.

Mir fällt auf, dass alle nahezu auf die Minute pünktlich sind. Keiner kommt zu spät. Ich schätze, dass hier so um die 200 Gäste sind. Das finde ich beachtlich.

Ich habe mir vorgenommen, den idealen Gast zu geben. Ich werde mich an Gesprächen angeregt beteiligen, andere niemals zu lange in Gespräche verwickeln und mich nicht zu spät verabschieden.

Wir gehen in eine Art Vorraum des Speisesaals. Es riecht stark nach Bohnerwachs. Das dunkle, scheinbar antike Mobiliar wirkt insgesamt altehrwürdig. Möglicherweise wird gerade diese Szenerie als würdiger Rahmen für den Herrn Vater empfunden. So viel alte Ehre und Würde erweckt bei mir den Anschein, mich zu erdrücken. Mir wird es oft zu eng in großen Räumen.

Seit Katharina, ihre Mutter und ich durch das Schlosstor gefahren sind, werden wir durch das Personal sorgfältig beäugt. Ich fühle die aus allen Richtungen auf mich gerichteten Blicke. Mir scheint, als habe dies eine lähmende Wirkung auf mich.

Schwungvoll tritt ein weiterer Herr nebst Katharinas Mutter zur Gesellschaft. Aha, Katharinas Vater kommt also zum Schluss. Eine Vorstellungsrunde braucht er als einziger allerdings nicht, obwohl ihm vereinzelt begleitende Damen oder Herren von der jeweils anderen Hälfte vorgestellt werden. Katharinas Mutter gibt ihrem Mann einen Zettel. Es schallt das Schlagen eines Besteckgegenstandes gegen ein Glas. Die Stimmen verstummen.

Der Schlossherr auf Zeit begrüßt seine Gäste:

„Liebe Familie, liebe Freunde,

es ist mir ein Pläsier und eine Honneur, euch heute zu diesem meinem ganz persönlichen Anlass begrüßen zu dürfen. Ich hoffe, ihr hattet alle eine angenehme Anreise. Das Entree hat mich überzeugt, und unser kleines Defilee verspricht einen unterhaltsamen und anregenden Abend.

Zwar bin ich heute der Jubilar, dennoch möchte ich nicht über meine Vergangenheit reüssieren, sondern vielmehr in die Zukunft blicken. Keine Sorge, Katharina, ich werde mich nicht desavouierend äußern."

Zurückhaltendes Schmunzeln der Gesellschaft.

Der Redner konzentriert seinen Blick auf Katharina: „Nach alter Väter Sitte habe ich alles, was ich weiß, an dich, meine liebste Tochter, weitergegeben. All die Weisheiten, die mir selbst dereinst vermittelt wurden und meine eigenen Nuancen dazu. Dabei habe ich stets gehofft, das Richtige lanciert zu haben. Nun, den einen oder anderen Fauxpas muss ich mir aber wohl dennoch zurechnen. Vor allem deine Staffage, liebe Katharina, war ein Wechselbad zwischen Noblesse und Tristesse."

Die Gäste lachen. Katharina errötet. Ich verstehe nichts.

Ich sehe sie fragend an, und in der vermeintlichen Pause, in der sich die anderen wieder beruhigen, flüstert sie mir zu: „Er spricht von meinen Ex-Freunden. Da hatten sich nun mal nicht alle Frösche in Prinzen verwandelt."

Was ist das denn für ein seltsamer Film hier!

Ihr Vater holt Luft und spricht wieder zu seinem Hofstaat: „Ja, Avancen, die gab es. Und es war weit mehr als nur ein Act de Présance oder ein Tête-à-Tête. Katharina war gut für manchen Affront. Doch behielt sie stets Contenance. Das hat sie von ihrer Mutter. Natürlich wollen beide partout nicht, dass ich dies erwähne. Daher geschieht dies auch nur en passant. Apropos, meine Katharina hat ganz nonchalant, mit viel Courage und mit kesser Attitüde ihren beruflichen Erfolge forciert. Sie hat in ihren jungen Jahren bereits Renommee und Prestige. Und nun sitzt sie hier mit ihrem Helden an ihrer Seite. Falls ihr es noch nicht wisst, der Mann, der gestern Abend den in Hamburg attackierten Eigner und Namensgeber der Reederei Hossens das Leben gerettet hat, das ist ihr Sven. Der Fall stand heute Morgen in allen Feuilletons."

Das habe ich verstanden. Den Namen höre ich zum ersten Mal. Warum hat er heute bisher nichts erwähnt? Das wusste er doch bestimmt schon länger.

Das plötzlich einsetzende Klatschen hingegen überrascht mich. Der ältere Mann im Parkhaus, dieser Herr Hossens, muss ein wichtiger Mann sein. Ich weiß gar nicht, wohin ich sehen soll. Allerdings merke ich, wie mein Gesicht an Temperatur gewinnt. Katharinas Vater strahlt und applaudiert mir. Heute Morgen war von seiner Begeisterung indes nichts zu spüren.

Endlich holt er wieder Luft und richtet sein Wort erneut an das Gefolge:

„Liebe Gäste, war es nicht schon seit jeher so, dass ab einem gewissen und gewiss unterschiedlichen Punkt die Alten die Jungen nicht mehr verstanden haben? Wir gehen alsbald aus der Takelage, und die nächste Generation übernimmt das Ruder. Ein letztes Mal noch die Segel reffen, ein letztes Mal noch die Winsch drehen und ein letztes Mal noch unter vollen Segeln fahren. Die See spüren. Das Wasser. Die Luft. Die Weite. Und wer nicht denn wir wissen, dass man zwar am schnellsten ist, wenn der Wind von schräg achtern weht, man aber auch bei Wind von vorne sehr gut vorankommt? Mögen es die Jungen gut machen und immer eine Handbreit Wasser unter dem Kiel haben. Darauf möchte ich heute mit euch anstoßen."

Er erhebt sein Glas, prostet der Gesellschaft zu und sodann werden allseits die inzwischen handwarmen Gläser rasch geleert.

Wir hören weiter: „Liebe Damen des Hauses, bitte seien Sie so freundlich und servieren uns den Aperitif. Meine Herren, so wie es Usance ist, möchten wir bitte den Digestif zu gegebener Zeit gemeinsam im Salon genießen. Dann können die Damen ungestört schwatzen."

Allgemeines Gelächter. Auch ich. Alle reden durcheinander, der offizielle Teil scheint vorüber. Diese Ansprache hat überrascht. Das war mal etwas anderes.

Wir schreiten zu den Tischen.

Ich gehe hinter Katharina zu dem Tisch mit dem größten Blumenarrangement und beabsichtige gerade, einen Stuhl zurückzuziehen, da zischt Katharina mir zu: „Erst nach meinem Vater!"

Nach einigen Augenblicken stehen sämtliche Gäste vor ihren Plätzen, aber keiner setzt sich. Auf was warten wir? Plötzlich zieht Katharinas Vater seinen Stuhl zurück. Dies animiert sogleich alle anderen Platz zu nehmen.

„Darf ich auch erst dann meine Gabel in den Mund schieben, wenn dein Vater das macht?", flüstere ich.

„Fast", klärt sie mich auf, „die Person am Kopfplatz eines jeden Tisches wird zuerst bedient oder nimmt sich zuerst. Dann ist die weitere Reihenfolge im Uhrzeigersinn reihum. Bei uns ist Papa der Erste."

„Und wenn der mal keinen Hunger hat oder grundsätzlich keinen Nachtisch mag, was dann?"

„Dann sagt er das. Das ist aber noch nie vorgekommen. Essen hat bei ihm eine besondere gesellschaftliche Komponente."

„Da wäre ich ja nie drauf gekommen", sage ich ironisch.

„Er will es jedem recht machen. Aber Einschränkungen in der Auswahl des Essens bringen seiner Meinung nach auch Einschränkungen in der Geselligkeit mit sich. Mein Leben ohne Fleischverzehr hat er nur langsam akzeptiert.

Ich denke aber, dass dieses Ernährungsmodell inzwischen gesellschaftlich unproblematisch ist. Eine Beilage mit pflanzlichen Eiweiß mehr und es passt. So schwer ist das ja nicht. Und sollte sich zum Beispiel mal ein Speckwürfel irgendwo einschleichen, dann lege ich den eben zur Seite. Es soll schließlich keine Bürde sein, mich als Gast einzuladen. Wenn ich mich ausschließlich unter Vegetariern aufhalten würde, dann wäre mein Umfeld aber stark eingeschränkt."

„Dass du Vegetarierin bist, habe ich noch gar nicht mitbekommen."

„Ich mache es einfach, aber ich bin keine Missionarin."

„Und zwischendurch isst du dann doch Fleisch?"

„Ich mache Kompromisse."

„Bedeuten Kompromisse nicht stets, dass im Ergebnis alle Seiten gleich unzufrieden sind?"

„Wie auch immer", winkt sie ab, „mein Vater will eben ein guter Gastgeber sein. Dazu immer Alkohol in harmonischer Menge, wie er sagt. Ja ja, manchmal schwierig, ich weiß."

Vielleicht isst und trinkt der aber auch einfach nur gerne. Es wird Braten serviert. Erwartungsgemäß lehnt Katharina das Fleisch ab. Mir schmeckt der Braten köstlich. Dieses Stochern von Katharina mit der Gabel auf der ständigen Suche nach Aussortierbarem macht mich ganz unruhig. Wenn es das Dessert erst gibt, nachdem alle mit dem Hauptgang fertig sind, dann wird das mit Blick auf Katharinas selektive Zusammenstellungen auf ihrer Gabel an unserem Tisch ein langer Abend.

Die beiden anderen Paare an unserem Tisch unterhalten sich lediglich untereinander. Die Namen aus der Vorstellungsrunde habe ich wieder vergessen. Da fällt mir ein, dass hier wohl die meisten Anwesenden Teil des Rudels von Katharinas Vater sind.

Die Reden beginnen. Es startet ein sich als Ratsmitglied outender Mann der Alterskohorte von Katharinas Vater. Es folgen weitere. Na klar, die Willkommensrede für den Klub der alten Säcke findet sich ebenso darunter wie die Ansprache zum Beginn der zweiten Lebenshälfte.

Ich rechne lieber nicht nach, die Ausführungen scheinen schmeichelhaft. Unterdessen schafft auch Katharina, ihre Nahrungsaufnahme abzuschließen. Die Damen des Hauses dürfen abräumen.

Es kommt Bewegung in den Saal, und Instrumente werden durch den Raum getragen. Der Ankündigung nach folgt ein Auftritt von Musikern, die just unter dem Jubilar ihre Ausbildung absolvierten. Eine Überraschung.

„Das sind tolle Musiker", klärt mich Katharina auf.

Einer spielt Klavier. Dann sind da noch ein Cello, drei Geigen und ein Trommler. Sie spielen Klassik. Ohne Gesang. Zwei Lieder identifiziere ich erfolgreich als Walzer. Während Katharina den Tanzaufforderungen mehrerer ihr bereits bekannter Herren nachkommt, verschaffe ich mir einen Überblick über die Gesellschaft.

Nach einer guten halben Stunde wird das letzte Lied angekündigt. Katharina tanzt mit ihrem Vater. Unter lautem Beifall wird die Klassik-Combo verabschiedet.

Ich sitze mit beiden Händen in der Tasche, beide Beine von mir gestreckt auf meinem Stuhl.

Mein Zuschauerdasein hat etwas Entspannendes.

Der Ratsherr ergreift das Wort: „Liebe Gäste, bevor wir nun musikalische Genüsse aus der Konserve zu hören bekommen, hat mir die Gattin unseres Jubilars mitgeteilt, dass die Tochter des Hauses gemeinsam mit ihrem Lebensgefährten das Lied vorführen wird, zu dem unser Gastgeber seine wundervolle Gattin erstmalig küssen durfte."

Applaus. Wieso Applaus? Katharinas Mutter steht in der Tür mit meiner Gitarre in der Hand, und Katharina selbst lächelt mich an, als würden wir nach einer zweijährigen Welttournee eben mal einen Song mühelos aus dem Ärmel schütteln.

Das Einzige, was sich zurzeit schüttelt, ist mein Magen. Und überhaupt, den Lebensgefährten nehme ich dem Moderator übel. Ich zucke zusammen, als ich feststelle, dass ich in allzu entspannter Haltung dem abendlichen Verlauf beiwohne.

Katharina rückt sich einen Hocker zurecht, ich übernehme die Gitarre und stelle mich neben sie. Wir sind für alle gut sichtbar. Leider.

Wie fühlt sich eigentlich eine Panikattacke an? Ist es dafür ausreichend, wenn das Herz rast, als wolle es davonlaufen und auch Schweiß austritt, als müsse der hochdrehende Motor mit allen Kräften gekühlt werden? Wo sind meine Noten? Habe ich schon zu viele Bierchen intus?

Da stehen vor uns also so um die 100 Gäste. Soeben lieferten richtige Musiker einen fehlerfreien Auftritt ab und wurden gefeiert. Die haben raumfüllende Musik gespielt, keine einzelne Gitarre. Das war musikalische Spitzenleistung und nicht nur schnarrende Akkorde.

Ich höre am Knistern, dass wir elektrisch verstärkt und eingestöpselt werden. Katharina hält das Mikrofon wie ein routinierter Profi. Es nützt nichts, entweder ich zerfalle sofort zu Staub oder ich fange an. Das mit Staub klappt nicht, also spiele ich den ersten Akkord. Dabei fühle ich mich wie ein Comedian, der seine Gags einem emotionslosen Publikum in einer fremden Sprache vorträgt.

Die ersten Akkorde erklingen ohne nennenswerte Nebengeräusche, obwohl ich weiß, dass die verwöhnten Ohren im Saal jeden noch so kleinen Fehler wahrnehmen werden. Katharina fängt an zu singen. Das macht sie sehr gut. Mir wird warm. Aber nicht, weil das Musizieren so anstrengend ist. Und auch nicht, weil die Temperatur im Raum gestiegen ist. Nach der ersten Textzeile stimmen alle mit ein. Ich bin zu konzentriert, um aufzublicken, aber ich glaube, es sind auch Frauen, die ihre Stimmen beitragen.

Die Gitarre spielt sich plötzlich wie von Geisterhand. Da es mein Geist ist, natürlich mit kleinen Minischnarrern. Ich habe den Eindruck, dass der Saal größer wird. Ich kann plötzlich viel besser atmen. Als das Lied beendet ist, singen alle den Refrain nochmal ohne meine Begleitung. Es stehen alle. dann setzt tosender Applaus ein. Ich kann es nicht fassen. Das war gut. Das war richtig gut. Und es ging total schnell vorbei. Tagelanges Training für diese kurze Sequenz.

Katharina hat gewusst, was sie tut, von Anfang an. Ihr Vater strahlt, und beide fallen sich in die Arme. Es sind die ersten ruhigeren Klänge aus Richtung DJ zu hören. Ich bin immer noch ungläubig.

„Vielen Dank für Ihre Darbietung", lobt mich ein Mann, schätzungsweise Mitte 30. „Ihr Einsatz gestern Nacht in Hamburg hat uns alle sehr beeindruckt. Hierfür ziehe ich meinen Hut vor Ihnen. Wie fühlen Sie sich in dieser norddeutschen Umgebung?"

„Inzwischen wohler als am Anfang", gebe ich erleichtert zurück.

Ich bin neugierig: „Was mich wirklich befremdet, sind die Abläufe hier. Begrüßung, Essen, es scheint alles so festgelegt. Ist das nicht anstrengend auf Dauer?"

Nach ein paar endlosen Sekunden antwortet er: „Sehen Sie, für Sie wirkt das befremdlich, anstrengend und vielleicht auch albern. Uns hingegen geben alle diese Regeln Sicherheit und das Gefühl, die Dinge richtig zu machen. Nach alter Väter Sitte eben. Betrachten Sie es doch einfach als Gepflogenheit, so wie Zimmerer seit Generationen den immer gleichen Richtspruch zum Richtfest aufsagen. Die leben ebenfalls eine lange Historie."

So habe ich das bisher nicht gesehen. Er zwinkert mich an, als nehme er das alles selbst auch nicht allzu ernst. Letztlich ist Richter auch nur ein Beruf. Nicht weniger, aber auch nicht mehr, auch wenn er noch so leidenschaftlich ausgeübt wird. Mein Feindbild bröckelt mächtig.

Ich ernte noch zahlreiches Schulterklopfen und Komplimente von Menschen, die ich noch nie gesehen habe und wohl auch nie wieder sehen werde. Ob sie dies aus Gefälligkeit oder Ehrlichkeit machen, ist mir nicht so wichtig. Es fühlt sich gut an, so oder so.

Ich möchte von Katharina wissen: „Ich habe viele Kollegen von deinem Vater kennengelernt. Wo sind denn seine Freunde?"

„Bevor meine Eltern in ihren Heimatort zurückgekehrt sind, waren sie häufig umgezogen. Da blieb keine Zeit, viele Freundschaften aufzubauen oder zu erhalten. Zu ein paar lieben Menschen hat er Kontakt gehalten, aber natürlich kannst du sie nicht unterscheiden."

Auf einmal tut mir Katharinas Papa irgendwie ein bisschen leid.

3 8

Ich sitze wieder an meinem Platz und schaue dem bunten Treiben zu. Katharina unterhält sich mit vielen der zahlreichen Gäste mal mehr und mal weniger angeregt, aber immer mit weitem Augenaufschlag und noch weiteren Armbewegungen. Ihr Gesicht hat eine gesunde rosa Farbe. Hin und wieder blickt sie zu mir herüber. Manchmal gibt sie mir aus der Ferne einen Luftkuss. Dazu küsst sie ihre Handinnenfläche und pustet anschließend in meine Richtung, als wolle sie einem Schmetterling Starthilfe geben. Damit der Schmetterling direkt zu mir fliegt. Mitten ins Herz. Ich hebe dann meine Hand, fange den imaginären Kuss und drücke ihn mit meiner Handinnenfläche auf meine Wange. Es folgt der gleiche Ablauf in die andere Richtung. Das geht bestimmt 20 mal. Ich bin viel zu geschafft, um mit anderen Gästen Konversation zu betreiben. Der Abend in Hamburg, der Abend hier, die Rede, der Auftritt. Ich lasse die letzten Stunden und Tage im Geiste nochmal Revue passieren.

Inmitten der Tanzenden erklingt wieder Besteck gegen Glas. Die Musik verstummt. Alles klar, noch eine Rede. Katharinas Vater war offensichtlich doch noch nicht fertig. Lass hören! Er steht mit einem Sherry-Glas in der Rechten und einem Dessertlöffel in der Linken und blickt um sich. Die Gesellschaft versammelt sich nun vor ihm. Um nicht unhöflich zu erscheinen und weil mich natürlich interessiert, was jetzt noch kommt, stehe ich auf und geselle mich dazu.

„Liebe Freunde, liebe Kollegen", eröffnet er, „mit dem, was ich jetzt noch zu sagen habe, wollte ich ursprünglich bis morgen früh warten. Ich will aber nicht mehr warten.

Eigentlich will ich überhaupt nicht mehr warten. Und deshalb mache ich es jetzt!"

Der Spannungsbogen ist kurz vor dem Zerbersten.

„Vorhin habe ich darüber gesprochen, in Kürze aus der Takelage zu gehen. Und genau das möchte ich jetzt tun."

Er schaut suchend umher: „Katharina, kommst du bitte?"

„Na klar, Papa!", ruft sie in so kindlich hohem Ton, dass alle Gäste spontan schmunzeln.

„Liebe Katharina, wie du weißt, hat jeder Mann seine Dämonen, mit denen er ringt."

Vater und Tochter stehen sich gegenüber, beide mit großen Augen. Katharina scheint wie wir anderen zu rätseln.

Ihr Vater holt tief Luft: „Mein größter Dämon ist das Segeln. Ich kann diesen Dämon nicht bezwingen, aber ich denke, ich konnte ihn im Laufe der Zeit etwas zähmen. Und doch war ich zu viel Zeit auf Booten und nicht für dich da, wie ich es als Vater hätte sein sollen. Ganz besonders, als du klein warst."

Seine Augen fangen an zu glänzen.

Ihre auch. „Papa, was hast du vor? Die Zeit mit dir war immer toll!"

„Ich dachte, deine Kindheit würde ewig dauern. Und dann war sie vorbei."

„Alles gut, Papa. Alles gut. Wir hatten auf deinen Booten super schöne Stunden."

„Danke. Aber ich erinnere mich auch, dass du im Sommer viel lieber mit Freunden nach Mallorca, in die Türkei oder nach Thailand geflogen wärst, als mit deinem Vater jede Ferien zu schippern. Das hast du mir damals mehr als deutlich gesagt."

„Ja, ich wollte aber auch einen Elefanten in der Garage und 10 Pferde in meinem Kinderzimmer."

Das bedächtige Kichern der Anwesenden verrät mir, wie normal das ist.

„Ach Papa, ich liebe doch auch das Segeln."

Ihr Vater fährt unbeirrt fort: „Mein letztes Boot, die Kati, ist vor zwei Jahren vom Stapel gelaufen. Wir haben auf ihr schon mal ganz kurz einen Kaffee zusammen getrunken. Erinnerst du dich?"

„Ja, sicher. Hand gegen Koje."

„Die Kati heißt Kati, weil ich versucht habe, beim Bau alle deine Wünsche zu verwirklichen."

„Ich hatte Wünsche?"

„Nicht direkt. Aber all das, was dich an den anderen Booten immer gestört hat, habe ich versucht zu verbessern. Der Wassertank ist größer als üblich, damit du ausgiebig duschen kannst. Und natürlich ist die Dusche ausschließlich über die Eignerkabine zugänglich. Die Pantry hat eine solarbetriebene Mikrowelle, und deine Kabine hat noch ein Ankleidezimmer. Na gut, ein Ankleideräumchen. Auch an ein Gästezimmer mit einem eigenem etwas kleineren Bad habe ich gedacht. Damit du, falls Gäste an Bord sind, sie nicht anzusehen brauchst, bevor sie sich gesellschaftsfähig hergerichtet haben. Das gilt auch für deinen alten Vater. Und das sind nur einige Beispiele. Von Kleinigkeiten wie dem Festeinbau einer Teemaschine, einem Stehpult für dich und deinen Laptop sowie einem für Boote deutlich überdimensionierten 3D-Fernseher mit entsprechender Empfangsanlage möchte ich gar nicht erst sprechen. Der Einbau der automatischen Steuerung mit elektrischer Winsch hatte mich als Segler, der die Kraft von Wind und Wasser besonders intensiv spüren möchte, allerdings Überwindung gekostet. Der Bootsbauer ist schier an mir verzweifelt, aber es hat mir größte Freude bereitet."

„Warum hast du das gemacht, Papa?"

„Es ist deins!"

Er holt einen Umschlag heraus und gibt in ihr: „Es fehlt noch deine Unterschrift, dann können wir das Register ändern lassen. Die Liegegebühren und auch die Kosten für Reparaturen will ich übernehmen, solange ich lebe."

Sie blickt zu ihrer Mutter: „Wusstest du das?"

Ihre Mutter nickt zustimmend.

„Papa, warum tust du das?"

Jetzt kullert ihm tatsächlich eine Träne: „Ich bin immer irgendwelchen Dingen hinterhergerannt, die ich haben wollte. Und irgendwann hatte nicht ich die Sachen, sondern die Sachen hatten mich. All die vielen Dinge kosten abgesehen von Geld so unendlich viel Zeit und Aufmerksamkeit. Und sie schreien immer nach mehr. Dabei habe ich die vielen lieben Menschen um mich herum nicht mehr gesehen und zu viele dabei verloren. Mein ganzes Leben lang wollte ich immer die Welt umsegeln. Immer auf der Bugwelle, niemals in der Hecksee. Bis ich gemerkt habe, dass ich die Welt schon längst habe. Du und deine Mutter, ihr seid meine Welt. Du bist meine Welt."

Katharina schaut ihren Vater an, als würde er gerade ihren Kanarienvogel kauen.

Er spricht weiter: „In deiner neuen Heimat in Düsseldorf allerdings wäre ein Boot nur eine Belastung für dich gewesen. Das wollte ich dir nicht zumuten. Jetzt aber, da du wieder zurück nach Itzehoe kommst und bei uns nebenan in das frisch renovierte Haus von Oma einziehst, ist, so hoffe ich, der richtige Zeitpunkt. Ein schönes Boot für tolle Stunden mit lieben Menschen."

Beide umarmen sich, als wollten sie zwischen sich einen Fels zerdrücken. Das Auditorium klatscht.

Die letzten Worte allerdings wabern noch unsortiert in meinem Kopf, bevor sie sich zu einer Erkenntnis formen.

Dass das Haus ihrer verstorbenen Großmutter leersteht, erwähnte Katharina. Dass sie aber hierher ziehen wollen würde, dieses kleine Detail, das erzählte sie nicht.

Die Umarmung der beiden löst sich, und ihr Vater mischt sich wieder unter die Gäste. Ich gehe zu ihr und frage sie, als habe sie gerade inbrünstig behauptet, den Osterhasen gesehen zu haben: „So so, du ziehst also um?"

„Ja, schon in zwei Wochen."

Sie dreht sich leicht weg und simuliert Interesse am gerade wieder einsetzenden Tanz der anderen Gäste.

Ich werde dezent lauter: „Hallo. Ich bin noch da. Willst du mir da nicht irgendetwas erklären?"

Sie dreht sich mit stechendem Blick in meine Richtung: „Nein, will ich nicht! Aber ich werde es versuchen."

„Ich bin gespannt."

„Ich könnte dir jetzt etwas von meinem Wunsch nach mehr Nähe zu meiner Familie erzählen. Ich könnte dir sagen, dass ich meine Freunde hier oben vermisse. Oder ich könnte dir von einem anderen, moralisch höheren Motiv berichten. Aber weißt du was? Ich kriege in Düsseldorf einfach keine Luft. Es ist, als setzt du einen Salzwasserfisch in den Rhein. Der verreckt. Sven, ich verrecke in Düsseldorf. Ja, es gibt nette Leute bei euch. Aber ich spüre ständig diese Dissonanzen. Ich komme nicht in euren Takt. Vielleicht sind wir im Norden kühler. Vielleicht seid ihr im Rheinland oberflächlicher. Das ist aber egal, Sven. Ich halte es da nicht aus. Ich will die Seeluft riechen, den Regen spüren und sogar die Kühe betrachten. Und wenn es auf einer Kuhversteigerung ist! Ich kann hier frei atmen! Ja, und ich will segeln und die Kraft von Wind und Wasser fühlen. Vielleicht sind wir hier oben wortkarger, aber dafür labern wir einfach auch nicht so viel herum."

Sie dreht sich wieder weg. Rauschen in meinem Kopf.

Ganz ruhig frage ich: „Was ist mit uns? Wir haben gerade noch Luftküsse getauscht. Ich wurde deiner Familie vorgestellt."

„Ja, sicher. Aber du warst nicht der Erste. Und Sven, was soll ich sagen, du bist auch nicht der Letzte."

Ich protestiere: „Wir schlafen in einem Bett!"

„Nicht mehr, Sven. Schon heute nicht mehr. Ich habe für dich deinen Rucksack gepackt. Viel war es nicht und sieh dich an, das Passende war ohnehin nicht dabei. Er liegt im Kofferraum vom Auto meiner Mutter."

Sie lässt die Arme wie nach einem Kampf sinken.

„Was ist mit unserem Gig von soeben? Alles bedeutungslos?"

„Lass es, Sven! Ich habe gesagt, ich würde versuchen, es dir zu erklären. Ob du es verstehst oder nicht, ist deine Sache."

„Bin ich die Tristesse, die dein Vater meinte?"

„Weiß ich nicht. Nimm es doch nicht so schwer."

„Du machst Schluss? Kein Gespräch? Keine Chance? Einfach so? Auf diese Art und Weise? Auf der Party deines Vaters?"

Ich bin angeschossen. Nein. Wäre ich angeschossen, würde ich wild toben. So sagt man es doch den Tieren nach. Tatsächlich ist es anders. Ich wurde erlegt. Feige getäuscht und aus dem Hinterhalt abgeknallt. Und ausgeweidet. Das war saubere, rote Arbeit.

Was wird mein Dasein für Katharina zukünftig noch für einen Wert haben? Ich denke, ihr Vater oder besser der Conférencier sagte es bereits, als er von ihren Affronts mit Contenance sprach. Für mich ist das hier eher eine Farce. Ich bin nichts als eine weitere heitere Posse in Katharinas Biographie. Eine Marginale in ihrer Lebensgeschichte.

„Sven?", hört sich Katharina versöhnlich an, „Sven, draußen vor dem Eingang steht bereits dein Taxi. Es wäre wirklich, wirklich äußerst höflich von dir, und ich wäre dir sehr verbunden, wenn du jetzt sofort und ohne dich zu verabschieden einfach gehst. Der Kofferraum vom Auto meiner Mutter ist offen, der nächste Zug Richtung Düsseldorf müsste so in einer Stunde fahren."

Sie hat sich mit sich selbst versöhnt. Das ging schnell.

„Du wärst mir verbunden? Das ist krank. Na dann. Tschö mit ö!"

„Mach's gut, Sven!"

Wenn Schweine geschlachtet werden, kommt der unmittelbar fatale Bolzenschuss möglichst unverhofft. So leiden sie nicht lange und vor allem, sie versauen ihr eigenes Fleisch nicht durch Stresshormone im Todeskampf. Langsames Ausbluten ist deutlich quälender. Katharinas Offenbarung kam so plötzlich und mit einer solchen Wucht, ich kann nicht mal schreien oder heulen. Nicht mal diskutieren. Warum auch? Worüber denn? Gibt es eine Logik?

Wie ein räudiger Köter verlasse ich den Schlachthof in Richtung Auto. Die Gitarre nehme ich nicht mit. Die brauche und die will ich nicht mehr. Die anderen Gäste denken wahrscheinlich, ich gehe auf die Toilette. Nur gehe ich eben eine Tür weiter. Außer Sichtweite.

Ich mache den Kofferraum vom TT auf, und während der Taxifahrer meinen Rucksack in sein Auto verfrachtet, wird mir klar, dass zumindest Katharinas Mutter von der Aktion gewusst haben musste. Eine schöne Fassade, aber eine hässliche Facette. Ich vermute, dass auch ihr Vater im Bilde ist. Für den Herrn Richter bin ich wohl nur eine Randnotiz, die er getrost zu den Akten legen kann. Gesehen. Gelacht. Gelocht.

Die Nacht im Zug hat mich altern lassen. Ich habe unterwegs die meiste Zeit geschlafen. Mit dem ersten Anschlussbus des Tages fahre ich in Steffis Siedlung. Ich steige aus. 6.30 Uhr morgens. Mir fallen die letzten Schritte schwer. Ansonsten bin ich kurz davor, schizophren zu werden. In einem Moment liebe ich Katharina, im anderen hasse ich sie, im nächsten spiele ich schnarrenfrei Gitarre, und im darauffolgenden stehe ich im Parkhaus über dem blutenden Herrn Hossens.

Den Schlüssel halb umgedreht öffnet sich die Haustür wie von selbst.

„Hi, Sven", öffnet Steffi leise.

Sie muss erst vor wenigen Minuten aufgestanden sein. Ihr Haar glitzert noch vom trocknenden Haarspray, und ihre Augen sind dezent morgendlich verquollen.

„Komm rein. Ich habe schon gehört. Willst du einen Kaffee?"

„Woher?"

„Handy."

Wir gehen rein, und sie zeigt mir das Display: *Huhu Steffi, alles gut bei euch? Sven fährt gerade nach Hause. Das mit uns hat nicht gepasst. Zu einem Fischkopp passt eben nur ein Fischkopp. LOL. Ich bleibe hier oben und mache mich jetzt selbständig. Wir sehen uns bestimmt irgendwann wieder. LG K.*

Die Nachricht wurde gestern um 22.00 Uhr abgeschickt. Zu diesem Zeitpunkt war ich noch nicht mal mit dem Taxi losgefahren. Wie krank ist das denn?

„Kaffee wäre toll", antworte ich erst jetzt.

Sie schüttet ein, und wir setzen uns auf die Couch.

„Schade", kommentiere ich die Gesamtsituation.

Steffi sieht in den Garten und gesteht: „Ach, Sven. Sie hatte mal nebenbei erzählt, dass sie eher auf den athletisch maskulinen Typ steht. Die Sorte Mann mit den Muskeln."

„Und warum dann ich?"

„Keine Ahnung. Irgendwann hatte sie auch mal erzählt, dass sie ein männlicher Körper direkt nach einem Krafttraining extrem scharf machen würde."

„Ist ja widerlich!"

„Tja, Geschmackssache. Sie meinte, sie fände es heiß, wenn die Muskeln von den Übungen noch total geschwollen wären, so dass die Adern deutlich heraustreten. Ich hatte das für Schwärmerei unter Mädchen gehalten. Aber, wenn sie darauf steht, Sven, war es leider nur eine Frage der Zeit."

Wir nehmen beiden einen großen Schluck Kaffee. Stille.

Ich blicke ziellos durch das Fenster. Dann sehe ich im Blickwinkel unter dem Wohnzimmertisch dieses kleine Schüsselchen mit den Ornamenten. Und ein Strohhalm liegt auch darin.

Ich deute hin und frage: „Darf ich?"

Überrascht sieht Steffi jetzt auch das Schüsselchen. „Jens war gestern hier. Sie sollen das Zeug doch nicht herumstehen lassen. Du kennst dich ja aus. Bedien dich! Falls die Jungs noch etwas übrig gelassen haben."

Im Schüsselchen sind nur noch Reste. Die kratze ich zu einer Mini-Linie zusammen und ziehe sie in meine Nase hoch so stark ich kann.

Es erreicht mich ein Geistesblitz. Ich haue mir mit meiner flachen Hand gegen die Stirn und rufe: „Ja klar! Jetzt kapier ich das!"

Steffi sieht mich an, als wäre ich nun endgültig bekloppt.

Ich stehe auf, laufe wie ein Tiger im Käfig hin und her und äußere allwissend: „Ich bin es, Steffi!"

„Wer bist du?"

„Ich brauche mir keine Gedanken mehr zu machen, was ich falsch gemacht haben könnte oder was ich hätte besser oder anders machen sollen. Ich bin eine Matschblase! Ja, eine riesige Matschblase! Ich bin zerplatzt, und Katharina und ich, wir werden uns niemals wiedersehen. Schluss mit der Grübelei! Das macht keinen Sinn. Katharina wollte gar keine Beziehung. Es gab gar keine Liebe. Ich war ihr Entertainment-Programm. Und als es Zeit für mich wurde, hat sie die Blase platzen lassen. Ich bin zerplatzt."

„Na, wenn du das so siehst, kommst du vielleicht besser drüber weg."

„Und was habe ich geglänzt! Hell und strahlend! Ein Held! Ein Musiker! Ein Liebhaber! Ich war nicht die schlechteste Matschblase, sicher nicht! Und auf dem Höhepunkt, als der Glanz nicht mehr heller und strahlender werden konnte, hat sie allen diesen Anblick gezeigt und sie daran teilhaben lassen. Nur um mich dann zerplatzen zu lassen. Und das mit so wenig Gestank wie möglich. Das war richtig professionell. Das war das geruchloseste Zerplatzen, von dem ich je gehört habe. Und das ausgerechnet von einer Pixelschubse. Verdammt noch mal, ich hätte eine Szene machen sollen. Eine, die niemand vergisst. Ich hätte Geschirr zerschlagen und herumschreien sollen. Ich hätte eine ganz intensive Duftmarke setzen sollen. Richtig viel Gestank."

„Sven?"

„Ja?"

„Geh ins Bett!"

Ich halte inne. Dann nicke ich Steffi zu und schleppe mich in Richtung Spielzimmer. Hundemüde und in voller Montur, aber mit erhobenem Haupt.

40

Wann kommst du heute?, steht auf dem Display. Steffis Nachricht liest sich geradezu mütterlich.

Ich antworte: *Später, ich fahre heute mal zu meiner Wohnung.*

Und ich brauche frische Luft. Die beiden Haltestellen Fußweg hin und zurück zur Schnäppchen-Tarifzone sollten dann aber auch genug der Bewegung sein. Auf den letzten Metern zu Fuß werde ich langsamer. Nur noch um die Ecke, und dann stehe ich vor dem Haus, in dem sich noch immer meine Wohnung befindet. Das letzte Mal, als ich das Gebäude sah, war hier ein Lichtermeer aus sich drehenden und blau blinkenden Lämpchen. Und es hatte intensiv nach einer Mischung aus Qualm und Lösch-mitteln gerochen. Die ominösen Pyrolysegase dürften inzwischen verflüchtigt sein. Genauso wie ich. Aber ich bin wieder da und betrachte das vor mir im Sonnenlicht erscheinende ganz persönliche Corpus Delicti.

Die Umgebung nimmt keinen Anteil. Es riecht nach nichts, nach gar nichts. Die Vögel fliegen von Ast zu Ast, hier und da hängt Wäsche draußen, und irgendwo in der Ferne rattert ein Rasenmäher. Selbst über die Spuren der Löschfahrzeuge ist wieder Gras gewachsen. Eigentlich ist alles wie immer. Eigentlich. Wäre da nicht diese eine Wohnung. Die, bei der oberhalb der Fenster schwarze Rußablagerungen bis unter das Dach zu sehen sind und deren Scheiben teilweise durch vernagelte Bretter ersetzt sind. Ein bisschen Farbe, etwas neues Glas, und niemand würde auch nur erahnen, dass an jenem Ort meine Habe in den Schlund allesfressender Flammen gezogen wurde.

Ich sehe keine Bewegungen durch die Vorhänge der anderen Wohnungen. Es scheint keiner da zu sein. Allerdings könnte es auch sein, dass alle da sind, sie sich aber hinter ihren Vorhängen vor dem Entehrer ihrer Spießigkeit verstecken.

Ich habe Annabel im Sinn und denke, dass dies hier durchaus eine abgewandelte Form des Spiels *Wer hat Angst vorm schwarzen Mann?* sein könnte. Das finde ich mit Blick auf den Ruß irgendwie passend. Obwohl ich mir vorstellen kann, dass die Wortschatzpolizei dieses Spiel indiziert hat. Annabel muss eben andere Spiele spielen.

Ich kann mir den Brand nicht anders als durch Brandstiftung erklären. Und da frage ich mich, ob denn überhaupt noch *Räuber und Gendarm* gespielt werden darf. Wahrscheinlich nicht. Die enthaltene Anspielung ist doch bestimmt auch irgendwie politisch unkorrekt. Fangen. Verstecken und Fangen. Das dürfte noch erlaubt sein. Auch bei Brandstiftern.

Erlaubt ist auch, dass ich das Haus betrete. Auch im Flur deutet rein gar nichts auf eine kürzlich ganz besonders heiße Nacht hin. Nicht erlaubt hingegen ist das Betreten meiner Wohnung. Die Tür sieht unverändert stark demoliert aus. Aber auf Tür und Türrahmen befindet sich ein verbindendes Element. Ein Aufkleber. Ein amtliches Siegel. Als könne dieser Aufkleber, dieses kleine Stückchen Papier, zwei Bauelemente untrennbar miteinander verbinden. Nun, er kann es. Der kleingedruckte Warnhinweis macht großen Eindruck, und so stecke ich den Wohnungsschlüssel wieder weg. Den hätte ich sowieso nicht gebraucht. Genug für heute. Vielleicht sollte ich mich an mein altes Ich schlicht in homöopathischen Dosen annähern. Deutlich leichtfüßiger als hinauf geht es wieder hinunter.

„Hey, Herr Mülders!", nehme ich plötzlich und mehr als unerwartet sehr klar hinter mir wahr.

Ich drehe mich um. Der Herr Künstler steht im Rahmen seiner Wohnungstür. Die hatten sich doch sonst alle so schön versteckt.

Ohne anzuhalten sage ich: „Ich bin schon wieder weg, keine Zeit."

Dem ist wohl langweilig, wenn er keinem mehr den Strom abstellen kann.

Ich will gerade den letzten Haken um die Treppe zur Haustür schlagen, da höre ich wieder sehr klar und diesmal lauter: „Pils oder Alt?"

Ich stoppe.

Dann höre ich nochmal: „Pils oder Alt?"

Ich drehe mich um und trotte die letzten Schritte zurück zum Fragesteller. Habe ich mich verhört?

Als ich bei ihm ankomme, sagt er es erneut, diesmal in Zimmerlautstärke: „Herr Mülders, so schwer war die Frage doch nicht, oder? Pils oder Alt?"

„Alt."

In der Kategorie einsilbiger Antworten dürfte ich damit ganz weit vorne liegen.

Er tritt zur Seite, streckt seinen Arm aus und lädt ein: „Alt, Herr Mülders. Sehr gerne. Kommen Sie nur herein."

„Warum?", frage ich, gehe gleichzeitig hinein und überlege, ob die Frage ihm gilt oder eher mir selbst.

Dem Türschild nach heißt der Herr Künstler Nocken. Ich sehe ihn kurz an. Ich schätze ihn auf Mitte 60. Graue Haare, grauer Jogginganzug, graue Haut. Sein Bauch verdient das Prädikat Fässchen. Das Türschild hatte ich nie gelesen. Das Klingelbrett unten an der Haustüre allerdings auch nicht.

Auf dem Klingelbrett müsste ich allerdings auch mal den Namenszug zu meiner Wohnung reduzieren.

Die Wohnung hat exakt die gleiche Aufteilung wie meine. Die Räume sind an der gleichen Stelle, die Türen auch, die Fenster sowieso. Die Fenster hier sogar mit Glas. Das Interieur meiner Wohnung wurde während der Höchstbelegung von der Maklerin nach unserem Einzug als *Klassisch Chic mit elektronikaffiner Ausstattung* bezeichnet. Hier sinniere ich eher über den Begriff *Räuberhöhle*. Überall, wo es technisch möglich scheint, hängen bemalte Leinwände an den Wänden. Zahlreiche Leinwände stehen auch auf dem Boden, teilweise bis zu fünf Stück hintereinander an die Wände gelehnt. Wie können weiße Tapeten eigentlich derart vergilben? Das ursprüngliche Weiß ist nur an den Anschlagskanten der Türen noch zu erahnen, ansonsten sehe ich eher Schattierungen von gelb und braun. Obwohl noch ein paar Leinwände mehr und das mit der Tapete hat sich erübrigt.

Es riecht hier wie in der Raucherbude im Hauptbahnhof. Wobei dieser Geruch lediglich in meiner Vorstellungskraft existiert. Genährt wird dies alleine durch die Wahrnehmung, wenn Türen zu diesem Raum geöffnet werden und ich durch die nach außen dringenden Wolken kontaminiert werde. Wenn ein Kollege in der DüsselMall eine Zigarette raucht und ich aus Geselligkeit mit nach draußen gehe, hat der Geruch von Rauch eher etwas Anheimelndes. Er erinnert mich an die Luft in den Kneipen vor dem Rauchverbot.

Aber das hier, das ist eine andere Liga. Ich befinde mich mitten im Fall Out. Bekämpft wird nicht mit Jodtabletten, sondern mit Pils oder Alt. Es würde mich nicht wundern, wenn brennender Qualm irgendwo im Haus in dieser Wohnung hier erst einmal überhaupt nicht auffiele. Brandmelder sehe ich nicht. Die machen in dieser Wohnung aber auch überhaupt keinen Sinn.

Ich setze mich auf die braune Ledercouch. Langsam und vorsichtig. Die Couch sieht so durchgesessen aus, dass ich vermeiden will, dass mich auf Anhieb eine Sprungfeder erwischt. Dem Eindruck nach ist die Couch so alt, dass wahrscheinlich Herr Nocken selbst hier drauf gezeugt wurde.

Er und ich haben allerdings einen gemeinsamen Nenner. Den biotopisch inspirierten Jogginganzug für daheim. Wobei die Einschränkung *für daheim* ungeprüft zunächst nur für mich gilt.

„Herr Mülders, Sie tun mir leid", eröffnet Herr Nocken.

Er reicht mir eine Flasche mit dem kühlen Nass und setzt sich mir gegenüber auf den optisch zum Ensemble gehörenden Sessel.

„Erst sind Sie hier der Prügelknabe, und dann fackelt Ihnen die Bude ab."

„Ja, ich weiß. Aber warum bieten Sie mir ein Bier an? Sonst drehen Sie mir doch immer den Strom ab. Und jetzt wollen Sie auf meinem Grab tanzen?"

„Herr Mülders, ich habe Ihnen niemals den Strom abgedreht."

Ich spotte: „Das glaube ich nicht. Das haben doch fast alle anderen meiner Ex-Freundin erzählt."

„Sven! Darf ich Sven sagen?"

„Meinetwegen."

„Danke. Ich bin Stefan."

Kurzes beiläufiges Händeschütteln.

Er fixiert mich mit seinen Augen: „Ist das nicht zu einfach? Wäre das nicht eine Spur zu feige von mir?"

„Feige war das mit Sicherheit."

„Es ist ein so leichter Mechanismus. Ich sage zu A, ich hätte gehört, dass B sich über ihn beschwert habe. Dann sage ich zu B, ich hätte gehört, dass A sich über ihn beschwert habe. Was wird passieren?"

„Du hast gelogen", stelle ich scharfsinnig fest.

„Das stimmt. Aber was machen jetzt die beiden?"

„Keine Ahnung."

„Doch, hast du. Sie werden gegenseitig auf Distanz gehen. Und es kommt noch schlimmer. Sie werden die Nähe zum Lügner suchen. Der Lügner spielt die Nummer nun noch ein paar mal. Immer schön aus der Mücke einen Elefanten machen. Nicht informieren, nur wissen lassen. Und was sehen jetzt der eine oder der andere, wenn Sie den anderen oder den einen erblicken?"

„Sich selbst?"

„Quatsch. Sie sehen einen Gegner. Nur im Lügner sehen sie einen Verbündeten. Und wenn man nur noch auf Schlechtes beim jeweils anderen achtet, was wird man nur noch sehen?"

„Schlechtes."

„Richtig. Und damit hören beide auf, miteinander zu kommunizieren. Zumindest reduzieren Sie ihre positive Kommunikation. Eine solche Vorgehensweise ist typisch für charakterschwache Menschen und vor allem für Menschen, die um ihre gesellschaftliche, familiäre oder berufliche Stellung fürchten. Auf diese Weise können sie sicherstellen, dass die gesamte Kommunikation nur über die Einbindung ihrer Person läuft. Sie nutzen die Antworten zur Rechtfertigung ihrer Fragen. Und damit treiben Sie Ihr Spiel immer weiter. So können Sie Ihre Macht erhalten und ausbauen. Sie sind maximal informiert. Durch die tiefer werdenden Schützengräben der beiden Kontrahenten werden diese selbst immer handlungsunfähiger bis hin zum Exit-Szenario wie Kündigung, Auszug, Gerichtsprozess oder Schlimmeres."

„Das kann im Ergebnis doch immer nur schlecht sein."

„Es geht nicht um Performance oder eine sich mit Wohlwollen gegenseitig begegnende Gemeinschaft. Dafür interessieren sich diese Leute nicht. Es geht um Macht und um Einflussnahme."

„Aha. Und warum erzählst du mir das?"

„Hast du jemals gesehen, dass ich dir den Strom abgedreht habe? Habe ich dich jemals auf dem Flur gemaßregelt?"

„Nein", stimme ich zu.

„Genau, weil ich es nicht getan habe. Aber wenn das immer wieder behauptet wird, setzt sich das in den Köpfen fest. Dann entsteht eine eigene Wahrheit, die nichts mit der Realität zu tun hat."

„Du meinst, wir wurden gegeneinander aufgewiegelt?"

„Auf den Punkt. Und weil wir beide nicht wie die anderen sind und zusätzlich noch so verschieden, kann man uns gut gegen alle und gegeneinander ausspielen. Und letztlich sind Aggression und Provokation Mittel der Dominanz und Kontrolle. Und wir wollen uns doch nicht in derartige Denkstrukturen zwingen lassen!"

Er stößt seine Flasche an meine. Wir nehmen beide einen ordentlichen Schluck.

Stefan zündet sich eine Zigarette an und fährt fort: „Ist schon ein sehr ehrenwertes Haus, in dem wir hier wohnen."

„Ich aktuell eher weniger. Ach, hier wohnen doch nur Spießer. Wenn ich mich so umsehe, frage ich mich, wieso es dich hierher verschlagen hat?"

„Die Kurzform lautet, dass mein Bruder eine Kapitalanlage gesucht hat. Deshalb hat er sich diese Wohnung angeschafft und lässt mich zur halben Miete wohnen. Er meint, er brauche nicht mehr Miete von mir, als er Zinsen aus einer anderen Kapitalanlage bekäme. Das macht es für mich möglich."

„Das finde ich echt nett von deinem Bruder."

Zur halben Miete ist auf jeden Fall die bessere Alternative als zu vollen Zinsen, kommt es mir in den Sinn.

Bei näherer Betrachtung der bemalten Leinwände fällt mir auf, dass es sich im Wesentlichen um zwei Motive handelt.

„Sind die alle von dir? Hast du diese verletzten Körper in schwarz-weiß mit blutrot gemalt? Die sehen ja aus wie Unfallbilder ohne Unfall."

„Ja ja, das sind meine Werke."

„Das sind doch Bilder zum Wegsehen", gestehe ich leicht angeekelt.

„Das ist Kunst."

„Das andere Motiv, die Landschaften, die mag ich. Sind das die Rheinauen?"

„Jipp"

„Das nenne ich Kunst. Die sehen aus wie fotografiert, da will man direkt hin. Hast du echt super schön gemacht."

„Das ist aber keine Kunst."

„Finde ich aber schon."

Er verdreht den Kopf. „Eigentlich dürftest du die Landschaften gar nicht sehen."

„Die einzige Kunst, die ich hier gut finde, soll ich nicht sehen? Das sind doch nicht etwa illegale Kopien?"

Er fährt sich mit der Hand über seinen Kopf, als sei er gerade eines Verbrechens überführt worden. „Nein, das sind keine Kopien. Aber du solltest nur die anderen Werke sehen. Pass auf, Sven. Ich bin ein Künstler. Und das bin ich nicht, weil ich gut malen kann, sondern weil ich Teil des Kunstzirkus bin. Zugegeben, ein äußerst kleiner Teil."

„Was hat das mit den Landschaften zu tun?", kann ich Stefan nicht folgen.

„Geduld, Geduld. Künstler bist du nicht, sondern du wirst zu einem gemacht. Und zwar von der sogenannten Kunstszene. Nehmen wir mal an, du kannst ganz toll mit Bällen jonglieren, bist du dann ein Artist? Nein, bist du nicht. Denn Artisten sind nur diejenigen, die im Zirkus auftreten. Nur, wenn du engagiert bist, wirst du dadurch von anderen zum Artisten gemacht. Wie Artisten in der Kunst kommen auch Artisten im Zirkus als Produkte der eigenen Szene daher. Um dazuzugehören, zählt ganz besonders deine Biographie, letztlich die Provenienz deiner Werke. Quereinsteiger sind sehr selten. Stell dir vor, jeder wäre ein Künstler. Das mag moral-ethisch richtig sein, für den Kunstmarkt wäre das jedoch schlecht. Das wäre zu viel Angebot und würde die Preise kaputt machen. Und das, wo derzeit Kunstwerke so schön als eine eigene Anlageklasse etabliert sind."

„Kauft dein Bruder deine Werke?"

„Leider nein. Ich hatte mal mit einem Galeristen einen Anlauf, meine Werke zu veräußern. Finanziell bin ich aber vorerst mit meiner Kunst spektakulär gescheitert."

„Warum dieses Blutrünstige?", forsche ich nach.

„Meine Werke sind nicht gefällig, da ich mit ihnen Konventionen breche."

Er deutet auf ein paar etwas versteckt stehende Werke an der Wand: „Es geht um Gewalt. Für eine spezielle Ausstellung wollte ich sogar mal ein Tryptichon entwickeln. Auf diesen eigentlich drei Bildern siehst du jeweils zweierlei. Links eine biblische Passage wie *Auge um Auge* und *Zahn um Zahn* und rechts eine Interpretationsmöglichkeit ohne Blutvergießen. Diese Passage könnte als eine andere Art der Formulierung von einem Recht auf Schadenersatz ausgelegt werden. Es ginge dann eben gerade nicht um Vergeltung von Gleichem mit

Gleichem. In sachlogischer Konsequenz würde dies nämlich zu einer Endlosschleife der Gewalt führen."

Ich spüre, wie ich zuhöre.

Stefan ist im Flow: „Daneben noch die Sache mit der rechten Wange, die man nach einem Schlag auf die linke hinhält."

„Oh je, da fließt aber viel Blut."

Er lächelt: „Das war auch ein kräftiger Schlag. Aber hier geht es um die Interpretation, dass das Schlagen einer linken Wange üblicherweise mit der Außenseite der linken Hand eines Schlagenden erfolgt. Das ist Verachtung. Die rechte Wange hinzuhalten heißt nicht, devot zu sein, sondern genau das Gegenteil. Es geht um den Erhalt von Würde, Achtung und - ganz wichtig - um Gerechtigkeit. Aber selbstverständlich sind Interpretationen subjektiv."

„Ich bin ganz Ohr, wo ist das dritte Bild?"

Er nimmt einen großen Schluck: „Ich habe es nicht fertiggestellt. Ich habe zwischendrin gemerkt, dass ich mit religiösen Themen mein eigentliches künstlerisches Terrain verlasse und ohne entsprechenden Hintergrund auch insgesamt viel zu wenig Ahnung davon habe. Schließlich bin ich kein Kulturchauvinist. Das mache ich nicht. So etwas kann leicht nach hinten losgehen. Es kam halt nach der anfänglichen Euphorie der ernüchternde Blick auf die Realität. Aber es grämt mich nicht. Alles gut."

„Ich hätte gar nicht gedacht, dass in Bildern so viel drinstecken kann", staune ich.

Der Meister geht zum Kühlschrank und holt die nächste Runde.

„Was ist denn jetzt mit den Landschaften?", hake ich nach.

„Tja, damit verdiene ich Geld. Das ist ganz gut verkäuflich. Selbst die halbe Miete muss ja irgendwo herkommen. Wenn du genau hinsiehst, kannst du erkennen, dass ich diese Werke nicht mit meinem richtigen Namen signiere, sondern dass ich sie unter Pseudonym male. In der Kunstszene ist das ein Tabubruch. Ein Sakrileg. Wenn das herauskommt, ist meine Reputation ruiniert. Deswegen steht auch nirgends, dass hier ein Atelier ist."

Mit einer streichenden Handbewegung setzt er fort:

„Aber genug von mir. Wie ich höre, bist du auch ein Künstler. Ein Musiker. Ein digitaler Rocker."

Na gut, denke ich. Ich berichte von meiner begrenzten digitalen Musikerkarriere, meinen Erfahrungen und ganz besonders von meinen Plänen. Den Ausflug nach Itzehoe erwähne ich mit keiner Silbe. Dafür schwärme ich von dem großen Auftritt in Berlin und dem Traum, es nach Dubai zu schaffen.

Ich erzähle ihm auch, dass deshalb meine Beziehung zu Ingrid gelitten haben könnte. Stefan meint, dass er sie zwar ganz nett fand, sie aber für den Prototyp aufgesetzter Unauffälligkeit mit diffusem Glamourfaktor hält. Schließlich sei es historisch gesehen eine Überlebensstrategie, nicht aufzufallen. Ansonsten konnte man schon immer leicht als Andersdenkender verfolgt werden. Überleben sei aber nicht gleich Lebensglück.

Ich frage mich, wie unerschöpflich eigentlich so ein Biervorrat sein kann. Mich ereilt die Erkenntnis, dass in der Couch keine Sprungfedern sind, sondern es sich zweifelsfrei um Widerhaken handelt. Sobald man sitzt, bohren die sich in den Sitzenden hinein und lassen ihn nicht wieder los. Ist die Couch gemütlich! Und in den Nebelschwaden unserer Unterhaltung wirken die vergilbten Tapeten, als müssten die genau so und nicht anders sein.

Um Punkt 23.00 Uhr erblicke ich die Uhrzeit und springe auf. Mein letzter Bus fährt in 12 Minuten, ich werde wohl sprinten müssen. Allerdings schwanke ich, als wäre es eher eine Seefahrt dorthin. Zur Verabschiedung klopfen wir uns gegenseitig auf die Schulter. Verbrüderung. Ich spüre die herausgerissenen Widerhaken in meinem Körper und nehme mir vor, bei meiner nächsten Brandschau wieder eine kleine Exkursion in diese Räuberhöhle einzuplanen.

4 1

Berlin klopft an die Tür. Noch fünf Tage. Aber gestern Nacht wollten auf meiner Plastikgitarre meine Fingerchen nicht so schnell wie ich dachte, dass sie greifen könnten. Mein Fingertraining an der echten Gitarre war zwar nicht sinnfrei, hat mich aber von meinem eigentlichen Ziel abgelenkt. Ganz zu schweigen von Katharina. Ich erhöhe mein Übungspensum für Berlin signifikant. Gleichzeitig reduziere ich zur zeitlichen Kompensation meine Schlafphasen.

So stehe ich hinter dem morgendlich noch verwaisten Reklamationstresen und übe konzentriert die Grifffolge mit der Luftgitarre.

„Und? Klappt alles?", steht vor mir die inzwischen personifizierte Digitalkamera.

Ich hatte wohl die Augen zu. Den optischen Eindruck hiervon mag ich mir selbst nicht vorstellen. Ich denke nicht an einen rosa Elefanten.

Ich grinse: „Läuft. Und bei Ihnen? Schon fleißig fotografiert?"

„Ja. Und dabei ist mir aufgefallen, dass die Cam in meiner Handtasche zu viel Platz wegnimmt. Hätten Sie dazu vielleicht noch ein schickes Täschchen?"

Natürlich haben wir ein schickes Täschchen. Erstens ist das aber keine Reklamation, sondern eine Beratung. Und zweitens ist das Produkt der Begierde gut sichtbar platziert.

Für diesen Ausflug außerhalb meines beruflichen Aufgabenspektrums erwarte ich Wiedergutmachung.

„Darf ich ein paar von Ihren Fotos?", frage ich und fühle meine hochgezogenen Augenbrauen.

Sie lacht: „Gehört das denn zum Verkauf?"

„After-Sales-Service", antworte ich fachlich versiert.

Sie dreht die Cam, und ich sehe ein Foto von mir.

„Das bin ja ich", stelle ich meine Aufmerksamkeit unter Beweis.

Sie nimmt die Cam wieder weg: „Das stimmt. Das war das erste Foto im Geschäft. Der Chip ist aber noch lange nicht voll."

„Na dann. Ich wünsche Ihnen noch einen herrlichen Tag und schöne Motive".

Ich gebe Betriebsamkeit vor und wende mich ab. Insgeheim hatte ich auf Strandfotos gehofft. Oder auf Aufnahmen, die zeigen, wie sie wohnt. Aber ein Foto von mir, das ist wirklich enttäuschend. Ich blicke ihr hinterher. Vielleicht reicht ihr Aussehen nicht für einen Job als Cover-Girl, aber sie wirkt herzlich und unerhört ausgeglichen. Diesen Gemütszustand haben meine Gesprächspartner hier sonst eher selten.

Gerade noch rechtzeitig durch den Flurfunk angekündigt nähert sich ein ganz besonderer Gast des Hauses. Das ist deutlich sichtbar an einer überbordenden Entourage zu erkennen. Die einzelnen Abteilungen werden inspiziert. In weiser Voraussicht ist mein Schrein bereits abgebaut. Die gesamte Geschäftsführung der DüsselMall flankiert den Vorstandsvorsitzenden der *Malls in Cities AG*, Herrn Dr. Groß, auf einem seiner seltenen Vor-Ort-Besuche. Die anderen kenne ich nicht. Angeblich hat Dr. Groß die Personalstruktur für die DüsselMall im Wesentlichen persönlich mitgestaltet. Und das sehr erfolgreich. Zumindest aus seiner Sicht.

Gewehr bei Fuß stehe ich wie angewurzelt auf meiner Position und erwarte das Vorbeiziehen der Karawane. Unerwartet bleibt der Tross vor mir stehen.

In der Gruppe kommt es zu Stolperern. Dieser Halt überrascht demnach wohl nicht nur mich. Ich weiß nicht, wohin ich schauen soll, also sehe ich überall hin. Dr. Groß sieht mich direkt an und fragt: „Und Sie wären?"

Ich starte mit einem: „Ähmm"

Das finde ich ziemlich bescheuert.

„Mülders, mein Name. Sven Mülders. Ich bin …"

Prompt werde ich unterbrochen: „Das reicht. Vielen Dank."

Dr. Groß richtet seinen Oberkörper in die Runde und gibt die Anweisung: „Ich würde Herrn Mülders gerne in einer Stunde im Geschäftsführerbüro treffen. Lässt sich das einrichten?"

Eifriges Kopfnicken der Adressaten. Ohne mich eines weiteren Blickes oder Wortes zu würdigen, zieht Dr. Groß mitsamt Gefolge von dannen.

Was ist das? Werden die Entlassungen vom Vorstandsvorsitzenden neuerdings höchstpersönlich ausgesprochen? Im gleichen Stil wie die Überreichung einer Urkunde zum runden Jubiläum der Betriebszugehörigkeit? Nur ohne anschließende bebilderte Erwähnung auf der Homepage? Wahrscheinlich werde ich einfach aus dem Spiel genommen wie beim Schach. A5 auf B5. König schlägt Bauer. Wenn der König von hinten kommt, hat der Bauer keine Chance. Niemals. Und die Läufer, Springer und Türme haben alles vorbereitet und decken jedes wichtige Feld. In der DüsselMall braucht der König keine Dame. Die Bauern erledigt er im Alleingang.

Eine Stunde später sehe ich pünktlich einen offensichtlich zu meiner Abholung delegierten Kollegen winken. Aha, mein Zeichen. Jetzt darf ich meinen letzten Zug machen, dann heißt es Schach matt. Das Schafott steht wohl bereit.

Die Stufen der Treppe von der operativen Fläche in die Verwaltung sind heute besonders hoch. Die Tür des weithin einsichtigen Büros mit Herrn Dr. Groß am Tisch steht offen. Einer Einweisung bedarf es nicht, ich kann direkt durchgehen. In diesem Raum war ich noch nie, nicht einmal bei meiner Einstellung. Eigentlich ein ganz normaler Büroraum. Eher etwas zu billig eingerichtet.

Dr. Groß hat seinen Kopf über Dokumente gebeugt. Ich räuspere mich.

Er schreckt auf: „Herr Mülders. Schön, Sie zu sehen. Wie geht es Ihnen? Machen Sie doch die Tür zu."

Ich lasse das Sperrholz ins Schloss fallen und separiere uns damit vom Rest der Welt.

Als ich mich setze, warte ich auf das Fallbeil: „Danke gut, Herr Dr. Groß."

Er lächelt: „Was schauen Sie denn so? Machen Sie sich keine Sorgen."

„Das freut mich zu hören."

„Wie gefällt es Ihnen in der Reklamation?"

„Eigentlich ganz gut. Aber sie soll ja geschlossen werden, und da wir keine offene Stelle im Haus…"

„Ja ja, ich weiß", unterbricht er mich und fuchtelt mit seinen Händen in der Luft, als wische er etwas weg. „Herr Mülders, die Umstrukturierungspläne sind mir logischerweise bekannt. Sie sind von mir. Ich kann sie aber auch ändern. Und unter der von mir angewiesenen sozialverträglichen Umsetzung stelle ich mir auch etwas anderes vor als ich hier aktuell erlebe. Momentan überlege ich, ob es nicht Sinn macht, neben der zentralen Bearbeitung von Reklamationen in Hamburg bundesweit vor allem zur Qualitätssicherung noch mindestens einen weiteren Standort hierfür aufrecht zu erhalten."

„Das wäre sehr schön."

Der König scheint eine andere Richtung einzuschlagen: „Herr Mülders, würden Sie hier die Bearbeitung von Reklamationen weiterhin gewährleisten wollen?"

„Selbstverständlich!"

Das ist ja mentales Waterboarding hier. Der König schlägt mich nicht, er schützt mich.

Herr Dr. Groß durchdringt mich mit seinem Blick: „Herr Mülders, ich will ehrlich zu Ihnen sein. Als ich mich intern nach Ihnen erkundigt habe, wurde mir von unregelmäßigen Abwesenheiten in der jüngeren Vergangenheit Ihrerseits mit nur wenig glaubhaften Gründen dafür berichtet. Auch soll Ihretwegen in diesem Haus die Polizei vorstellig geworden sein und sie hinausbegleitet haben."

„Ich...", ringe ich nach Worten.

„Ist mir egal", wischt er schon wieder, „Herr Mülders, ich will nur, dass Sie wissen, dass ich das weiß. Und ich will, dass Sie wissen, dass mir das egal ist. Es kommt nicht wieder vor und gut. Können wir das so machen?"

„Ja."

Für mehr Worte fehlt mir die Zeit zum Gedankensortieren.

Er lehnt sich bequem zurück und tippt sich mit den Fingern auf die Lippen.

Nach endlosen Sekunden: „Herr Mülders, ich möchte mich bei Ihnen bedanken."

„Wofür?"

Nicht dass sich Herr Dr. Groß irrt und alles nur eine große Verwechselung ist.

„Sagt Ihnen der Name Hossens etwas?"

„Ja, der wurde angegriffen."

Was der alles weiß!

„Sie retteten ihn, stimmt das?"

„Ich habe nichts anderes gemacht, als andere in meiner Lage auch gemacht hätten."

Er nimmt die Hand vom Mund und lächelt mich entspannt an: „Das sage ich auch immer."

Dann wird er leiser, fast freundschaftlich: „Herr Mülders, ich kenne Herrn Hossens jetzt über 30 Jahre, und wir sind im gleichen Hamburger Oldtimer-Club. Ich will Sie mit Details nicht langweilen. Nur soviel, Herr Hossens kann inzwischen wieder gehen, aber der Blutverlust hat ihn viel Kraft gekostet. Er hat lange gebraucht, bis er wieder bei sich war. Ich habe ihn mehrfach im Krankenhaus besucht."

„Das ging alles so schnell …", versuche ich mich zu erinnern.

„Herr Mülders, Sie haben Herrn Hossens das Leben gerettet. Sie haben einen Ehemann, Vater und Großvater seiner Familie ein zweites Mal geschenkt. Herr Hossens wird es sich, Ihr Einverständnis vorausgesetzt, nicht nehmen lassen, Ihnen seine Aufwartung zu machen."

„Herr Hossens wird kommen?"

„Das ist mal sicher. Er sagte auch, er wolle Ihnen Ihren Gürtel persönlich zurückgeben", bekräftigt er mit energischem Kopfnicken, „und nicht nur das."

„Wie sind Sie auf mich gekommen? Woher wissen Sie das?", interessiert es mich brennend.

„Meine Assistentin hatte bei den Personalunterlagen für die DüsselMall Ihr Bild gesehen. Ich hatte die über seinen Anwalt beantragte Polizeiakte von Herrn Hossens auf dem Tisch und mit ihr auch die Bilder von der Überwachungskamera im Parkhaus angesehen. Da hat sie eins und eins zusammengezählt. Ist wirklich ein pfiffiges Mädchen."

„Kann ich mich bei ihr bedanken?"

„Das brauchen Sie nicht, mein Lieber. So, nun aber wieder ran an die Arbeit! Ich denke, wir bleiben in Kontakt."

Ich stehe auf und wende mich zur Tür: „Vielen Dank, Herr Dr. Groß."

Ich möchte gerade die Tür von außen zuschieben, da ruft Dr. Groß: „Ach? Herr Mülders?"

Ich halte an und schaue zu seinem Schreibtisch. Ich glaube, leicht glasige Augen zu erkennen. Dr. Groß atmet schwer: „Sie haben nicht nur einer Tochter ihren Vater ein zweites Mal geschenkt, sondern auch einem Schwiegersohn seinen Schwiegervater."

„Das freut mich", gebe ich ehrfürchtig zurück.

Ich schiebe von außen die Tür zu. Sie fällt ins Schloss.

Als ich wieder am Reklamationstresen stehe, fällt auch der Groschen.

4 2

In Gedanken bin ich wieder im Hamburger Parkhaus. Tatsächlich bin ich zurück an meinem Arbeitsplatz.

Überrascht höre ich eine mir bekannte Stimme.

„Herr Mülders!", tönt es und ich wende mich der Stimme zu.

Oh nein! Die Staatsmacht. Verkörpert durch die Herren Franzius und Hornen. Dr. Groß und ich sprachen doch darüber, dass das nicht wieder vorkommt, und jetzt steht erneut die Polizei wegen mir in der DüsselMall.

„Ja, bitte? Muss ich wieder mitkommen?"

„Keine Sorge!", entwarnt Herr Franzius mit ruhiger Geste, „inzwischen liegen uns die Untersuchungsberichte vor. Es hat sich herausgestellt, dass nicht Brandstiftung ursächlich für das Feuer war. Es war Ihr Kühlschrank."

„Wie kann denn von meinem Kühlschrank ein Feuer ausgehen?", zweifle ich.

„Nun, Herr Mülders, der Kompressor Ihres Kühlschranks funktioniert unter anderem auf der Basis von Öl. Und dieses Öl wird durch Schläuche gepumpt. Ein Schlauch war brüchig. Dort ist dann durch einen Haarriss wie aus einer Sprühflasche Öl ausgetreten und hat sich im Laufe der Zeit an Wand und Boden abgesetzt. Dazu kommt leicht entzündlicher Nebel aus den Haarrissen, wenn der Kompressor läuft. Entzündet wurde der Brand hiernach durch einen Funken, der beim Anspringen des Kompressors entstanden ist. Der springt stets automatisch an, wenn die Innentemperatur einen bestimmten Schwellenwert überschreitet. Das ist eine der häufigsten Ursachen von Wohnungsbränden. Und je älter ein Kühlschrank ist, desto poröser sind die Schläuche. Man kann das Überhitzen eines Kompressors aber auch herbeiführen, indem man einen Kühlschrank nicht regelmäßig abtaut und somit ein Gefrierfach völlig vereisen lässt. Dann läuft der Kompressor heiß. Das ist nach einem Brand zwar nicht so leicht festzustellen, aber durch den bei Ihrem Kühlschrank gefundenen Haarriss wurde die Ursache in Ihrem Fall abschließend belegt. Viele Menschen schalten beim Verlassen ihrer Wohnung und besonders, wenn sie verreisen, zwar alle Stromverbraucher ab, und manche ziehen sogar sämtliche Stecker heraus, aber kaum einer denkt an den Kühlschrank. Da Ihr Kühlschrank aber noch nicht so alt war, dass hier eine besondere Gefährdung anzunehmen war, stellten wir ihn zunächst sicher und ließen ihn auf Manipulationen hin untersuchen. Letztlich war es ein technischer Defekt. Wir haben die Gebäudeversicherung informiert, dass keine Vorbehalte mehr gegen Auszahlungen an Ihre Person bestehen."

Mir fallen mehrere Doppelzentner von der Schulter: „Kann ich wieder rein?"

„Das können Sie. Die Statik wurde überprüft, und es wurden keine Mängel an der Tragfähigkeit festgestellt. Hierüber ist allerdings bereits Ihre Hausverwaltung seit geraumer Zeit informiert."

Dass ich nicht von der Hausverwaltung informiert wurde, ärgert mich. Aber nur kurz. Ich kann verstehen, dass man es nicht eilig hat, einen verdächtigen Brandstifter willkommen zu heißen.

Herr Hornen ergänzt: „Wir kommen gerade von Ihrer Wohnung und haben das Siegel entfernt. Ihr Hausverwalter war ebenfalls zugegen in Begleitung einer Fachfirma, die rasch eine neue Wohnungstür einbauen wird. Bitte setzen Sie sich wegen der Schlüssel entsprechend mit ihm in Verbindung."

„Das war es schon", fügt Herr Franzius hinzu, „die Unterlagen erhalten Sie an Ihre Wohnadresse. Machen Sie es gut!"

Es folgt ein allseitiges Verabschieden, obwohl ich auf ein Wiedersehen gerne verzichte. Eigentlich sind die beiden keine Unmenschen. Trotzdem bin ich äußerst ungern Projektionsfläche für kriminelle Verdächtigungen.

Die frohe Kunde möchte ich sofort Steffi mitteilen. Ich tippe in mein Handy. Ich drücke aber nicht auf Senden. Der Daumen wankt, aber er will nicht auf das Display fallen. Nein, entscheide ich. Erst kommt Berlin, dann alles andere. Wenn ich das Gaming-Equipment mit nach Berlin genommen habe und danach wieder zurückgeben muss, habe ich noch genug Zeit, mich um meine Probleme in Düsseldorf zu kümmern.

Ich drücke auf Löschen.

4 3

Berlin, 3. Oktober.

Es ist früher Abend, aber außer einem belegten Brötchen zum Frühstück im günstigsten Hostel der Stadt konnte ich heute nichts essen. Den ganzen Tag gehe ich jedes kleinste Detail wieder und wieder durch. Das Bühnen-Outfit, das Steffi extra für mich für heute besorgt hat, fühlt sich gut an. Es kommt mir vor, als trage ich damit zugleich eine unsichtbare Rüstung. Ein schwarzes, hautenges Hemd mit Glitzerapplikationen, kombiniert mit einer ebenso schwarzen Hose mit Schlag und Galon. Für meinen Geschmack haben Hemd und Hose einen etwas zu hohen Polyester-Anteil, aber da die Gitarre auch aus Kunststoff ist, passt alles bestens zusammen. Bei der Ankunft in der Halle musste ich als erstes das für meinen Auftritt erforderliche Equipment abgeben und die Software zur Verfügung stellen. Für einen Plagiats-Check, wie mir mitgeteilt wurde. Seitdem fühle ich mich unvollständig. Die Halle selbst wurde für den heutigen Zweck hergerichtet. Normalerweise finden hier Messen und Ausstellungen statt. Dekoration ist nicht vorgesehen, alles ist sehr funktional. Hauptsache, ich funktioniere gleich.

Die Halle ist sehr gut besucht. Ich bin die Nummer 17 des heutigen Abends. Ich stehe am Bühnenrand, Nummer 16 spielt gerade Country. Das macht er richtig gut. Zum Glück ist er nicht in meiner Kategorie. Er beendet seine Nummer, und ich höre Applaus einsetzen. Am Rand der Bühne hört sich das stark gedämpft an. Die Teilnehmer vor mir haben äußerst starke Marken gesetzt. Ein Roadie drückt mir meine Gaming-Gitarre in die Hand. Erst jetzt. Es fühlt sich an, als erhielte ich eine wärmende Decke.

Es folgt über Lautsprecher die Vorstellung meiner Kategorie und ein paar Angaben zu der von mir eingesetzten Technik. Ich weiß, er spricht über mich, aber hier hinten verstehe ich nur Bruchstücke.

Der Roadie gibt mir das Zeichen, die Treppe zur Bühne hochzusteigen. Ich werde angekündigt.

The Sensational Sven

Diesen Titel habe ich mir selbst ausgesucht. Der passt auch schon für Dubai. Ich betrete die Treppe zur Bühne. Während meines Aufstiegs sehe ich die Zuschauer erstmalig aus der Performance-Perspektive. Es ist zwar kein Stadion, aber wenn man einzelne Menschen nicht mehr erblicken kann und nur eine wartende Menge sieht, das ist ein außergewöhnlicher Anblick. Sie sind jetzt hier. Ich bin jetzt hier. Das alles passiert wirklich. Alles live.

Ich stehe auf der Bühne. Ich habe den Ablauf eines Auftritts bereits mehrfach bei den Protagonisten vor mir gesehen und verinnerlicht. Aber zusehen und selbst hier stehen, dazwischen liegen Welten. Ich fühle eine so starke Energie, dass ich die ganze Stadt erleuchten könnte. Am hinteren Ende der Halle mir gegenüber wird eine übergroße Uhr an die Wand projiziert. Sie läuft rückwärts. Im Countdown.

Noch 40 Sekunden, 39, 38 ... Ich blicke in die Runde. Dass meine Haare an meinen Armen sichtbar abstehen, als wollten sie aus der Haut hüpfen und weg fliegen, sehe ich deutlich. Ich habe das Gefühl, als wäre ich noch nicht oft genug auf der Toilette gewesen. Fünf Minuten und dann nochmal 3 Minuten vor dem Auftritt waren zu wenig. Da hat sich schon wieder ein Tropfen gebildet.

Ich stelle die ersten Reihen scharf. Dort stehen die Zuschauer dicht zusammen. Nach wenigen Augenblicken erkenne ich Udo, Jens, Thomas und Oliver. Sie sind tatsächlich gekommen. Sie haben Wort gehalten.

Die Temperatur in meinem Gesicht steigt und meine Knie wackeln. Als hätten sie es abgesprochen, halten die Jungs mit einer Hand ihre Handys in die Luft. Mit der anderen zeigen sie mit weit ausgestrecktem Arm den Daumen hoch.

Noch 20, 19, 18… Neben ihnen steht ein Mädel. In der einen Hand hält sie eine auf mich gerichtete Cam, mit der anderen Hand winkt sie mir zu. Ich habe sie noch nie gesehen. Habe ich einen Fan vor dem ersten Ton?

Ab 10 Sekunden bis zum Auftritt piepst die Uhr laut, und die Zuschauer zählen mit. „Ten, Nine, Eight, …"

Als sich unsere Blicke treffen, hält das Mädel den Blick und dreht sich leicht zur Seite. Mit der Winkehand simuliert sie dabei eine Trinkbewegung und deutet auf die einzige Theke im Raum.

„Six, Five, Four, …" Sie lacht und nimmt kurz beide Arme runter. In Millisekunden attestiere ich Wohlgefallen und nehme mir diesmal heraus, nicht angestrengt aus unechter Scham wegzusehen. Vielleicht ist sie aber auch nur für mich attraktiv, weil ich sie nicht kenne und sie mir trotzdem zuwinkt. Sie will sich offenbar mit mir treffen. Oder sie verwechselt mich.

„Two, One …" Es geht los! Oh. Mein. Gott. Ich höre das Einsetzen der ersten Takte. Der Track beginnt. Im Stroboskopfeuer wirkt diese Halle virtuell. Ich fühle mich wie zu Hause mit meiner VR-Brille mit Headset und Sensoren. Ich brauche mich gar nicht auf meine Hände zu konzentrieren. Es geht von alleine.

Mein Verstand dreht durch. Ich sehe gleichzeitig die Zuschauer von der Bühne aus und mich vom Zuschauerraum aus.

Ich kann erkennen, wie sich alle bewegen. Im Takt. Im Groove. Im Sound. Vielleicht bilde ich mir das aber auch nur ein. Egal. Mich durchflutet intensive Wärme.

Ich spiele wie in Trance. Ich fühle mich übermenschlich und bin mit der Welt und mir im Einklang. Ich könnte für immer so weiterspielen.

Der Song naht dem Ende. Ich gebe alles für den wahnsinnigen Schlussakkord. Es hallt durch den Raum, und es kommt mir vor, als hätte ich die Zeit zum Stillstand gebracht. Ich will nicht aufhören!

Der Track ist zu Ende. Ich halte inne und weiß nicht, was jetzt passiert. Mein Herz ist erfüllt, mein Kopf ist leer. Wie im Auge eines Tornados ist es für einen Augenblick, der sich wie eine halbe Ewigkeit zieht, totenstill.

Ich genieße mit allen meinen Sinnen den einsetzenden Applaus. Ich mache die Augen zu. Ich werde leichter.

Ich fliege.

Ich bin der Adler.

Die Lautsprecher erklingen, und ich höre wieder meinen Namen. Ich weiß, ich muss von der Bühne.

Ich will aber nicht.

Nicht jetzt.

Den Spaßmacher noch um den Hals enter ich die Theke. Natürlich gibt es hier auch Bier und Häppchen. Aber essen kann ich noch nicht wirklich etwas. Das erste Bier zischt, als würde mein innerer Vulkan unmittelbar vor seinem Kollaps gerade noch rechtzeitig gekühlt. Ich stürze es in einem Zug. Sofort durchströmt mich ein Gefühl der Beruhigung und Entspannung. Die Theke ist mein Ruhepol. Hier will ich bleiben. Ich will die Momente dieses Gigs einfangen, konservieren und wieder und wieder erleben. Ich will, dass dies ein größerer Teil meines Lebens wird. Ein Blick auf das leere Glas lässt mich zu dem Schluss kommen: „Noch eins, bitte!"

4 4

An meinem Oberarm spüre ich eine leichte Berührung von der Seite.

Beim Umdrehen höre ich: „Hi, das fand ich gerade richtig super. Es hat mir riesig Spaß gemacht, dir zuzusehen."

„Danke."

Da kommt ein wildfremdes Mädel auf mich zu und lächelt mich an. Einfach so. Ich glaube nicht, dass ich sie kenne. Allerdings bin ich mir sicher, dass ich sie von der Bühne als die Thekenwinkerin schon mal gesehen habe. Sie hat offene brünette Haare und dunkelbraune Augen. Mir wird noch wärmer. Und das liegt nicht am Bier. Obwohl ich aus dem Augenwinkel sehe, dass gerade ein weiteres auf den Tresen gestellt wird.

Sie trägt ein enges, ihre Figur betonendes Shirt. Mir ist, als könnte ich eine Umarmung gebrauchen. Einen Free Hug. Einfach weil ich glaube, dass es mir gerade jetzt besonders gut täte. Und sie ist meine Wunschkandidatin. Einfach so.

„Kommst du hier aus Berlin?", bemühe ich mich um leichte Konversation und greife nach meinem Bier.

Ich habe keine Ahnung, wie sich ein Rockstar unterhält.

„Nein", entgegnet sie.

Eine wortreichere Antwort wäre nett. Als ich zum Trinken ansetzen will, sehe ich die Cam in ihrer Hand. Witzig, denke ich, das Top-Modell aus unserem Verkauf. Also auch hier in Berlin ein Renner.

Dann ergreift sie das Wort: „Ich komme aus Düsseldorf."

Irgendetwas stimmt hier doch nicht. Jetzt fällt es mir auf. Ich setze ab, halte aber mein Glas noch in der Hand und schaue sie intensiv an: „Du hast sonst die Haare immer zusammen, stimmt's? Und sonst trägst du eine Brille. Hey, das ist ja eine Überraschung. Ich hoffe doch sehr, dass dich meine Kaufempfehlung überzeugt hat."

Ich freue mich wirklich, sie zu sehen. Obwohl ich eigentlich gar nicht weiß, wer sie ist. Meine treueste Reklamationskundin. Es kommt mir vor, als würden wir uns schon ewig kennen.

„Das war ein super Tipp. Die macht wirklich klasse Bilder."

„Wie heißt du?", frage ich gespannt, obwohl ich ihren Namen sicher schon mehrfach in diverse Formulare eingetragen habe.

„Marie."

„Hallo Marie, ich bin Sven", reiche ich ihr meine glasfreie Hand.

Sie greift kurz zu: „Ich weiß."

Das ist merkwürdig, denn auf den Namensschildern in der DüsselMall stehen lediglich die Nachnamen.

„Woher? Warum bist du hier in Berlin?"

„Wegen dir."

Ich schaue sie an. Ich meine, ich bin ja nicht wirklich ein Rockstar oder so. Und für einen Groupie wirkt sie viel zu klar.

„Wegen mir?"

„Ja, ich wollte dich live sehen. Und bei dir in der Firma habe ich deine Einladung hierher gesehen."

Da war mein Schrein wohl offensichtlicher als gedacht.

„Warum hast du nichts gesagt?"

„Das wollte ich, aber ich habe dich nicht mehr erreicht."

„Ich war aber doch gestern noch auf der Arbeit", kläre ich irritiert auf.

„Nein, das meine ich nicht."

Sie lächelt mich an und reicht mir ihre Hand, als hätte unsere Vorstellung soeben nicht stattgefunden.

Sie bittet: „Nochmal."

Ich lache, greife zu und komme ihr zuvor: „Hallo Marie, meine Name ist Sven!"

Sie sagt: „Hallo *The Sensational Sven*, mein Name ist *Lucy Fünfundneunzig*."

Als schlüge ein Blitz ein! Ich habe plötzlich das Gefühl, als hätte ich gleichzeitig einen Herzinfarkt und einen Atemstillstand. Ich kriege einfach keine Luft mehr. Was ist mit meiner Brust? Auch mein Sprachzentrum scheint funktionslos. Mein ganzer Kopf will explodieren. Ich höre nichts als meinen rasenden Puls - überlaut. Mir schießen tausend Gedanken durch das Hirn und noch viel mehr Fragen. Ich weiß nicht, was ich zuerst sagen will. Am liebsten alles gleichzeitig. Sie fragen, ihr erzählen, sie gleich umarmen. Es gibt dich wirklich. Und du weißt alles.

Ich nehme dumpf einen Knall wahr. Zersplitterndes Glas. Mir dämmert, dass mir das leere Bierglas aus der Hand gefallen sein könnte. Was ist denn mit meinen Knien los?

Dunkle Nacht.

Mein Kissen riecht ungewohnt. Bin ich gestern noch mit Marie alias Lucy95 um die Häuser gezogen? Es piept. Schön regelmäßig. Sehr beruhigend. Ist das ein neuer Sound? Bevor ich die Augen öffne, drehe ich mich lieber nochmal um.

Da höre ich eine Stimme: „Du musst doch nicht gleich zusammenbrechen, nur weil dich ein Mädel anspricht."

Udo! Ich antworte nicht. Noch nicht. Ich traue mich nicht, meine Augen zu öffnen. Dieses Piepen ist nämlich gerade etwas schneller geworden, und anhand der Verkabelung meiner Arme, die mir bei meinem Umdrehen aufgefallen ist, ahne ich Böses.

Udo ist noch da: „Hey, kannst du mich hören?"

Ich muss mich der Situation stellen und öffne meine Augen. Durch das Fenster sehe ich einen hellroten Himmel. Die Sonne ist schon aufgegangen.

Ich versinke in den Kissen: „Was machst du hier? Oh Mann, ist das peinlich. Wie bin ich hierher gekommen? Nein, sag es lieber nicht. Ich will es nicht hören."

„Ach, das war halb so schlimm. Die Veranstaltung wurde unterbrochen, bis sie dich auf der Trage draußen im Krankenwagen hatten. Du hattest das volle Programm. Mit Lichterkette auf dem Dach. Und mit Musik, bei der jeder Platz macht. Hättest du die Grätsche gemacht, wäre die Veranstaltung wohl vorzeitig zu Ende gewesen. Aber so eine kleiner Kreislaufzusammenbruch ..."

Ich unterbreche: „Nein, nein! Ich will es nicht hören!"

Es hilft nichts. „Ich beschreibe es mal so. Ein spektakulärer Auftritt mit einem extravaganten Abgang. Hey, du hast jetzt einen Namen, den jeder kennt.

So sind Rockstars eben. Die einen zertrümmern Hotelzimmer, die anderen rocken bis zum Umfallen."

Udo lacht sehr, sehr laut. Aus vollem Herzen. Das finde ich unter diesen Umständen und für ein Krankenhaus äußerst unpassend. Worte finde ich allerdings nicht.

Er fängt sich wieder. „Ach ja, ich bin nicht alleine hier."

Aha, Familienaufgebot. „Ist Steffi auch hier? Wer passt auf Annabel auf?"

„Nein, Sensationell Sven. Erinnerst du dich noch an deine Unterhaltung an der Theke gestern Abend?"

„Ich glaube schon."

Das kann ich nicht glauben. Ist das wirklich wahr?

„Kann sie zu dir kommen?"

„Ich habe mir nicht mal die Zähne geputzt, bin verkabelt und trage ein OP-Hemdchen."

Ich will und ich will nicht.

Udo runzelt die Stirn: „Sensationell Sven! Ich verrate dir jetzt mal was. Sie hat dich schon in einem viel erbärmlicheren Zustand gesehen. Und das ist verdammt nicht lange her. Sie war mit dir im Krankenwagen, und sie hat die ganze Nacht da draußen gesessen. Ich glaube, ihr ist dein Hemdchen jetzt gerade total egal."

Das klingt überzeugend.

Ich ergebe mich: „Alles klar. Wenn du es so sagst. Ich bin bereit."

Udo tippt kurz auf meine Decke, nickt mir zu und verlässt das Zimmer. Wieso fühle ich mich plötzlich so einsam? Wenigstens ein Glas Wasser hätte er mir geben können.

Es klopft. Durch die Milchglasscheibe in der Tür erkenne ich eine Gestalt.

Ich reagiere mit einem lang gedehnten „Ja."

Langsam öffnet sich die Tür.

Marie kommt herein.

Sie sieht genauso aus, wie ich sie von gestern in Erinnerung habe. Außer dass ihre Schminke heute etwas flächiger verteilt ist. Sie wirkt überhaupt nicht müde.

Leise und zögerlich fragt sie: „Wie geht es dir?"

„Jetzt schon viel besser."

Und das stimmt auch.

„Was war los?", erkundigt sie sich, „hattest du zu wenig getrunken?"

Spontan halluziniere ich meine Mutter und antworte: „Ich denke, es lag nicht an der Flüssigkeit."

Sie lächelt mich an: „Übrigens, ich habe dir etwas mitgebracht."

„Meine Gitarre?"

„Nein, die hat Oliver mitgenommen."

Sie greift in ihre Tasche und hält mir etwas hin: „Schau mal!"

„Was ist das?"

„Du weißt nicht mal, wie der Preis für den ersten Sieger aussieht?"

„Das glaube ich nicht!"

Ich setze mich auf, und in all meinen Zellen regt sich plötzlich Leben. Es ist ein Miniaturmikrofon auf einem Miniaturmikrofonständer in Goldfarbe, höchstens 10 cm hoch. Ich hätte als Symbol zwar eher eine Gitarre erwartet, aber das soll mich nicht stören. Auf dem Sockel steht eingraviert *1. Sieger*. Das reicht. Die Kategorie steht nicht dabei. Es ist mir aber auch egal, in welche Kategorie die mich gepackt haben. Der 1. Sieger zählt. Das bedeutet Dubai! Ich habe es geschafft!

Marie freut sich für mich: „Welcome Emirates!"

„Marie?", meine Stimme flattert, „du weißt schon, dass jetzt, da ich weiß, dass es dich gibt, ich dich nicht mehr gehen lassen kann?"

Sie sieht mich an, die Augen ein Stückchen größer als zuvor, und ich verliere mich darin. Die Krankenhaus-Atmosphäre ist alles andere als heimelig, aber Marie lässt mich das für ein, zwei Augenblicke völlig vergessen.

Ich setze alles auf eine Karte: „Ich lade dich ein. Nach Dubai.“

„Kannst du dir das denn leisten?“

Marie alias Lucy95 weiß doch, dass ich das eigentlich nicht kann. Ich muss es aber irgendwie versuchen!

„Es geht nicht anders. Ich kann nicht anders. Ich brauche dich da.“

„Erhole dich erst einmal. Du kennst mich doch gar nicht. Du kennst doch nur Lucy95.“

„Wenn *Lucy95* von Marie so weit weg ist, wie *The Sensational Sven* von Sven, dann reicht mir das.“

Sie fängt an zu lachen und zeigt auf meine Verkabelung und das OP-Hemdchen: „So jedenfalls fliege ich mit dir nirgends hin.“

Ich nehme ihre Hand. Mich überkommt das Gefühl, als fänden durch unsere Berührung statische Entladungen statt, und endlich würde genau die Lebensenergie fließen, die es für ein zufriedenes Leben in glücklicher Zweisam-keit braucht.

Es poltert auf dem Flur. Das Geräusch kommt näher.

„Er lebt!“, kommt Jens strahlend herein.

Marie hätte die Tür zumachen sollen.

„Ist sonst noch wer draußen?“, will ich wissen.

„Nur wir drei“, beruhigt mich Jens und schließt hinter sich endlich mal die Tür.

Unvermittelt zuckt Udo, greift daraufhin zur Quelle des Erschreckens in seine Hosentasche und holt sein Handy heraus.

Er hält es mir vor mein Gesicht: „Hier will dir noch jemand gratulieren.“

Im kleinen Zwei-Stimmen-Chor höre ich: „Herzlichen Glückwunsch!"

Die kleine Annabel wiegt in Steffis Arm, und beide quetschen sich ins Bild.

Das kleine eingeblendete Bild oben rechts auf dem Display, das mich spiegelt und mich somit auf meinem ästhetischen-optischen Tiefpunkt zeigt, ignoriere ich einfach.

„Vielen lieben Dank, ihr zwei!"

Am liebsten würde ich die beiden umarmen.

Annabel hebt ihren Kopf, reißt die Augen auf und kreischt: „Und weißt du was?"

„Nein, was denn?"

„Mama und ich waren gestern beim Arzt. Ich habe kein ADHS mehr. Ich bin wieder gesund!"

„Das freut mich. Alles Gute für dich."

Als Steffi auflegt, wird das Display wieder schwarz. Das gleichzeitige Verschwinden meines Mini-Porträts bedaure ich nicht.

„Keine Sorge!", grinst Udo. „Es ist wundervoll, dass sie wieder gesund geschrieben ist. Und wir hatten ja schließlich ordentlich Spaß mit ihrem Zeug."

Er spricht etwas leiser, obwohl ihn auch so alle hören können: „Aber es gibt noch einen kleinen Rest. Und mit Resten kennst du dich ja aus, oder?"

Es klopft.

Die Tür öffnet sich, und eine Krankenpflegerin kommt herein: „Herr Mülders, das wurde eben für Sie abgegeben."

In der Hand hält sie einen in Papier eingewickelten, aber deutlich als solchen erkennbaren Bilderrahmen. Ich schätze, er misst einen Quadratmeter. Sie legt ihn mir an das Fußende auf mein Bett und verschwindet wieder, bevor ich mich bedanken kann.

„Mach du es auf!", bitte ich Marie.

Die ganze Zeit hielten wir Händchen. Abrupt wird der Energiefluss unterbrochen, hoffentlich lohnt sich das.

Marie reißt das Papier ab, und zum Vorschein kommt eine bemalte Leinwand, auf der ich nicht richtig erkennen vermag, was dargestellt sein soll. Ist das Kunst?

„Das ist aber schön", sagt Marie.

„Sieh mal hier!", ruft Udo dazwischen. „Hier aus dem Loch krabbelt einer. Ist das eine Grube?"

„Vielleicht ist es Matsch?", bin ich mir irgendwie ziemlich sicher.

Udo entdeckt weiter: „Sitzt da einer auf einem Ast im Baum und spielt Gitarre? Ist ja cool."

„Sind das Wellen aus Wasser?", spekuliert Jens. „Oder ist das eine Seifenblase? Der da sieht ja aus wie du!"

„Von wem kommt das?", möchte Marie wissen. „Ist der Hammer!"

Ich ahne es. Da zieht sie eine eingeklemmte Karte heraus, faltet sie auseinander und liest vor: *Ich habe dich gestern im Internet gesehen und danach alle Krankenhäuser angerufen. Starker Abgang! Ich hoffe, mein Werk gefällt dir. Vielen Dank für deine Inspiration. Der Titel des Bildes lautet: Schallloch. Gute Besserung und schnelle Genesung.*

„Die Unterschrift kann ich nicht lesen. Wer ist das?"

Ich schaue auf den Namenszug und vergleiche ihn mit dem auf dem Bild. Identisch. Kein Pseudonym. Das freut mich.

„Erzähle ich dir später", vertröste ich Marie.

„Aber was stellt es denn nun dar?"

Ich lächle sie an: „Das ist Kunst. Es stellt dar, was du siehst. Und jeder kann etwas anderes sehen."

Ich weiß, dass ich mit Lucy95 über den Künstler nicht gesprochen haben kann. Sie kneift ihre Augen leicht zusammen und blickt mich frech an. Ich genieße mein Geheimnis. Und ich bilde mir ein, dass sie auch Spaß daran haben könnte, doch nicht alles über mich zu wissen.

„Alles klar, Bestätigung ist eingegangen", vermeldet Jens unvermittelt an Udo mit einem Blick auf sein Handy.

Er sieht Marie und mich an: „Thomas hat gerade vom Hotel aus für uns gebucht. Oldschool per Telefon. Das Datum für die Weltmeisterschaft wurde gestern noch bekannt gegeben. Ihr glaubt doch nicht, dass wir euch alleine nach Dubai lassen. Da wollten Udo, Thomas und ich immer schon mal hin! Und einen besseren Grund sehe ich nicht."

Ich kläre auf: „Ich habe doch noch nicht mal gebucht."

„Egal, wir haben jedenfalls gebucht und sind dabei. Und die nächsten vier Monate, bis es soweit ist, kannst du das IT-Equipment auch noch weiternutzen. Darum werden wir uns kümmern," sichert Jens zu.

„Aber dann mit deutlich mehr Stehvermögen bitte!", ruft Udo.

Wir lachen Tränen.

Ich spüre, dass ich leicht zittrig bin.

Ich nehme Maries Hände in meine und ziehe sie ganz nah an mich heran. So nah, dass ich an ihrem Ohr knabbern könnte.

Ich flüstere nur für uns zwei: „Hallo Marie."

Und sie haucht zurück: „Hallo Sven."